KB046212

세 겹으로 만나는
왜 쓰는가

세 겹으로 만나다; 왜 쓰는가

2014년 10월 30일 초판 1쇄 펴냄

펴낸곳 (주)도서출판 삼인

엮은이 한국작가회의 40주년 기념 행사준비위원회
펴낸이 신길순
부사장 홍승권
편집 김종진 김하얀
미술제작 강미혜
마케팅 한광영
총무 정상희

등록 1996.9.16 제10-1338호
주소 120-828 서울시 서대문구 연희동 220-55 북산빌딩 1층
         (서울시 서대문구 성산로 312)
전화 (02) 322-1845
팩스 (02) 322-1846
전자우편 saminbooks@naver.com

디자인 (주)끄레어소시에이츠
제판 문형사
인쇄 영프린팅
제책 쌍용제책

ISBN 978-89-6436-087-3 03810
값 15,000원

후원 대산문화재단

세 겹으로 만나다;
왜 쓰는가

한국작가회의 40주년 기념 문학과, 희망의 백년대계 | 우정

삼인

세 겹으로 만나다; 왜 쓰는가

여러 생각, 여러 학파, 여러 진영이 혼재하는 오늘날 한국문학은 그 래서 어지럽기도 하고 그래서 희망적이기도 할 것이다. 이 어지러운 상태를 돌이킬 수 없이 희망적인 흐름으로 우선 갈피 잡아 보자는 뜻으로, 우리는 신구(新舊)를 아우르는 가능한 최대로 다양한 성향의 시인들에게 1.자신이 생각하는 대표작, 2.대중이 가장 사랑하는 자신의 시, 3.낭독하기에 좋은 시, 그렇게 세 편을 보내주십사 부탁하여 순서대로 수록하고, 젊은 소설가 젊은 평론가들에게 '왜 쓰는가?' 질문을 공히 던져, 평론이 발표된 소설을 들여다보고 발표된 소설이 그 평론에서 자신의 사후를 확인하는 시간의 방식 대신 소설가와 평론가가 동시에 서로를 들여다 보는 공간의 방식을 선택, 그 답변들을 섞었다.

그래서 책 제목이, 세 겹으로 만나다; 왜 쓰는가.

이 책을 바탕 삼아 나흘의 시 낭독회와 하루의 소설가-평론가들 상호 세미나가 11월 중 벌어질 예정이다.

시 낭독회는 이미 알고 있는, 혹은 읽고 온 레퍼토리를 시인이, 혹은 낭독자가 어떻게 해석하는가, 그리고 그 레퍼토리들을 낭독회가 어떻게 구성하느냐가 재미의 백미다. 세미나 또한 발표된 내용을 미리 아는, 즉 모종의 레퍼토리가 있는 상태 혹은 수준에서 곧바로 상호

토론과 질의 – 응답을 벌이는 방식의, 예상되는 파란만장의 광경 과정을 음미하고 그것에 빠져들고 그것에 스스로 동참하는 그 경험이 재미의 백미다. 이 책은, 그런, 자기 갱신의 시 낭독과 세미나 문화를 위해 가능한 일찍 마련된 것이기도 하다.

한국작가회의 40주년 기념 행사준비위원회

차례

7

세
겹
으
로

만
나
다

/

/

/

왜
쓰
는
가

고은

자작나무숲으로 가서

광혜원 이월마을에서 칠현산 기슭에 이르기 전에
그만 나는 영문 모를 드넓은 자작나무 분지로 접어들었다
누군가가 가라고 내 등을 떠밀었는지 나는 뒤돌아보았다
아무도 없다 다만 눈밭에 익숙한 먼 산에 대해서
아무런 상관도 없게 자작나무숲의 벗은 몸들이
이 세상을 정직하게 한다 그렇구나 겨울나무들만이 타락을 모른다

슬픔에는 거짓이 없다 어찌 삶으로 울지 않은 사람이 있겠느냐
오래오래 우리나라 여자야말로 울음이었다 스스로 달래어 온 울음
이었다
자작나무는 저희들끼리건만 찾아든 나까지 하나가 된다
누구나 다 여기 오지 못해도 여기에 온 것이나 다름없이
자작나무는 오지 못한 사람 하나하나와도 함께인 양 아름답다

나는 나무와 나뭇가지와 깊은 하늘 속의 우듬지의 떨림을 보며
나 자신에게도 세상에서 우쭐해서 나뭇짐 지게 무겁게 지고 싶었다

아니 이런 추운 곳의 적막으로 태어나는 눈엽이나
삼거리 술집의 삶은 고기처럼 순하고 싶었다
너무나 교조적인 삶이었으므로 미풍에 대해서도 사나웠으므로

얼마만이냐 이런 곳이야말로 우리에게 십여 년 만에 강렬한 곳이다
강렬한 이 경건성! 이것은 나 한 사람에게가 아니라
온 세상을 향해 말하는 것을 내 벅찬 가슴은 벌써 알고 있다
사람들도 자기가 모든 낱낱 중의 하나임을 깨달을 때가 온다
나는 어린 시절에 이미 늙어버렸다. 여기 와서 나는 또 태어나야 한다
그래서 이제 나는 자작나무의 천부적인 겨울과 함께
깨물어 먹고 싶은 어여쁨에 들떠 남의 어린 외동으로 자라난다
나는 광혜원으로 내려가는 길을 등지고 삭풍의 칠현산 험한 길로
서슴없이 지향했다

『조국의 별』, 창작과비평사, 1984.

문의마을에 가서

겨울 문의에 가서 보았다.
거기까지 다다른 길이
몇 갈래의 길과 가까스로 만나는 것을.
죽음은 죽음만큼

이 세상의 길이 신성하기를 바란다.
마른 소리로 한 번씩 귀를 달고
길들은 저마다 추운 소백산맥 쪽으로 뻗는구나.
그러나 빈부에 젖은 삶은 길에서 돌아가
잠든 마을에 재를 날리고
문득 팔짱 끼고 서서 참으면
먼 산이 너무 가깝구나.
눈이여 죽음을 덮고 또 무엇을 덮겠느냐.

겨울 문의에 가서 보았다.
죽음이 삶을 껴안은 채
한 죽음을 무덤으로 받는 것을.
끝까지 참다참다
죽음은 이 세상의 인기척을 듣고
저만큼 가서 뒤를 돌아다본다.
지난 여름의 부용꽃인 듯
준엄한 정의인 듯
모든 것은 낮아서
이 세상에 눈이 내리고
아무리 돌을 던져도 죽음에 맞지 않는다.
겨울 문의여 눈이 죽음을 덮고 또 무엇을 덮겠느냐.

『문의마을에 가서』, 청하, 1988.

화살

우리 모두 화살이 되어
온몸으로 가자
허공 뚫고
온몸으로 가자
가서는 돌아오지 말자
박혀서
박힌 아픔과 함께 썩어서 돌아오지 말자

우리 모두 숨 끊고 활시위를 떠나자
몇 십 년 동안 가진 것
몇 십 년 동안 누린 것
몇 십 년 동안 쌓은 것
행복이라던가
뭣이라던가
그런 것 다 넝마로 버리고
화살이 되어 온몸으로 가자

허공이 소리친다
허공 뚫고
온몸으로 가자
저 캄캄한 대낮 과녁이 달려온다
이윽고 과녁이 피 뿜으며 쓰러질 때
단 한 번

우리 모두 화살로 피를 흘리자

돌아오지 말자
돌아오지 말자

온 화살 정의의 병사여 영령이여

『새벽길』, 창작과비평사, 1978.

민 영

龍仁 지나는 길에

저 산벚꽃 핀 등성이에
지친 몸을 쉴까.
두고 온 고향 생각에
고개 젓는다.

到彼岸寺에 무리지던
연분홍빛 꽃너울.
먹어도 허기지던
三春 한나절.

뱃에 역겨운
可口可樂 물냄새.
구국 구국 울어대는
멧비둘기 소리.

산벚꽃 진 등성이에

뼈를 묻을까.
소태같이 쓴 입술에
풀잎 씹힌다.

『용인 지나는 길에』, 창작과비평사, 1977.

엉겅퀴꽃

엉겅퀴야 엉겅퀴야
철원평야 엉겅퀴야
난리통에 서방잃고
홀로사는 엉겅퀴야

갈퀴손에 호미잡고
머리위에 수건쓰고
콩밭머리 주저앉아
부르느니 님의 이름

엉겅퀴야 엉겅퀴야
한탄강변 엉겅퀴야
나를두고 어디갔소
쑥국소리 목이메네

『엉겅퀴꽃』, 창작과비평사, 1987.

이 가을에

가을이 깊다.
이역만리 먼 곳에서 날아온 새들이
갈대밭에 내려앉아 지친 몸을 쉬고,
이슬에 젖은 연분홍 꽃잎들이
불어오는 바람에 깃을 여민다.

생각해보아라
얼마나 모진 세월을 살아왔는지,
이제 너에게 남겨진 일은
그 거칠고 사나운 역사 속에서
말없이 떠난 이들을 추념하는 일이다.

아, 모두 어디로 갔단 말이냐
끝까지 올곧고 아름다웠던 젊은이들,
시월 상달 이 눈부신
서릿발 치는 푸른 날빛 속에서
어디로 가야 만나볼 수 있단 말이냐!

『창작과비평』 2013년 가을호.

신경림

농무

징이 울린다 막이 내렸다
오동나무에 전등이 매어달린 가설무대
구경꾼이 돌아가고 난 텅 빈 운동장
우리는 분이 얼룩진 얼굴로
학교 앞 소줏집에 몰려 술을 마신다
답답하고 고달프게 사는 것이 원통하다
꽹과리를 앞장 세워 장거리로 나서면
따라붙어 악을 쓰는 건 쪼무래기들뿐
처녀 애들은 기름집 담벽에 붙어 서서
철없이 킬킬대는구나
보름달은 밝아 어떤 녀석은
꺽정이처럼 울부짖고 또 어떤 녀석은
서림이처럼 해해대지만 이까짓
산 구석에 처박혀 발버둥친들 무엇하랴
비료값도 안 나오는 농사 따위야
아예 여편네에게나 맡겨 두고

쇠전을 거쳐 도수장 앞에 와 돌 때
우리는 점점 신명이 난다
한 다리를 들고 날라리를 불거나
고갯짓을 하고 어깨를 흔들거나

『농무』, 창작과비평사, 1975.

가난한 사랑 노래

가난하다고 해서 외로움을 모르겠는가
너와 헤어져 돌아오는
눈 쌓인 골목길에 새파랗게 달빛이 쏟아지는데.
가난하다고 해서 두려움이 없겠는가
두 점을 치는 소리
방범대원의 호각소리 메밀묵 사려 소리에
눈을 뜨면 멀리 육중한 기계 굴러가는 소리.
가난하다고 해서 그리움을 버렸겠는가
어머님 보고 싶소 수없이 뇌어보지만
집 뒤 감나무에 까치밥으로 하나 남았을
새빨간 감 바람소리도 그려보지만.
가난하다고 해서 사랑을 모르겠는가
내 볼에 와 닿던 네 입술의 뜨거움

사랑한다고 사랑한다고 속삭이던 네 숨결
돌아서는 내 등뒤에 터지던 네 울음.
가난하다고 해서 왜 모르겠는가
가난하기 때문에 이것들을
이 모든 것들을 버려야 한다는 것을.

『가난한 사랑 노래』, 실천문학사, 1988.

이 땅에 살아 있는 모든 것들을 위하여

이 땅에 살아 있는 모든 것을 위하여
더불어 숨 쉬고 사는 모든 것을 위하여
내 터를 아름답게 만들겠다 죽어간 것을 위하여
이 땅을 화려하게 수놓고 있는 것을 위하여
땅속에서 깊고 넓게 숨어 있는 것을 위하여
언젠가 힘차게 솟아오를 것을 위하여

산과 더불어 바다와 더불어 강과 더불어
나무와 풀과 꽃과 바위와 더불어
짐승과 새와 별 나비와 더불어
이 땅에 땀 흘려 살아가고 있는 사람들과 더불어
이 땅에 힘겹게 살다 간 사람들과 더불어

이 땅에 언제까지고 살아갈 사람들과 더불어

이 땅의 기운을 온 누리에 퍼뜨리기 위하여
이 땅의 뜻을 방방곡곡 전하기 위하여
이 땅의 소망을 하늘에도 고하기 위하여

산과 들과 도시와 시골을 구석구석 밟으면서
기름진 곳 메마른 곳 고루고루 누비면서
언 손 굽은 등 두루두루 어르면서
땅을 차고 올라 별과 달에 이르면서
이 땅의 숨은 모습 하늘에 알리면서
하늘의 고운 숨결 이 땅에 뿌리면서

더불어, 이 땅을 아름답게 만들고 있는
사람들과 더불어 새와 더불어 나비와 더불어
살아 있는 것 죽어간 것과 더불어
나는 추리 나의 춤을 목숨을 다하는 날까지
세상 끝까지 하늘 끝까지 날아오르면서
눈물과 더불어 한숨과 더불어 통곡과 더불어

『사진관집 이층』, 창비, 2014.

직소포에 들다

폭포소리가 산을 깨운다. 산꿩이 놀라 뛰어오르고 솔방울이 툭, 떨어진다. 다람쥐가 꼬리를 쳐드는데 오솔길이 몰래 환해진다.

와! 귀에 익은 명창의 판소리 완창이로구나.

관음산 정상이 바로 눈앞인데
이곳이 정상이란 생각이 든다
피안이 이렇게 가깝다
백색 淨土 ! 나는 늘 꿈꾸어왔다

무소유로 날아간 무소새들
직소포의 하얀 물방울들, 환한 水宮을.

폭포소리가 계곡을 일으킨다. 천둥소리 같은 우레 같은 기립박수소리 같은—바위들이 몰래 흔들 한다

하늘이 바로 눈앞인데
이곳이 무한천공이란 생각이 든다
여기 와서 보니
피안이 이렇게 좋다

나는 다시 배운다.

絶唱의 한 대목, 그의 완창을.

『직소포에 들다』, 문학동네, 2004.

마음의 수수밭

마음이 또 수수밭을 지난다. 머위잎 몇 장 더 얹어 뒤란으로 간다.
저녁만큼 저문 것이 여기 또 있다.
　개밥바라기별이
　내 눈보다 먼저 땅을 들여다본다
　세상을 내려놓고는 길 한쪽도 볼 수 없다
　논둑길 너머 길 끝에는 보리밭이 있고
　보릿고개를 넘은 세월이 있다
　바람은 자꾸 등짝을 때리고, 절골의
　그림자는 암처럼 깊다. 나는

몇 번 머리를 흔들고 산 속의 산
산 위의 산을 본다. 산을 올려다보아야
한다는 걸 이제야 알았다. 저기 저
하늘의 자리는 싱싱하게 푸르다.
푸른 것들이 어깨를 툭 친다. 올라가라고
그래야 한다고. 나를 부추기는 솔바람 속에서
내 막막함도 올라간다. 번쩍 제정신이 든다
정신이 들 때마다 우짖는 내 목의 목탁새들
나를 깨운다. 이 세상에 없는 길을
만들 수가 없다. 산 옆구리를 끼고
절벽을 오르니, 千佛山이
몸속에 들어와 앉는다.
내 맘속 수수밭이 환해진다.

『마음의 수수밭』, 창작과비평사, 1994.

불멸의 명작

누가
바다에 대해 말하라면
나는 바닥부터 말하겠네
바닥 치고 올라간 물길 수직으로 치솟을 때

모래밭에 모로 누워
하늘에 밑줄 친 수평선을 보겠네
수평선을 보다
재미도 의미도 없이 산 사람 하나
소리쳐 부르겠네
부르다 지치면 나는
물결처럼 기우뚱하겠네

누가 또
바다에 대해 다시 말하라면
나는 대책없이
파도는 내 전율이라고 쓰고 말겠네
누구도 받아쓸 수 없는 대하소설 같은 것
정말로 나는
저 활짝 펼친 눈부신 책에
견줄 만한 걸작을 본 적 없노라고 쓰고야 말겠네
왔다갔다 하는 게 인생이라고
물살은 거품 물고 철썩이겠지만
철석같이 믿을 수 있는 건 바다뿐이라고
해안선은 슬며시 일러주겠지만
마침내 나는
밀려오는 감동에 빠지고 말겠네

『나는 가끔 우두커니가 된다』, 창작과비평사, 2011.

강은교

아벨 서점

아마도 너는 거기서
희푸른 나무 간판에 生이라는 글자가 발돋움하고 서서 저녁 별빛
을 만지는 것을 볼 것이다.

글자 뒤에선 비탈이 빼꼼히 입술을 내밀 것이다
혹은 꿈길이 금빛 머리칼을 팔락일 것이다

잘 안 열리는 문을 두 손으로 밀고 들어서면
헌 책들을 밟고 선 문턱이 세상의 온갖 무게를 받아안고 낑낑거리
고 있는 것을 볼 것이다

구불거리는 계단으로 다가서면
눈시울들이 너를 향해 쭛볏쭛볏 내려올 것이다.

그 꼭대기에서 겁에 질린 듯 새하얘진 얼굴로 밑을 내려다보고 있
는 철쭉 한 그루

아마도 너는 그때

사람들이 수첩처럼 조심히 벼랑들을 꺼내 탁자에 얹는 것을 볼 것
이다

꽃잎 밑 다 닳은 의자 위엔 연분홍 그늘들이 웅성이며 내려앉을 것
이고,

아, 거길 아는가

꿈길이 벼랑의 속마음에 깃을 대고

가슴이 진자줏빛 오미자차처럼 끓고 있는 그곳을

남몰래 눈시울을 닦는, 너울대는 옷소매들을, 돛들을, 떠 있는 배들
을

배들은 오늘 어딘가 아름다운 항구로 떠날 것이다

『바리연가집』, 실천문학사, 2014.

우리가 물이 되어

우리가 물이 되어 만난다면

가문 어느 집에선들 좋아하지 않으랴.

우리가 키큰 나무와 함께 서서

우르르 우르르 비오는 소리로 흐른다면.

흐르고 흘러서 저물녘엔
저혼자 깊어지는 강물에 누워
죽은 나무뿌리를 적시기도 한다면.
아아, 아직 처녀인
부끄러운 바다에 닿는다면.

그러나 지금 우리는
불로 만나려 한다.
벌써 숯이 된 뼈 하나가
세상에 불타는 것들을 쓰다듬고 있나니

만리 밖에서 기다리는 그대여
저 불 지난 뒤에
흐르는 물로 만나자.
푸시시 푸시시 불꺼지는 소리로 말하면서
올 때는 인적 그친
넓고 깨끗한 하늘로 오라.

『허무집』, 서정시학, 2006.

너를 사랑한다

그땐 몰랐다.
빈 의자는 누굴 기다리고 있는 것이라는 것을
의자의 이마가 저렇게 반들반들해진 것을 보게
의자의 다리가 저렇게 흠집 많아진 것을 보게
그땐 그걸 몰랐다
신발들이 저 길을 완성한다는 것을
저 신발의 속가슴을 보게
거무뎅뎅한 그림자 하나 이때껏 거기 쭈그리고 앉아
빛을 기다리고 있는 것을 보게
그땐 몰랐다
사과의 뺨이 저렇게 빨간 것은
바람의 허벅지를 만졌기 때문이라는 것을
꽃 속에 꽃이 있는 줄을 몰랐다
일몰의 새떼들, 일출의 목덜미를 핥고 있는 줄을
몰랐다.
꽃 밖에 꽃이 있는 줄 알았다
일출의 눈초리는 일몰의 눈초리를 흘기고 있는 줄 알았다
시계 속에 시간이 있는 줄 알았다
희망 속에 희망이 있는 줄 알았다
아, 그때는 그걸 몰랐다
희망은 절망의 희망인 것을.
절망의 방에서 나간 희망의 어깻살은
한없이 통통하다는 것을.

너를 사랑한다.

『초록 거미의 사랑』, 창비, 2006.

브레히트를 위하여

한창훈

왜 쓰는가, 이런 거 물어보는 거 아니다. 옳기는 하겠지만 좋지는 않다. 짧은 질문은 긴 대답을 요구한다. 차라리 쓰고 있는 사람을 지켜본 이가 답하는 게 더 좋다. '쟤는 아마 그것 때문에 맨날 뭔가를 끄적거리고 있을 거야,' 이런 답이 나올 테니까. 왜 안 좋은가? 왜 사는가와 같은 질문이니까. 왜 사는가를 물어오면 스스로를 깊이 들여다보아야 하니. 그렇게 하면 대부분 부끄럽고 쪽팔리니까.

글쎄, 왜 쓸까. 당장 대답하기 좋기로는 원고료 때문이다. 이거 틀린 말 아니다. 원고료 없으면 쓰지 않는다. 내가 일기를 쓰지 않는 가장 큰 이유는 원고료가 없기 때문이다(동네 주민들 탄원서 또는 파산신청서 같은 것을 쓰거나 고쳐주는 경우는 간혹 있다). 나는 직업이 작가다. 소설가다. 원고를 쓰고 돈을 받아야 쌀 사고 전기료와 수도세를 내고 딸아이 납부금도 낼 수 있다. 물론 술도 사고 담배도 산다.

그런데 이렇게 대답하면 성의 없다고 할 것이다. 이것도 맞다.

정확히 말해보면 쓰는 행위가 먼저 있다. 왜 쓰는가에 대한 대답은 뒤에 생긴다. 늙은 농사꾼이 작물을 삼고 가꾸어온 자신의 과거에 대해 새삼 생각해보는 것과 같다. 시작부터 이유와 의미를 정해놓는다면 '너 지금은 창대하나 나중에는 심히 미약해지리라' 소리 듣기 십상이다. 내가 어디로, 어떻게 갈지 아무도 모르니까. 살아본 다음에야 팔자를 알 수 있는 것처럼 말이다. 그전까지는 잘 모른다. 우리 동네에 해녀들이 대여섯 명 남았다. 평생 물질을 해온 그들이 오늘도 물옷을 입고 바다로 나가는 이유는 단 하나이다. 어제도 나갔기 때문에.

물론 쓰겠다고 마음먹었을 때 나름의 이유가 없진 않았다. 거창한 이유를 대는 것은 볼썽사납지만 아무 생각도 없이 덤벼드는 것은 볼품없으니까. 가장 안 좋은 대답은 '그냥요'이니까.

스물여섯이 끝나는 겨울에 나는 소설가가 되기로 했다. 이유는 단세 개. 물론 그것도 여러 날 고민해서 정한 것이다. 첫째, 돈을 못 벌어도 욕 안 먹는 직업은 무엇일까 고민해보니 예술가였다. 어떤 놈이 아침나절에 산책 나섰다가 옆 도시까지 걸어가고 거기서 돌아오지 않고 국도를 따라 바닷가까지 걸어간다면 보통의 경우 묶어서 병원으로 데려가거나 무당을 불러 굿을 하게 된다. 하지만 예술가면 그냥 둔다. 좋다, 예술가다.

그런데 미술은 동생이 이미 하고 있었고(집구석에 화가는 한 명도 많다) 음악은 돈이 많이 든다,고 들었다. 연극은 남 밑에서 물 긷기 3년 청소 3년 밥하기 3년을 해야 한단다. 이건 싫다. 나는 시쳇말로 독고다이류이다. 조각은 소질이 없는 것을 이미 알고 있었다. 남은 것은 작가. 천 원어치 종이와 볼펜만 있으면 시작할 수 있는 직업. 문학은 고아가 하는 짓이다,라는 명제는 나중에 듣게 된다.

두 번째 이유. 최소한 저렇게는 안 살아야 된다는 것을 절감하고 있을 때였다. 일하고 책 읽고 데모하면서 조금씩 깨달은 것. 남의 피를 빨아먹는, 남을 짓누르고 올라서려는 종자는 되지 말아야겠다는 것. 이 원칙을 훼손당하지 않고 오랫동안 유지시킬 수 있는 방법이 작가이겠구나, 하는 생각. 인간 DNA 속에 감춰진 악마를, 잔인함을 경계한다고 할까(이 발언 괜찮군). 하지만 소설을 쓰고 싶다기보다는 소설가란 직업을 가져야 되겠다는 생각이 더 컸던 게 문제이다. 그래서 쓰기 싫어했다. 딸아이가 초등학교 4학년 때인가, 가족 신문 같은 것을 숙제로 만들었는데 나에 대해 이렇게 설명했다. 〈아빠: 한창훈. 직업: 소설가. 특징: 소설 쓰기를 굉장히 싫어한다〉당연히 밤 새면서 쓴 적 단 한 번도 없다. 남이 일하는 시간에 썼다.

어렸을 때 글 잘 쓴다는 소리 한 번도 못 들어봤다. 거문도에서 여수로 전학 간 게 10살 때였다. 가보니 사생대회나 백일장 같은 게 종종 열렸다. 나는 그중 참가비 없는 것으로 골라 나가곤 했다. 자산공원에 가면 거문도 쪽 바다를 바라볼 수 있었으니까. 집도 싫고 학교도 싫었으니까. 그러나 그 어느 곳에서도 장려상 쪼가리 하나 받아보지 못했다.

이렇게 말하면 사람들이 싫어한다. 마지못해 소설가가 됐단 말이지, 참 재수없군. 그래서 대답한다. 나는 어렸을 때부터 엉뚱한 생각을 자주했다. 이를테면 갑자기 시간에 대해 고민했다. 백 년 전 나는 어디에서 무엇이었을까. 나중에 죽고 나면 나는 뭘까. 만 년 백만 년 천만 년 뒤의 나는 또 무어지? 그런 생각이 들면 쉬 빠져나오지 못했다. 태양이나 달을 하늘에 뚫린 구멍이라고 본 적도 있고 사람은 남자로 태어나 여자가 되고 여자로 태어나 남자가 되는 거라고 생각하기도 했다.

어른들은 시키지 않은 짓 하는 애를 싫어한다. 생각하는 것까지. 그러니까 감각은 좀 가지고 이 세상에 온 것 같은데 이를테면 오호, 이 아이는 색다른 감수성이 있군, 이렇게 읽어줄 어른이 단 한 명도 없었던 것이다. 발굴되어보지 못했던 것.

지금도 어른들의 문제점은 그것이다. 가장 무능력한 어른은 아이가 물어오지 않았는데도 답을 해주는 사람이다. 안 물어보는데도 자꾸 답을 해주는 이유는? 아이 때문에 괴롭고 싫지 않으니까. 아이가 좋은 학교와 회사에 가고 번듯하게 결혼하는 것을 최고로 치는 이유와 같다. 그럼 좋은 어른은? 물어왔을 때 답을 해주는 사람이다. 그런데 답하기 쉽지 않다. 대부분 애들은 안 물어보면 좋겠거나 알고 있지 못한 것을 물어오니 십상이니까. 다시 한 번 좋은 어른은? 모르면 모른다고 솔직하게 답해주는 사람. 그리고 몰랐던 것을 찾아 공부한 다음 알려주는 사람.

또 하나. 내 주변의 기록이다.

나는 섬에서 태어나 언어를 배우고 정서를 얻었다. 지금도 그 섬에 살고 있다. 작가는 고향을 책임져야 한다는 말이 있기는 하지만 그것 때문만은 아니다. 이곳은 변방이다. 보통의 국민들에게 이곳 사람들은 관광지의 주민들일 뿐이다. 간혹 〈6시 내 고향〉에서 생선 먹으며 호들갑떠는 그런 장소 말이다. 하지만 세금 내고 아홉시 뉴스 본다. 그래서 그들 이야기를 쓴다.

『녹색평론』 2005년 11~12월호에 있는 박혜영 인하대 영문과 교수의 서평 「슬픈 대륙의 분노한 작가」를 보면 다음과 같은 말이 있다. '요즘 (우리나라) 문학작품을 읽어보면 조울증이나 자폐증에 걸린 작가들은 쉽게 볼 수 있지만 화가 난 작가들은 좀처럼 보기 어렵다.'

지금도 이 발언에는 뜨끔하다. 도시 속 고독인들 왜 중요하지 않겠는가. 요즘은 골목마다, 층마다, 심지어는 방마다 우울증 환자가 넘쳐나고 있으니 그들의 속사정을 헤아리는 행위가 왜 필요하지 않겠는가마는, 문제는 '쉽게 볼 수 있다'와 '좀처럼 보기 어렵다'의 거리이다. 한쪽은 과잉이고 한쪽은 결핍인, 극심한 불균형.

사람의 기본 심리에 우울이 들어 있다. 살다 보면 우울한 날 당연히 있으니까. 그런데 미국 의료회사들이 이것을 키워서 심각한 병으로 만들어버렸다. 그래야 진료와 약이 팔리니까. 어째 그런 거에 휘둘린 것 같기만 하다. 그래서 그런지 후배 작가는 이렇게 말하기도 했다.

"도대체 이런 이야기를 하는데 왜 그렇게 많은 작가들이 있어야 하지?"

예전에 이문구 선생께서 사석에서 기자들에게 "제발 내 소설에 농촌소설이라고 좀 붙이지 마" 하신 적이 있다. 농담 형태이지만 역정이 좀 들어 있었다. 안 그래도 이런 소설 잘 안 읽는데 농촌소설이라고까지 타이틀을 달아버리면 누가 읽겠는가.

사람들이 이문구 소설을 잘 안 읽는 이유에는 생각 없이 농촌소설이라고 붙여버린 문학기자나 평론가 탓이 분명하게 들어 있다. 근친혐오, 모국어 회피 버릇 때문이기도 하다. 사실 이 사람들이 제법 망쳐놓았다.

주인공이 사회의 비참과 무관심의 대상이면 독자들이 별로 안 내켜한다. 예전에 〈아침마당〉에서 가족과 헤어진 사람들이 가족들 찾는 것을 수요일마다 했다. 어떤 일로 진행을 맞고 있던 이금희 씨를 만나서 그 프로그램 관련 이야기를 했다. 그녀가 말하기를 "재수없게 아침부터 눈물바람이다"라며 불만을 표시한 시청자가 제법 있었단다.

나는 정말 그따위 소리를 하는 사람들이 보고 싶었다. 얼마나 인생이 평안하고 즐거우면 타인의 아픔을 그렇게 말할 수 있을까. 왜 아침에는 울어서는 안 되는가 말이다. 내가 쓰는 이유는 그들이 애써 알고 싶어 하지 않는 당대의 이야기로 그런 종자들을 불편하게 만드는 것이다.

인생은 요리와 비슷하다. 한 가지라도 빠지면 맛이 안 난다. 신체와도 같다. 오장육부 수백 개 뼈마디가 다 괜찮다 하더라도 이빨 하나 썩거나 발톱 갈라져 빠진다면 통증 때문에 잠을 못 잔다. 국가를 하나의 생명체로 본다면 아침에 우는 사람들의 존재가 왜 중요할 수밖에 없는지 이해된다. 중심과 권력과 도시의 고독한 자아 외에도 저 먼 곳의 거친 삶도 하나의 뚜렷한 형태로서 인정받아야 하기 때문이다. 여기까지 해놓고 보니 문득 떠오른다. 사실 구구절절 떠드는 것보다 이게 가장 좋은 답이 될 것이다. 브레히트의 시(詩)「책 읽는 어느 노동자의 질문」이다.

성문이 일곱 개인 테베를 누가 지었을까? / 책 속에는 왕들의 이름만 나와 있네 / 왕들이 손수 돌덩이를 운반해 왔을까? / 그리고 몇 번이나 파괴되었던 바빌론을 / 그때마다 누가 다시 세웠을까? 황금빛 찬란한 / 리마에서 건축노동자들은 어떤 집에서 살았을까? / 만리장성이 준공된 날 밤에 미장이들은 / 어디로 갔을까? / 위대한 로마제국이 / 개선문으로 가득 찼을 때 로마의 황제들은 과연 / 누구를 정복하고 개선한 것일까? 수없이 노래되는 비잔틴에는 /

주민들을 위한 궁전이 있었을까? 전설의 아틀란티스에서조차 / 바다가 땅을 삼켜버리던 밤에 / 물에 빠져 죽어가는 사람들은 노예를 찾으며 울부짖었다고 하지 / 젊은 알렉산더는 인도를 정복했지 / 그가 혼자서 해냈을까? / 시저는 갈리아를 무찔렀지 / 그때도 요리사 하나쯤은 있지 않았을까? / 스페인의 필립페 왕은 그의 함대가 침몰 당하자 / 울었다지. 그 말고는 아무도 울지 않았을까? / 프리드리히 2세는 7년전쟁에서 승리했지. 그 말고 / 승리한 사람은 없었을까? / 역사의 페이지마다 승리가 등장하지 / 누가 승리의 향연을 차렸을까? / 10년마다 위대한 인물이 나타나지 / 누가 그 비용을 치렀을까? // 그렇게 많은 기록들 / 그렇게 많은 질문들.

정희성

저문 강에 삽을 씻고

흐르는 것이 물뿐이랴
우리가 저와 같아서
강변에 나가 삽을 씻으며
거기 슬픔도 퍼다 버린다
일이 끝나 저물어
스스로 깊어가는 강을 보며
쭈그려 앉아 담배나 피우고
나는 돌아갈 뿐이다
삽자루에 맡긴 한 생애가
이렇게 저물고, 저물어서
샛강바닥 썩은 물에
달이 뜨는구나
우리가 저와 같아서
흐르는 물에 삽을 씻고
먹을 것 없는 사람들의 마을로
다시 어두워 돌아가야 한다

『저문 강에 삽을 씻고』, 창작과비평사, 1978.

한 그리움이 다른 그리움에게

어느 날 당신과 내가
날과 씨로 만나서
하나의 꿈을 엮을 수만 있다면
우리들의 꿈이 만나
한 폭의 비단이 된다면
나는 기다리리, 추운 길목에서
오랜 침묵과 외로움 끝에
한 슬픔이 다른 슬픔에게 손을 주고
한 그리움이 다른 그리움의
그윽한 눈을 들여다볼 때
어느 겨울인들
우리들의 사랑을 춥게 하리
외롭고 긴 기다림 끝에
어느 날 당신과 내가 만나
하나의 꿈을 엮을 수만 있다면

『한 그리움이 다른 그리움에게』, 창작과비평사, 1991.

몽유백령도 夢遊白翎圖

풍경은 얼마쯤 낯설어야 풍경이고
시도 얼마쯤 낯설어야 시가 된다
이 섬의 이름은 원래 곡도(鵠島)
따오기 모양의 거대한 흰 날개를 가졌다는
이 섬의 아름다움은 기이하다
평화와 상생을 위한 문학축전을 마치고
두무진(頭武津)으로 가 유람선을 탔다
아홉시 방향을 보라
선장의 말에 시선이 한쪽으로 쏠린다
구멍 뻥 뚫린 바위 옆에 우뚝 솟은 촛대바위
괭이갈매기 가마우지 똥이 하얗게 쌓인
촛대바위 뒤로는 병풍절벽 가까스로
절벽을 기어오른 덩굴식물 사이로 초소가 보이고
구멍 속에는 초병(哨兵)이 하나 서서
장산곶 하늘의 매를 감시하고 있다
아니, 그는 아마 눈먼 아비를 위해
심청이 몸을 던졌다는 인당수에
연꽃이 언제 피는가 지켜보고 있을 것이다
가마우지가 몇 번 자맥질을 하고
물개가 몇 번이나 솟구쳐 휘파람을 불고
괭이갈매기는 또 몇 번이나 울며 날았는지
하루 종일 심심풀이로 헤아렸을 터이다
그렇지 않고서야 바다 한가운데

병사를 세워둘 이유가 무엇이란 말인가
언젠가는 병사들도 심봉사처럼
눈 뜰 날이 있을 것이다
그렇지 않고서야 심청이 환생했다는
연화리(蓮花里)가 여기 있을 턱이 없지
그렇지 않고서야 심청각 옆에
탱크를 세워둘 이유가 무엇이란 말인가
옛날 이 바다에 곤(鯤)이라는 물고기가 살고 있었다*
크기가 몇 천리가 되는지 모르나
이것이 변해 붕(鵬)이란 새가 되었다
붕새는 얼마나 큰지
한번 날면 하늘을 뒤덮는 구름과 같았다
지금까지 바다 한가운데 웅크리고 있던 그 큰 새가
제 몸에 얹힌 온갖 것 훌훌 털고
크고 흰 날개 퍼득여 하늘로 오를 날
오기는 올 것이다 그렇지 않고서야 어떻게
백령도가 황해바다 한가운데 서 있을 수 있겠는가

* 장자 소요유逍遙遊에 나오는 말

『돌아다보면 문득』, 창비, 2008.

문인수

꼭지

독거노인 저 할머니 동사무소 간다. 잔뜩 꼬부라져 달팽이 같다.
그렇게 고픈 배 접어 감추며
生을 핥는지, 참 애터지게 느리게
골목길 걸어 올라간다. 골목길 꼬불꼬불한 끝에 달랑 쪼그리고 앉
은 꼭지야,
걷다가 또 쉬는데
전봇대 아래 그늘에 웬 민들레꽃 한 송이
노랗다. 바닥에, 기억의 끝이

노랗다.

젖배 곯아 노랗다. 이 년의 꼭지야 그 언제 하늘 꼭대기도 넘어가랴.
주전자 꼭다리 떨어져 나가듯 저, 어느 한 점 시간처럼 새 날아간다.

『배꼽』, 창비, 2008.

쉬

　그의 상가엘 다녀왔습니다.
　환갑을 지난 그가 아흔이 넘은 그의 아버지를 안고 오줌을 뉜 이야
기를 들었습니다.

　生의 여러 요긴한 동작들이 노구를 떠났으므로, 하지만 정신은 아
직 초롱같았으므로, 노인께서 참 난감해 하실까봐 "아버지, 쉬, 쉬이,
어이쿠, 어이쿠, 시원허시겠다아" 농하듯 어리광부리듯 그렇게 오줌
을 누였다고 합니다.

　온몸, 온몸으로 사무쳐 들어가듯 아, 몸 갚아드리듯 그렇게 그가 아
버지를 안고 있을 때, 노인은 또 얼마나 더 작게, 더 가볍게 몸 움츠리
려 애썼을까요.

　툭, 툭, 끊기는 오줌발, 그러나 그 길고 긴 뜨신 끈. 아들은 자꾸 안
타까이 따에 붙들어 매려했을 것이고, 아버지는 이제 힘겹게 마저 풀
고 있었겠지요. 쉬 –
　쉬! 우주가 참 조용하였겠습니다.

『쉬!』, 문학동네, 2006.

앉아보소

— 거, 앉아보소.

늙은 여자가 강물 물 가까이 털썩, 주저앉으며 말했다. 쉰 목소리로
말했다. 다 망가진 채 엉거주춤 돌아온, 쿨럭거리는 사내더러 한 번
말했다. 꺼질듯 낮게 말했다. 키가 껑충한, 그래서 그런 건지 낯짝 안
보이는, 아직도 허공에 매달려 떠돌고 있는 건지 낯짝 없는, 낯짝 없
는 사내더러 여자가 말했다.

여자는 오랜 세월, 장터거리에서 혼자 국밥집을 해왔다.

저녁노을 그 아래 시뻘겋게 부글부글 끓어오르는, 그러나 쿨럭쿨럭
뒤엉키는 물,

지금은 다만 긴 강.

『홰치는 산』, 만인사, 1999.

김준태

쌍둥이 할아버지의 노래

한 놈을 업어주니 또 한 놈이
자기도 업어주라고 운다
그래, 에라 모르겠다!
두 놈을 같이 업어주니
두 놈이 같이 기분 좋아라 웃는다
남과 북도 그랬으면 좋겠다.

『달팽이 뿔』, 푸른사상, 2014.

참깨를 털면서

산그늘 내린 밭귀퉁이에서 할머니와 참깨를 턴다.

보아하니 할머니는 슬슬 막대기질을 하지만
어두워지기 전에 집으로 돌아가고 싶은 젊은 나는
한번을 내리치는 데도 힘을 더한다.
세상사에는 흔히 맛보기가 어려운 쾌감이
참깨를 털어대는 일엔 희한하게 있는 것 같다.
한번을 내리쳐도 셀 수 없이
솨아솨아 쏟아지는 무수한 흰 알맹이들
도시에서 십 년을 가차이 살아본 나로선
기가막히게 신나는 일인지라
휘파람을 불어가며 몇 다발이고 연이어 털어댄다.
사람도 아무 곳에나 한번만 기분좋게 내리치면
참깨처럼 솨아솨아 쏟아지는 것들이
얼마든지 있을 거라고 생각하며 정신없이 털다가
〈아가, 모가지 털어져선 안되느니라〉
할머니의 가엾어하는 꾸중을 듣기도 했다.

『참깨를 털면서』, 창작과비평사, 1977.

체옹 에크Cheoung Ek*

잡풀 무성한
물웅덩이에

수련 몇 송이 떠 있네

모든 영혼에는 파수꾼이 있다**?

석가나무 나뭇잎에
잠깐 내려앉기도 하는
별빛이라든가 꽃향기에 파수꾼이 있다?

1975년 9월이던가
프놈펜에서 남쪽으로 15km 지점
1백여 명의 젖냄새 아가들을 트럭에
싣고 와 한꺼번에 파묻어버린 체옹 에크!

아
이 생면부지의 벌판에 와서
나는 내가 인간이다는 사실에 절망한다
어린 죽음들 앞에 무릎 꿇어 엎드릴 때

― 코리아의 문경새재 너머 돌당골에서
거창 신원 감악산 돌고 돌아 박산골에서
한라산 북촌마을 바닷가 너븐숭이 돌밭에서
두 살, 세 살 나이에 총알세례 받은 아가들!

그 어린 것들이
여기 먼 나라 체옹 에크
흙빛뿐인 물웅덩이에까지 와서

아아어여오요우유 한국어 母音으로 함께 울고 있었다.

*   체옹 에크Cheoung Ek : 캄보디아 수도 프놈펜 근교에 위치한 일명 킬링필드. 제노사이드
현장 중 하나로 가장 많은 사람이 학살당한 곳.
** '모든 영혼에는 파수꾼이 있다' : [코란], '밤의 방문자 장'에 나오는 말.

『달팽이 뿔』, 푸른사상, 2014.

이하석

부서진 활주로

활주로는 군데군데 금이 가, 풀들
솟아오르고, 나무도 없는 넓은 아스팔트에는
흰 페인트로 횡단로 그어져 있다. 구겨진 표지판 밑
그인 화살표 이지러진 채, 무한한 곳
가리키게 놓아 두고.

방독면 부서져 활주로변 풀덤불 속에
누워 있다. 쥐들 그 속 들락거리고
개스처럼 이따금 먼지 덮인다. 완강한 철조망에 싸여
부서진 총기와 방독면은 부패되어 간다.
풀뿌리가 그것들 더듬고 흙 속으로 당기며.
타임지와 팔말 담배갑과 은종이들은 바래어
바람에 날아가기도 하고, 철조망에 걸려
찢어지기도 한다. 구름처럼
우울한 얼굴을 한 채.

타이어 조각들의 구멍 속으로
하늘은 노오랗다. 마지막 비행기가 문득
끌고 가 버린 하늘.

『고추잠자리』, 문학과지성사, 1977.

김씨의 옆 얼굴

은사시나뭇잎 그늘이 얼룩져
그의 얼굴은 어둡고 술 취한 듯하다.
육교 밑으로 휴지를 쓸어갈 때
발 밑을 구르는 신문지 조각을
때로 주워 읽는다. 길가, 인도와 차도를 가로지른
철제 난간에 앉아, 그는 먼지 속처럼 아득히
버마 사건의 그 후와 최근의 학원 사태를 느낀다.
그것들은 그의 코 언저리를 붉게 하고
깊은 줄이 팬 이마를 불룩거리게 한다.

청소가 끝날 때 쯤, 그의 귀 언저리 털에서
이 거리의 마지막 먼지가 부스스 떨어진다.
중앙로의 오늘 그가 맡은 구간은 은사시나무 길.
비와 바람과 불빛과 사람들이 자주 흐르는.

50이 넘어서면서 자꾸 허리가 결리고,

그는 목뼈를 주먹으로 자주 두드린다.

신문엔 안 났지만, 레이건이 중공을 방문하기 직전에 그랬을 것처럼,

때로 그는 자, 신나는 일이 있을 거야하고 중얼거린다.

그걸 위해 그의 눈길이 자식들의 얼굴처럼 생긴

노변의 햇수박 쪽으로도 자주 간다.

은사시나뭇잎 그늘이 거기에도 얼룩져 있다.

육교 밑, 미도 백화점의 셔터가 올라가자

큰 유리창에 이내 김씨의 빈 얼굴이 비친다.

때로 밝게 때로 어둡게 때로 앞모습만

그 숙인 얼굴이 하루 종일 유리창에

맑은 유리창 속 아름다운 온갖 상품들 위에

비친다. 밤 11시 철제 셔터가 내려진 후에도

그의 얼굴이 철제 셔터의 위에 완강하게

비친다. 어둡게 또는 새하얗게. 헌 신문지 같은,

또는 은사시나뭇잎 같은, 또는 아무 것도 비추지 않는

철제 셔터 같은 얼굴이 거기에 있다.

『김씨의 옆 얼굴』, 문학과지성사, 1984.

연어

돌아온다. 부끄럼 많은 언덕이 엎드려 지키는 여울의 길목으로,
온다. 온다. 떼지어 달리는 마라톤경기처럼,
붉고 노란 유니폼 입은 선수들이 몰려온다,
유도선이 없어도 제 생애의 무늬 속에 잘 각인된 길이
바다에서 강으로 들어, 에돌아, 돌아, 곧 바로, 상류에 이른다.

연어의 헤엄은 서사적이다.
그 시작과 끝이 예정된 길로 이어져 굽이치기 때문이다.
강가에서 낚시질하거나 그물질하는 우리들이 잡아올리는
장편 서사의, 쉬 끌어올려지지 않는, 퍼덕이는
긴 노정.

기실 낚시질과 그물질로도 연어의 길은 헝클어지지 않는다.
대부분의 연어들은 혼인색으로 노랗게 붉게 보라로 장엄한 채
상류로 내처, 막무가내로, 치달아선 제가 아는 길의 꿈을 새로 낳는
다.
그게 서사의 후렴이 아니라 서사의 서두임을 우리는 안다.

죽음으로 복제한 길. 그 어린 여행자들은
이내 떠난다. 돌아오기 위해
떠난다, 오래전부터 당연히 감당해온 처음의 제 길을 열며,
풀어놓는다. 그냥 그대로, 돌아오는 길을 잃지 않기 위해,
멀리 나가는 강의 길이 길게 바다 속에서 지워지지 않는다.

『고추잠자리』, 문학과지성사, 1977.

정호승

자작나무에게

나의 스승은 바람이다
바람을 가르며 나는 새다
나는 새의 제자가 된 지 오래다
일찍이 바람을 가르는 스승의 높은 날개에서
사랑과 자유의 높이를 배웠다

나의 스승은 나무다
새들이 고요히 날아와 앉는 나무다
나는 일찍이 나무의 제자가 된 지 오래다
스스로 폭풍이 되어
폭풍을 견디는 스승의 푸른 잎새에서
인내와 감사의 깊이를 배웠다

자작이여
새가 날아오기를 원한다면
먼저 나무를 심으라고 말씀하신 자작나무여

나는 평생 나무 한 그루 심지 못했지만
새는 나의 스승이다
나는 새의 제자다

『문학사상』, 2014년 6월호.

수선화에게

울지 마라
외로우니까 사람이다
살아간다는 것은 외로움을 견디는 일이다
공연히 오지 않는 전화를 기다리지 마라
눈이 오면 눈길을 걸어가고
비가 오면 빗길을 걸어가라
갈대숲에서 가슴검은도요새도 너를 보고 있다
가끔은 하느님도 외로워서 눈물을 흘리신다
새들이 나뭇가지에 앉아 있는 것도 외로움 때문이고
네가 물가에 앉아 있는 것도 외로움 때문이다
산그림자도 외로워서 하루에 한 번씩 마을로 내려온다
종소리도 외로워서 울려퍼진다

『외로우니까 사람이다』, 열림원, 1998.

바닥에 대하여

바닥까지 가본 사람들은 말한다
결국 바닥은 보이지 않는다고
바닥은 보이지 않지만
그냥 바닥까지 걸어가는 것이라고
바닥까지 걸어가야만
다시 돌아올 수 있다고

바닥을 딛고
군세게 일어선 사람들도 말한다
더 이상 바닥에 발이 닿지 않는다고
발이 닿지 않아도
그냥 바닥을 딛고 일어서는 것이라고

바닥의 바닥까지 갔다가
돌아온 사람들도 말한다
더 이상 바닥은 없다고
바닥은 없기 때문에 있는 것이라고
보이지 않기 때문에 보이는 것이라고
그냥 딛고 일어서는 것이라고

『이 짧은 시간 동안』, 창비, 2004.

창작, 비평, 번역은 왜 하나인가?
— 왜 쓰는가에 대한 궁색한 답변

조재룡

*

　내가 쓰는 글은 크게 보아 평론과 논문으로 나뉜다. 여기에 하나를 추가하면 번역이 있다. 이 각각은 크게 보아 문학과 관련된다는 공통점을 지니지만, 그렇다고 글을 쓰는 데 있어 동일한 태도를 요구하는 것은 아니며, 필요로 하는 에너지 역시 같은 것은 아니다. 문제는 시나 소설, 희곡 등을 묶어, 창작의 범주에 속한다고 이야기하는 사람들이, 평론-논문-번역에 대해서도 동일한 말을 꺼내드는 것은 아니라는 사실에서 발생한다. 평론이나 논문, 특히 번역은 창작과 그다지 상관이 없다고 생각하기 때문일까? '왜 쓰는가'라는 물음이 나에게 또 다른 물음들을 소급해내는 것은 바로 이 때문이다. 가령, 당신은 작가인가, 당신의 글은 학문에 근접해 있으므로, 작가의 산물이라기보다는 연구자의 그것은 아닌가,와 같은 물음은, 예상할 수 있는 바, 또 다른 물음을 예비하는 자그마한 단계에 불과하다. 작가는 무엇인가? 창조하는 자만이 작가인가? 창조는 또 무엇인가? 일기를 쓰는 사람도 작가라고 할 수 있는가? 저자와 작가는 어떻게 다른가? 잡지를 통해 발표되거나 단행본으로 출간된 경우에만 창작물의 반열에 오를 수 있는 것인가? 트위터나 페이스북, 블로그를 비롯해, SNS 공간의 글들은 주인 없이 떠도는 개인적 상념이기에, 창조의 대상에서 제외되어야 하는가? 꼬리를 물고 이어지는 물음들 가운데에서, 내가 대답을 궁리해보려는 것은 평론과 번역, 그러니까 이 두 부류의 글에, 내가 왜 천착하고 있는지, 또한 이 글들이 어떻게 만듦(poiēsis)으로 향하는 '쓰다'의 실천과 결부되어 있는가라는 물음이다.

*

첫 비평집 『번역의 유령들』을 출간했을 당시, 출판사는 나를 비평가가 아니라 연구자로 분류하여 홈페이지에 소개했다. 담당자에게 조심스레 그 까닭을 물어보았으나, 기대했던 대답을 얻어 듣지는 못했다. 비평이 학술적 차원의 논리적 규명보다는 창의적인 특성을 미덕으로 삼아야 하는데, 내 글이 전자에 더 기울어졌다는 판단을 내렸기 때문일 것이라고 추측해본다. 번역에 대한 단상들을 모아 엮은 책이었고, 학술논문과는 다른 형태, 그러니까 학적 규명보다는, 독서의 현장에서 숨 쉬고 있는 작품들을 대상으로, 번역의 관점에서 그 가치를 자리매김하고자 했던 기억이 있다. 그 과정에서 주관적 판단을 감추지도 않았다. 논문과 평론을 구분해주는 잣대는 사실, 이것이 전부라해도 과언은 아니다. 자주 심사평에서 이 둘의 구분을 강조하는 것은 우연이 아닐 것이다.

평론은 독창적인 관점에 기초한 날카로운 분석과 종합을 통해 작품의 미학적·역사적 의미를 해명하는 문학 양식이다. 진정한 평론은 작품을 추수(追隨)하거나 감상하는 데서 한 걸음 더 나아가 엄정한 비판적 독

법을 통해 그 가치를 판별해 내는 적극적인 행위이다. 언제부턴가 주례사 비평이니 해설 비평이니 하는 말이 떠돌고 있는 것은 그만큼 우리 평론의 예술적·창의적 성격이 부족하다는 것을 의미한다. 평론은 물론 1차 텍스트를 전제로 해야 하는 한계가 있지만, 분명 문학예술의 한 장르로서 창작 활동의 일환인 것이다.[1]

비평과 논문의 이와 같은 차이는 내가 비평을 쓰는 이유이기도 하다. 선행연구를 차분히 검토하여 학술적 규명의 절차를 하나씩 밟아나가는 논문이 취할 수 없는 두 가지가 비평에는 존재한다. 비평은 우선 논문에 요구되는 형식의 제약에서 비교적 자유롭다. 그러니까, 매번 정확한 확인을 통해 제 논리의 근거로 달아놓아야 하는 각주, 서론−본론−결론식의 단정한 구성, 외국어로 작성된 요약문을 첨부하는 일이나 주제어(키워드)를 몇 개로 국한하여 선별하는 작업, 주관을 배제하고 최대한 건조한 문체로 서술 전반을 이끌어나가야 하는 제약 등에서 비평이 비교적 자유롭다는 것인데, 이 자유로움이 비평가에게 지니는 의미는 우리가 생각하는 것보다 훨씬 크다. 논문이 태생적으로 지닐 수밖에 없는 이러저러한 제약에서 한 발짝 벗어나 제 글을 써야 한다는 것 자체가, 비평에서는 종종 함정이 될 수 있기 때문이다. 이는 비평이 매번 제 글의 형식과 고유한 제약을 고안해야 한다는 임무를 갖고 있다는 뜻이기도 하며, 따라서 글의 성패가 이 자유로움에서 결정되는 경우도 빈번하다.(적어도 내 경우는 그런 것 같다.)

비평과 달리 논문이 담아낼 수 없는 또 다른 하나는 현장성이다. 현장에 대해 민감한 촉수를 드리우지 않는다면, 비평은 고유의 미덕이

---

1 2013년 대산창작기금수혜 평론 분야 심사평.

랄 수도 있는 효율성과 시의 적절성을 동시에 잃는다. 현장을 보살핀다는 것은, 지금-여기의 문학작품들이 서로 포개어지고 덧대면서 부딪치고 갈라서는 저 복잡한 문(文)의 지형도 전반을 가늠해야 하는 임무가 비평가에게 있다는 것을 의미한다. 이때 비평가는 윤리와 성실을 조건으로 제 글을 쓸 수밖에 없다. '윤리'가 요구되는 까닭은 자칫 비평이, 맘껏 재단하고 가치판단을 내리면서, 작품을 방만하게 쥐락펴락하는 일종의 무기가 될 수 있기 때문이고, '성실'이 조건인 이유는 출간되어 우리 앞에 당도하는 작품들이 상당수에 이른다는 사실에 있으며, 따라서 애정 어린 노력과 성실한 독서가 전제되지 않고서 비평은 매우 더디게 진행될 수 밖에 없다.

오늘날 비평의 현장에서 문학 연구자들이 상당수 자취를 감춘 것은 사실로 보인다.[2] 특히 90년도 중반 이후, 외국문학 연구자들이 비평가의 자격으로 왕성한 현장 활동을 전개하는 경우가 그리 자주 목격되는 것은 아니다. 내가 주로 시를 대상으로 삼아 비평문을 쓰게 되기까지, 결정적으로 영향을 끼친 것은 바로 이와 같은 문단의 흐름이었다는 말을 해야 할 것 같다. 대학시절 나는 불문학이나 러시아문학, 독문학이나 영문학과 한국문학이 상호교섭과 지속적인 연대 속에서 함께 길을 걸어왔다고 생각했으며, 이러한 믿음은 지금도 변함이 없다. 프랑스 시학과 문학이론을 공부한 연구자의 입장에서도, 나는 이러한 믿음을 고수해왔다. 문예비평이 외국문학과의 섞임 속에서 고유한 제 목소리를 찾으려는 노력을 포기한 적이 있었던가? 시대를 거슬러 올라가, 한국 근현대비평의 전개 과정을 살펴보아도, 외국문학과의 교

---

2 이는 인문학에서 단행본이나 번역보다 논문을 강조하는 대학의 분위기와 무관하지 않다. 그러나 대학에서 누가 중요성을 강조하며 독촉한다 해도, 논문이 문학연구자들에게 면죄부를 주는 것은 아닐 것이다.

류와 결속의 과정과 번역을 매개로 비평이 제 외연을 넓혀내었으며 사유와 개념을 고안해내고자 시도하였고, 그 과정 속에서 비평이 발전할 수 있었다고 해야 한다. 비평을 전공한 프랑스 시학 연구자에 가까울 내가 비평가라는 이름으로 활동을 하고자 하는 데에는 외국문학 작품의 '번역'과 이 과정에서 궁굴려낸 이론적 사유들이 한국문학과 맺는 저 관계를 헤아리고자 하는 개인적인 욕망이 자리하며, 이 욕망은 내가 비평이라는 형식의 글을 쓰게 되는 데 결정적인 영향을 끼쳤다고 해야 할 것 같다. 번역이 물고 들어온 외부의 문학이론과 근대의 지식은 우리 문학에 날카로운 비평용어들을 선보였고 새로운 문학 장르를 실험해나갈 모티브가 되었으며, 지금 우리가 사용하고 있는 우리말의 토대를 만들어내는 데조차 크게 기여한 사실을 어떻게 부정할 수 있을까?

*

번역은 어떤 작업인가? 번역도 소위, 글을 쓴다는 축에 속한다고 감히 말할 수 있을까? 외국 작품을 우리말로 옮기는 작업에 그 무슨 주관적 판단과 창조적 재능이 필요할 것인가? 원문을 충실히 옮겨야 하는 번역가에게 성실성과 해석력 이상을 기대한다는 것이 가능한 일일까? 통념은 이 경우, 그저 통념일 뿐이다. 왜냐하면, 번역, 특히 문학번역은 어쩔 수 없이, 아니 필연적으로, 창조적인 재능과 탁월한 조문(造文)력은 물론, 뛰어난 글의 창작에 요구되는 것과 크게 다르다고 할 수 없는 재능과 조건, 태도와 윤리를 요구하기 때문이다. 텍스트의 특수성을 파악한다는 전제하에서만 번역을 진행할 수 있다는 사실을 염두에 둔다면, 번역은 사실 비평과 크게 동떨어진 작업도, 저 문체의 실험이나 사유의 고안과 그리 무관한 작업도 아니다. 번역 주위로 자주 발생하는 커다란 오해 가운데 하나는, 번역을 언어코드의 단순한 전환으로 간주하는 것이다. 이 경우, 번역은 수동적이고 기계적인 작업이며, 외국어에 능통하면 누구나 할 수 있는 단순한 작업으로 인식되어버린다.

문학 번역은 텍스트의 특수성을 헤아릴 능력 없이는 진행할 수 없으며, 따라서 비평적인 성격을 지닐 수밖에 없다. 번역가에게 요구되는 것은 문학작품을 문학작품이게 만들어주는 요소를 포착할 능력이며, 이때 번역가는 타자의 문학과 그 문학을 직조하는 특수한 방식을 자기의 언어로 담아내고자, 낯선 시험대 위에 올라 아슬아슬하게 성공의 여부와 번역가로서의 제 운명을 시험해볼 뿐이다. 문학 텍스트의 문학적 요소들, 다시 말해, 문학 텍스트를 '문학이게끔 지탱하는 것', 그러니까, 작품성을 결정짓는 문장의 특수한 구성이나, 작가라면 반드시 염두에 두었을 문체, 고유한 리듬이나 어휘의 독특한 사용처럼, 우리가 흔히 문학성이라고 부르는 것이야말로 번역에서 끈질기게 물고 늘어져야 할, 번역의 핵과 다름없다. 문학 번역은 나의 문자로 타자의 문자의 가장 깊은 저변을 파헤치는 작업, 나의 문장으로 타자의 문장의 가장 조밀한 조직을 길어 올리는 실험이기에, 필연적으로 창조적 재능과 풍부한 지식, 뛰어난 감수성과 정확한 판단력을 필요로 한다. 문학 번역은 의미의 두께를 결정하는 특수성의 양감에 민감하게 반응할 수밖에 없으며, 텍스트의 특수성이 모든 것을 결정한다는 기치 아래, 외국어와 타자의 문화, 타자의 정신과 사상이라는, 제 모습을 잘 드러내지 않는 유령과 싸워야만 하기 때문이다. 번역이 만듦(poiēsis)을 저버리고 '쓰다'의 실천(praxis)을 도모하는 경우는 있을 수 없으며, 타자의 언어와 나의 언어를 포개어보는, 지난하고도 고달픈 작업에 필요한 이론적 탐구(theōria)와 성찰 없이는 가능하지 않다.

이처럼 나는, 번역이야말로, 아리스토텔레스가 삼분하여 소개한 인간의 지적활동을 총체적으로 구현해낼 능력이 뒷받침 되어야만 가능한, 매우 독창적인 작업이라고 생각한다. 번역의 역사를 뒤적거려, 그어떤 시대를 살펴봐도, 문학을 번역하는 자가, 창작자의 영예로운 지위를 누렸던 작가들보다 덜 위대하다고 평가받을 작업을 수행했던 적은 없었다. 르네상스 시대 프랑스의, 19세기 산업자본주의 시대 서유럽의, 조선 후기의 여항기나 이후 개화기의, 20세기 초 중국의, 일본의 란가쿠(蘭學) 시대와 메이지 시대의, 양차대전 이후의 번역가들이 모두 그러했고 해야겠다. 아니, 페르시아어, 그리스어, 힌두어, 라틴어로 된 고전서적들이 가득했지만 아랍어밖에 모르는 칼리프를 위해 알 만수르가 도서관의 책이란 책을 모조리 아랍어로 번역하라는 지시를 내렸던 800년경 바그다드의 번역가들이 벌써 그러했을 것이다.

　나는 왜 번역하는가? 나에게 '번역하다(traduire)'는 '쓰다(écrire)'나 '고안하다(inventer)'와 같은 말이다. 나는 심지어, 문학이 그토록 선호하고 옹호해온 '창조하다(créer)'와 '번역하다'가 본질적으로 서로 같은 인간의 정신활동이라고 생각한다. 나는 왜 번역하는가? 나는 나 자신을 위해, 그러니까 나의 고리타분한 문장을 되돌아볼 기회를 갖기 위해, 타자의 사유를 이곳으로 끌고 와 예기치 않은 혼란을 경험하고자, 타자의 문학과 우리의 그것을 포갤 때 빚어지는 사유의 충격을 목도하고자 번역을 한다. 나는 왜, 번역에 관해 글을 쓰고, 번역을 창작의 관점에서, 그러니까 특수성을 결정하는 창조적 행위의 관점에서 바라보고자 하는가? 성취할 수 없는 것을 성취하려 시도한다는 조건 하에서만, 시가 시의 반열에 올라설 수 있는 것처럼, 성취할 수 없는 것을 나의 언어로 실현해보거나, 그것을 내 언어로 바라보게 하여, 사유의 여백과 문장의 잉여를 창출한다는 점에서, 번역이 매우 독창적인 인식론적 행위이며 세상을 바라보는 고유한 시선을 내게 줄 수 있다고 생각하기 때문에 나는 번역을 한다.

비평과 번역은, 투명한 생태에서 병행을 유지하거나, 서로 무관하게 등을 돌린 채 진행되는 법이 없을 정도로 밀접하게 연관된 일이기도 한데, 사실 이는 내가 글을 쓰는 가장 큰 이유 중 하나이기도 하다. 사실, 나에게는, 창작이 벌써 비평이며, 번역이 벌써 창작이고, 비평이 벌써 번역이며, 번역이 벌써 비평이다. 요즘 들어, 하나를 잠시 멈추고 다른 하나로 이동하는 속도가 전보다 부쩍 늦어져 주름살이 늘어나고 있지만, 그럼에도 이 두 가지 창의적인 언어활동 가운데 하나만을 선택할 마음이 아직은 없다. 간헐적이라 계획성이 없고, 뚜렷한 목적 하에 진행되지 않을 때, 오히려 글이 잘 풀리는 것은 대관절 무슨 까닭일까? 시와 문학이 번역 작업과 비평 행위를 통해 오히려 나의 사유를 조절하고 있기 때문은 아닐까? 글의 대상, 그러니까 자주는 시, 그리고 번역의 대상이 된 작품들, 내가 이 글들을 조절하고 바라보고 분석하고 옮겨오는 것이 아니라, 이 글들이 오히려 나를 조절하고 바라보고 분석하고 옮기며, 나를 세계와 결부시킨다는 느낌을 지울 수 없을 때가 너무 많다. 내가 글 앞에서 까닭 모를 여유를 갖게 되는 이유이기도 하다. 비평과 번역은, 어느 노장 비평가의 말처럼, 마감이 재능이라는 사실을 매번 실감하게 해준다. 그러나 이는, 게을러서라기보다, 번역이건 비평이건, 글을 쓴다는 것이 어떤 대상을 풀어내는 일방적인 행위가 아니라, 글의 대상이 된 무언가가 나의 내면을 크게 휘젓고 돌아 나오면서, 내가 모르는 것을 나의 내면과 나의 언어에서 끄집어내어, 세상에 선보이는 낯선 경험이기 때문은 아닐까.

최정례

3분 동안

3분 동안 못할 일이 뭐야
기습결혼을 하고
아이를 낳을 수 있지
다리가 끊어지고
백화점이 무너지고
한 나라를 이룰 수도 있지

그런데
이봐
먼지 낀 베란다에 널린
양말들, 바지와 잠바들
접힌 채 말라가는
수치와 망각들
뭐하는 거야

저것 봐

날아가는 돌
겨드랑이에서
재빨리 펼쳐드는 날개를

저 날개 접히기 전에
어서 결혼을 하고
아이를 낳아야지
도장을 찍고
악수를 청하고
한 나라를 이루어야지

비행기가 떨어지고
강물이 갇히기 전에
식탁 위에 모래가 켜로 앉기 전에
찬장 밑에 잠든 바퀴벌레도 깨워야지
서둘러 겨드랑이에
새파란 날개를 달아야지

『붉은 밭』, 창작과비평사, 2001.

칼과 칸나꽃

너는 칼자루를 쥐었고
그래 나는 재빨리 목을 들이민다
칼자루를 쥔 것은 내가 아닌 너이므로
휘두르는 칼날을 바라봐야 하는 것은
네가 아닌 나이므로

너와 나 이야기의 끝장에 마침
막 지고 있는 칸나꽃이 있다

칸나꽃이 칸나꽃임을 이기기 위해
칸나꽃으로 지고 있다

문을 걸어 잠그고
슬퍼하자 실컷
첫날은 슬프고
둘째 날도 슬프고
셋째 날 또한 슬플 테지만
슬픔의 첫째 날이 슬픔의 둘째 날에게 가 무너지고
슬픔의 둘째 날이 슬픔의 셋째 날에게 가 무너지고
슬픔의 셋째 날이 다시 쓰러지는 걸
슬픔의 넷째 날이 되어 바라보자

상가집의 국수발은 불어터지고

화투장의 사슴은 뛴다
울던 사람은 통곡을 멈추고
국수발을 빤다

오래 가지 못하는 슬픔을 위하여
끝까지 쓰러지자
슬픔이 칸나꽃에게로 가
무너지는 걸 바라보자

『레바논 감정』, 문학과지성사, 2006.

레바논 감정

수박은 가게에 쌓여서도 익지요
익다 못해 늙지요
검은 줄무늬에 갇혀
수박은
속은 타서 붉고 씨는 검고
말은 안 하지요 결국 못 하지요
그걸
레바논 감정이라 할까 봐요

나귀가 수박을 싣고 갔어요
방울을 절렁이며 타클라마칸 사막 오아시스
백양나무 가로수 사이로 거긴 아직도
나귀가 교통수단이지요
시장엔 은반지 금반지 세공사들이
무언가 되고 싶어 엎드려 있지요

될 수 없는 무엇이 되고 싶어
그들은 거기서 나는 여기서 죽지요
그들은 거기서 살았고 나는 여기서 살았지요
살았던가요, 나? 사막에서?
레바논에서?

폭탄 구멍 뚫린 집들을 배경으로
베일 쓴 여자들이 지나가지요
퀭한 눈을 번득이며 오락가락 갈매기처럼
그게 바로 나였는지도 모르지요

내가 쓴 편지가 갈가리 찢겨져
답장 대신 돌아왔을 때
꿈만 같아서
그때는 현실이 아니라고 우겼는데
그것도 레바논 감정이라 할까요?

세상의 모든 애인은 옛애인이 되지요
옛애인은 다 금의환향하고 옛애인은 번쩍이는 차를 타고

옛애인은 레바논으로 가 왕이 되지요
레바논으로 가 외국어로 떠들고 또 결혼을 하지요

옛애인은 아빠가 되고 옛애인은 씨익 웃지요
검은 입술에 하얀 이빨
옛애인들은 왜 죽지 않는 걸까요
죽어도 왜 흐르지 않는 걸까요

사막 건너에서 바람처럼 불어 오지요
잊을 만하면 바람은 구름을 불러 띄우지요
구름은 뜨고 구름은 흐르고 구름은 붉게 울지요
얼굴을 감싸 쥐고 징징거리다
눈을 흘기고 결국

오늘은 종일 비가 왔어요
그걸 레바논 감정이라 할까 봐요
그걸 레바논 구름이라 할까 봐요
떴다 내리는
그걸 레바논이라 합시다 그럽시다

『레바논 감정』, 문학과지성사, 2006.

이성복

정선

내 혼은 사북에서 졸고
몸은 황지에서 놀고 있으니
동면 서면 흩어진 들까마귀들아
숨겨둔 외발 가마에 내 혼 태워 오너라

내 혼은 사북에서 잠자고
몸은 황지에서 물장구 치고 있으니
아우라지 강물의 피리 새끼들아
깻묵같이 흩어진 내 몸 건져 오너라

『래여애반다라』, 문학과지성사, 2013.

極地에서

무언가 안 될 때가 있다

끝없는, 끝도 없는 얼어붙은 호수를
절룩거리며 가는 흰, 흰 북극곰 새끼

그저, 녀석이 뜯어먹는 한두 잎
푸른 잎새가 보고 싶을 때가 있다

소리라도 질러서, 목쉰 소리라도 질러
나를, 나만이라도 깨우고 싶을 때가 있다

얼어붙은 호수의 빙판을 내리찍을
거뭇거뭇한 돌덩어리 하나 없고,

그저, 저 웅크린 흰 북극곰 새끼라도 쫓을
마른 나무 작대기 하나 없고,

얼어붙은 발가락 마디마디가 툭, 툭 부러지는
가도 가도 끝없는 빙판 위로

아까 지나쳤던 흰, 흰 북극곰 새끼가
또다시 저만치 웅크리고 있는 것을 볼 때가 있다

내 몸은, 발걸음은 점점 더 눈에 묻혀 가고
무언가 안 되고 있다

무언가, 무언가 안 되고 있다

『래여애반다라』, 문학과지성사, 2013.

절개지에서

굴착기와 트랙터는 멎어 있고
발파음도 들리지 않는 채석장이었는데,

깎아지른 절벽 위 검은 염소들이
거기 있을지도 모를
마른 풀을 뜯는 시늉만 하고 있었는데,

날은 자꾸 어두워지고 발 헛디딘
염소새끼들이 비칠거리는 그 아래,

통짜로 깎아낸 절벽으로 흘러내린
비둘기 똥 같은 돌무늬가, 웃자란
망초 대궁 사이로 어른거리고 있었는데,

아, 검은 염소들은 날이 어두워지기
전에 어서 내려와야 할 텐데,

염소들 풀어놓고 인부들이 떠난
채석장 짜개진 공허가, 거대한
바위산을 거꾸로 세워놓은 듯해서,

나는 자꾸 성마른 가슴을 거기다
비벼대고 있었으니, 이 빠진 주발에
다대기 재듯 비벼 놓고만 있었으니……

『래여애반다라』, 문학과지성사, 2013.

강형철

가장 가벼운 웃음

겉으론 평평하지만
23.5도의 사선으로 비뚤어져 있는 대지에서
제대로 서 있다고 확신하는 인간들을
깨우쳐 중심을 잡아가기 위해
만물을 제대로 직립시키기 위해
우주가 일으키는 가벼운 지진

흔들리는 사랑을 위해
편두통약을 사 먹으며
가까스로 이마를 짚어보는
만물들의 會通路

스스로 정지해 있다고 믿지만
시속 35킬로미터로 태양을 향해

공전하고 있다는 것을 깨우쳐주기 위해
태양이 일으키는 가벼운 압력

묻기만 한 소크라테스도
신의 아들 예수 그리스도도 도달치 못한
인간만의 성채

『도선장 불빛 아래 서 있다』, 창작과비평사, 2002.

도선장 불빛 아래
— 군산에서

백중사리 둥근달이
선창 횟집 전깃줄 사이로 떴다
부두를 넘쳐나던 뻘물은 저만치 물러갔다
바다 가운데로 흉흉한 소문처럼 물결이 달려간다
꼭 한 번 손을 잡았던 여인
도선장 불빛 아래 서 있다
뜨거운 날은 사라지지 않는다
사랑할 수 없는 곳을 통과하는 뻘물은 오늘도 서해로 흘러들고
건너편 장항의 불빛은 작은 품을 열어 안아주고 있다
포장마차의 문을 열고 들어서며

긴 로프에 매달려 고개를 처박고 있는 배의 안부를 물으니
껍딱은 뺑끼칠만 허믄 그만이라고
배들이 겉은 그래도 우리 속보다 훨씬 낫다며
무엇을 먹을 것인지 묻는다
생합, 살 밑에 고인 조갯물 거기다
한 잔 소주면 좋겠다고 나는 더듬거린다.
물 젖은 도마 위에서 파는 숭숭 썰려 떨어지고
부두를 덮치던 파도는 어느새
백중사리 둥근달을 데리고
포장마차 안으로 들어선다.

『도선장 불빛 아래 서 있다』, 창작과비평사, 2002.

출향出鄕

치매 앓는 어머니
집 떠나네
구부러진 허리 펴지 못하고
비척비척 걸으며
딸네 집 인천으로 떠나네
백구란 놈 두 발 모아 뜀뛰며
마당을 긁고

어머니 세멘 브로크 담벼락에 머리를 기대고
백구야
백구야
부르며 우네

무명 수건 한손에 쥐고
백구야
백구야
부르며 섰네

담벼락의 모래 몇 개
이러시면 안 되잖냐며
무너져 내리네

『환생』, 실천문학사, 2013.

김혜순

인플루엔자

새라고 발음하면
내 몸에서 바람만 남고
물도 불도 흙도 다 사라지는 듯
그 이름 새는 새라는 이름의 질병인가
새는 종유석 같던 내 뼈에서 바람 소리가 나게 한다

날지 못하는 새들은 다 죽이라는 명령이 떨어졌다
죽일 새도 없으니 산 채로 자루에 넣어
구덩이에 파묻으라는 명령이 떨어졌다

나 시집와서 며칠 후 도마 위에 병아리를 올리고
그 털 벗은 것에 칼을 들어 내리치려할 때
갓 낳은 아기의 다리를 잡고 있던 기분
그 소름 돋은 것이 바들바들 떠는 것 같아
강보에 싸서 안아주고 싶었다

제 가슴을 베개 삼아 머릴 드리우고 잠들던 그것

정말 우리는 끝에 다 온 걸까?
악몽의 막이 찢기자 그 속에서 죽음이 탄생하고 있다

내 심장이 한 마리 바람처럼 박자 맞춰 떤다

우리 마을엔 이제 날개 달린 것이 없다
다 땅 속에 넣고 소독약을 뿌렸다
큰엄마는 기르던 거위를 포대기에 싸서
들춰 업으려다 방독면에 들켰다

내가 지금 새의 시를 쓰는 것은
새를 잃는다는 것
쇄골 위에 새 한 마리 올려놓고
부리로 쪼이고 있다는 것
사람이 죽으면 바람에 드는 것이라는데
나는 시방 새의 바람 속으로 든다

우리나라 하늘 연(鳶)실이 다 엉켜
하늘 높이 쌓인 듯
흰 깃털 산이 바람에 힐끗거리고
그 속에 3개월짜리 6개월짜리 조그만 눈알들이
첩첩이 쌓여 있다
구덩이에 쏟아져 들어가기 몇 시간 전
눈 뜨고 떨고 있다

『슬픔치약 거울크림』, 문학과지성사, 2011.

지평선

누가 쪼개 놓았나
저 지평선
하늘과 땅이 갈라진 흔적
그 사이로 핏물이 번져 나오는 저녁

누가 쪼개 놓았나
윗 눈꺼풀과 아랫 눈꺼풀 사이
바깥의 광활과 안의 광활로 내 몸이 갈라진 흔적
그 사이에서 눈물이 솟구치는 저녁

상처만이 상처와 서로 스밀 수 있는가
두 눈을 뜨자 닥쳐오는 저 노을
상처와 상처가 맞닿아
하염없이 붉은 물이 흐르고
당신이란 이름의 비상구도 깜깜하게 닫히네

누가 쪼개 놓았나
흰 낮과 검은 밤

낮이면 그녀는 매가 되고
밤이 오면 그가 늑대가 되는
그 사이로 칼날처럼 스쳐 지나는
우리 만남의 저녁

『당신의 첫』, 문학과지성사, 2008.

정작 정작에

정작 꽃집에는 없는 것, 흙
정작 새집에는 없는 것, 하늘
정작 물고기집에는 없는 것, 바다

우리집에 없는 것은 당신이 더 잘 알겠지?

쥐와 벼룩과 바퀴벌레를 힘껏 밀어내고
엎드려서 웅얼웅얼 글씨 읊조리고 있는 우리집
잡초와 빗줄기와 유령의 머리칼을 밀어내고
바람에 움찔움찔 계단을 터는 우리집

높은 집이라는 말 속에는 무엇이 들어 있나
추락한 인부의 이빨이 들어 있네

먼 집이라는 말 속에는 무엇이 들어 있나
담벼락에 붙은 늙은 엄마의 손바닥이 들어 있네

즐거운 집이라는 말 속에는 무엇이 들어 있나
소름끼치도록 말랑말랑해 두 주먹을 꽉 쥐지도 못하는
시시로 치미는 악령의 눈동자가 한 벌 들어 있네

하나님의 집에는 태어나라 죽어라 동사님들만 살고
우리 집에는 나 나 나 나 인칭대명사님들만 살고
자연의 집에는 무서워 무서워 무서워 형용사님들만 살고

검은 샘 깊은 집엔 누가 누가 사나
땅 속에서 뱀처럼 깨어난 수맥이 살지

어느 날 장황한 소설이 지리멸렬하게 끝나듯
식구들 지상에서 모두 떠나고
꽃이 피고
나비 날고
저녁 가고
봄 오고
식사 같이 하실래요
영원히 죽지않는 시계에 사는 망치가 시간 맞춰 때려주는 집
이생에 태어나 몇몇 집에 살다 가게 되는지 헤아리다가 잊어버렸네
이다음에 귀신이 되었을 때 나는
그 어느 집에 제일 자주 출몰하게 될까?

꿈밖에서는 알아들었는데 꿈속에서는
정작 못 알아듣는 말, 우리집
모여 살 때는 알아들었는데 정작 정작에
나 죽은 다음에는 못 알아듣는 말, 우리집
다음 생에선 엄마아빠오빠동생 우리 우리 어떻게 알아볼까?

그러나 그러나 배 가라앉고
바다속으로 잠겨 가면서도 눈 감지 못하던 눈동자들!

집에 가고 싶어! 하던 눈동자들

『슬픔치약 거울크림』, 문학과지성사, 2011.

안광은 '항상' 지배를 철한다

—도대체 왜 쓰는가

김형중

1. "'왜' 쓰는가?"

이 질문을 상식적인 의미에 따라 글쓰기의 '의도'나 '목적'에 대한 질문으로 이해해보자. 한때는 나도 그런 걸 가지고 있었다. 가령, 80년대에 돌을 좀 던졌던 나는 실은 공장에 들어갈 용기가 없어서 대학원엘 갔고, 거기서 제대로 된 '문학'이란 걸(그래봤자 거의 독학이었다고 생각하지만) 해봤다. 그 시기는 '문학'이란 단어가 '운동'이란 단어의 접두사 역할을 해도 그다지 어색하지 않던 때였고, 그래서 나는 '문학운동'을 하기 위해(서라고 스스로를 합리화하면서), 즉 (놀랍게도) 세계를 바꾸기 위해(가령 분단체제 극복에 기여하기 위해, 노동자들이 주인 되는 세상을 실현하기 위해) 문학을 한다고 믿었다. 그러나 지금은 아니다. (항상 그랬던 것은 아니겠지만) 최소한 지금의 한국 사회에서 문학이 세계에 미치는 영향력은 손석희의 뉴스 한 구절에도 미치지 못한다고 나는 생각한다. 게다가 나는 이제 더 이상 문학이 어떤 매개도 없이 정치적일 수 있으리라고는 '이론적으로도' 확신하지 못한다.

물론 다른 더 세련되고 그럴듯한 '의도'나 '목적'을 댈 수도 있을 듯

하다. 그러나, 가령 크리스테바의 주장을 따라 문학적 언어가 결국에는 세계를 개조할 수 있으리라는 기대 하에, 혹은 상징주의 시인들이 그랬던 것처럼 내(가 읽어낸) 글이 상징으로 된 성벽 너머의 절대를 지시할(하다못해 '환기'할) 수 있을지도 모른다는 기대 하에, 혹은 블랑쇼나 낭시를 따라 아직도 '무위의 공동체'나 '문학의 공산주의'가 어쩌면 가능할 것이라는 기대 하에, '글을 쓴다'라고 나는 말하기 힘들다. 최소한 '당당하게' 말하기는 힘들다. 막연히 그런 기대가 없는 것은 아니지만, 좌편의 뇌가 그것들을 내 글쓰기의 목적이라고 '이해'할 때, 우편의 뇌는 자꾸 그 이해를 비웃고 조롱한다. 믿지 않는 자가 행하는 설교처럼, 저 거창한 명제들을 발화할 때 나는 분명히 어딘가 깊은 곳이 아프고 부끄럽다.

우선 저 대답들은 어딘가 모르게 표피적이다. 게다가 흔히 과장된 것들이 그렇듯이 정색이 심하고 지나치게 숭고하다. 솔직해지자면 내 글쓰기를 추동하는 힘은 더 깊은 데서, 그러나 더 누추한 데서 나온다. 가령, 대학원에 입학하던 시절 '운동'을 원했던 나는 왜 하필 여러 다른 '운동들'을 제쳐두고 '문학'으로 운동을 하겠다고 했던 것일까? 세계를 개조하겠다면서 이러저러한 사회운동 조직이 아니라 왜 하필 문학 작품들 속으로 투신했던 것일까? 왜 철학은 안 되고, 왜 미술이나 음악은 아니었던 것일까? "당신은 **왜** 쓰는가?"가 아니라 "당신은 왜 **쓰는가**?" 이렇듯 질문의 강조점을 바꾸자마자, 저 대답들은 어딘가 옹색해진다. 나는 왜 하필 '글쓰기'를 택했는가? 이 질문에 대해서라면 어깨에서 힘을 풀고 더 솔직해질 필요가 있어 보인다.

2. "왜 '**쓰는가**'?"

자문해본다. 언제부터 나는 글쓰는 일을 피할 수 없는 내 업이라고 여기게 되었던가? 되짚어보면, 절대 '운명'이었다고는 못하겠다. 글쓰기와 내가 맺을 수밖에 없었던 필연적인 인연 따위는 없었다. 정말이지 아주 사소한 우연 때문에 나는 글을 쓰기 시작했다. 초등학교 4학년 시절, 내가 쓴 시가 담임에게 칭찬을 받았고, 교실 뒤편 게시판에 원고지째로 게시되었다. 거기 걸린 내 시를 다시 읽고 다시 읽는 일이 좋았다. 가을 논에 벼가 익어가는 모습을 '술렁술렁'(이 의태어는 지금 생각해봐도 초등학교 4학년 또래의 소년이 사용할 수 있는 수준의 것이 아니다!)이라는 후렴구로 리드미컬하게 묘사해 거의 상고시대의 노동요를 방불케 했던 그 시를 읽고 (친구란 것들은 키득키득 웃었지만) 선생님은 내게 칭찬을 아끼지 않았다. 이후로 글 쓰는 일이 좋아졌다.

그러나 이상한 일이지만 나는 지금 그 선생님의 이름도 얼굴도 떠올릴 수가 없다. 기억 속에서 그분이 지었던 표정은 지상의 그 어떤 이도 지을 수 없을 만큼 인자하고 자애로우며 감탄에 사로잡혀 있다. 그러나 그 거대한 입 모양 외에 나는 다른 아무것도 기억하지 못한다. 선생님은 그저 '칭찬하는 입'으로만 남았다. 그때의 시도 마찬가지다. 몇 차례 연의 후렴에서 되풀이되던 '술렁술렁'. 그것이 내가 외고 있는 그 시의 전부다. 그러니까 나는 그때부터 시 자체를, 그리고 글 쓰는 일 자체를 좋아했던 것이 아니라고 해야 맞다. 게시된 내 글을 여러 번 들여다보면서 내가 재차 삼차 확인하고 욕망했던 것은 글쓰기가 아니었다. 원고지 너머로 나는 '인정'을 보고 있었던 것이다. 그런 식으로 나는 (중학교 때는) 내가 쓴 글 너머에서 '천재'(최소한 글을 쓸 때만큼은 친구들이 나를 그렇게 불렀다)라는 말을 읽었고, (고등학교 때는) 은사였던 곽재구 시인이 사주는 짜장면 냄새를 맡았다. 그것은 '인정 욕망' 외에 다른 어떤 것도 아니었다. 만약 그때, 내가 다른 어떤 일로 격한 칭찬을 받았다면 나는 아마도 글쓰기가 아니라 칭찬받은 그 일을 내 운명으로 여겼으리라. 삶이란 실로 우연의 연속이고, 글쓰기도 거기에서 예외는 아니다.

그러나 나만 그랬을까? 누구나 (그렇게 고통스러운데도) 글을 쓰는 이유는 있을 것이고, 또 그 이유들은 실로 절실하기도 하고 중요하기도 하고 거대하기도 할 것이다. 그러나 왜 하필 그 절실하고 중요하고 거대한 의도와 목적을 글쓰기를 '통해' 이루려고 했느냐는 질문 앞에서 나올 수 있는 유일한 답은 '인정 욕망', 그것 외에는 없을 것이라고 나는 믿는 편이다. 글을 쓰면서 정작 '우리'(용서를!)가 사랑했던 것은, 한 편의 글 안에 있는 글보다 더한 그 무엇, 그러니까 선생님의 칭찬, 내 글을 읽고 흘리는 여자 아이들의 눈물, 최소한 글쓰기 시간에는 누리게 될 천재, 시인이 사주는 짜장면, 고독한 골방의 담배연기와 나뒹구는 술병, 그리고 훗날에는 보다 나은 세계, 언어 너머의 절대, 존재하지 않지만 가능할 것 같은 문학의 공산주의 등등이었던 것이다.

그러니까 나는 지금 문학이란 '공갈 젖꼭지'란 말을 하고 있는 셈이다. 그렇다. 내게 문학은 아무리 생각해도 공갈젖꼭지 같다. 입에 물 때마다 매번 우리는 '절대 젖꼭지'(말하자면 '청천의 유방')를 기대하지만, 물리느니 항상 애타는 공허뿐이다. 데리다의 말마따나 '문학은 아주 조금만 존재한다'. 그래서 다 먹어치웠다고 생각하는 순간에도 배가 고프다. 혹은 '문학은 너무 많이 존재한다'. 그래서 다 먹어치웠다고 생각하는 순간에도 남아 있는 것이 있다. 그 허기 때문에, 우리는 다시 쓰고 또 쓴다.

3. '공갈젖꼭지'에 대하여

문학을 감히 공갈젖꼭지 따위에 비유했으니, 내친 김에 좀 더 엄밀한 공갈젖꼭지를 인용해 그려보자. 라캉은 언젠가 칠판에 이런 걸 그린 적이 있다. 현대 정신분석학에 친숙한 이라면 익히 알고 있을 '(죽음)충동'의 진행 도식이다. 이 이상한 공갈젖꼭지 형상을 글쓰기 버전으로 번역해보면 어떨까?

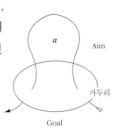

글을 쓸 때 우리는 매번 어떤 충동의 지배를 받는 듯하다. 그것이 충동인 이유는 첫째로 반복적으로 돌아온다는 점, 그리고 둘째로 쾌락원칙 너머의 쾌를 유발한다는 점 때문이다. 여기 한 시인의 고백으로 그 방증을 삼는다. "시를 쓰고 나면 힘들다. 쓸 때 힘든 것이 아니다. 쓸 때는 무엇인가에 사로잡혀 심연 한가운데로 떨어진다. 다 쓰고 나면, 피를 뚝뚝 흘리는 언어들 때문에 울고 싶다. 우는 것으로 안 된다. 우는 것만으로는. 오늘도 삶을 실패한다. 시를 쓰고 나면 그것을 확연히 깨닫는다."(이영주) 지금 저 시인을 사로잡고 있는 그 '무엇'이 충동이 아니라면 무엇일까? 고작해야 삶의 실패를 확인하게 될 줄 뻔히 알면서도 매번 '반복적으로' 시 쓰기에 매달리는 일이 쾌락원칙 너머의 어떤 '(잉여)향유'를 향해 있지 않다면 그 동인을 달리 어디서 찾을 수 있을까?

그렇다면 라캉이 종종 '성감대' 혹은 '부분대상'이라 부르기도 했던 저 '가두리(젖꽂판 모양의)'는 '텍스트'다. 글쓰기 충동은 텍스트 가장자리를 관통해 '청천의 유방', 곧 텍스트 안의 텍스트보다 더한 무엇(오브제 프티 α) 주위를 순환한다. 그래서 우리는 매번 쓴다. 쓰지 않을 도리가 없다. 그러나 물론 청천의 유방 따위는 없다. 충동은 결국 텍스트를 빠져 나오고 목적지(Aim)에 도달하지 못한다. 하지만, 그럼에도 불구하고 목표(Goal)는 이루어진다. 고통과 구별 불가능한 만족, (잉여)향유가 남아서 우리는 마치 지금 막 완성한 조상(彫像)과 슬프고도 격한 사랑을 나누고 난 후의 피그말리온처럼 노곤해질 것이 뻔하기 때문이다.

4. **안광**(眼光)은 '항상' 지배(紙背)를 철(徹)한다.

"왜 쓰는가?"라는 질문이 시인도 소설가도 아닌 비평가에게 던져졌으니, 비평가는 왜 쓰는가라는 문제가 남았다. 이제 답하기 그다지 어렵지 않은 질문이다. 비평가는 매번 저 공갈젖꼭지의 정수리, 마치 허방을 향해 난 구멍처럼 생긴 a의 자리에 '단 한 권의 책'을 놓는다. 지금 자신의 손에 들고 있는 텍스트를 읽으면서 그는 항상 그 너머의 '더한 무엇', 곧 '절대 텍스트'를 읽는다. 그러나 텍스트는 항상 너무 많거나 너무 적다. 그 허기 때문에 비평가는 읽고 쓴다. 그런 의미에서, (양주동 선생에게는 다소 미안한 말이지만) 그가 원하지 않는 순간에조차 비평가의 안광은 '항상' 지배를 철한다. 텍스트를 읽으면서 정작 그가 읽는 것은 그 너머의 다른 것, 곧 '변장한 유토피아'일 것이기 때문이다.

(짧은 글이나마 교훈이 필요하다면) 공갈젖꼭지의 비유는 우리에게 두 갈래의 결론을 지시하고 있는 듯하다. 1. "욕망의 대상이면서 동시에 원인이기도 한 '대상 a'가 그렇듯이, 바로 그 결여와 허기가 비평의 동력이다. 받아들여라". 2. "(대문자) 문학 따위는 없다. 다만 반복되는 노고만 있을 뿐이다". 아마도 비평가가 늙는다는 건 전자에서 후자로 이동한다는 말일 텐데, 나는 그 이동이 완료될 머지않은 어느 순간을

불안과 기대가 엇갈린 심정으로 고대한다. 그 순간이 오면 나는 비평을 그만두게 될 테지만, 그 순간이 오면 또한 나는 어떠한 기대도 목적도 없이 문학을 '향유'할 수 있을 듯하기 때문이다.

백무산

노동의 밥

피가 도는 밥을 먹으리라
펄펄 살아 뛰는 밥을 먹으리라
먹은 대로 깨끗이 목숨 위해 쓰이고
먹은 대로 깨끗이 힘이 되는 밥
쓰일 대로 쓰인 힘은 다시 밥이 되리라
살아 있는 노동의 밥이

목숨 보다 앞선 밥은 먹지 않으리
펄펄 살아 오지 않는 밥도 먹지 않으리
생명이 없는 밥은 개나 주어라
밥을 분명히 보지 못하면
목숨도 분명히 보지 못한다

살아 있는 밥을 먹으리라
목숨이 분명하면 밥도 분명하리라
밥이 분명하면 목숨도 분명하리라

피가 도는 밥을 먹으리라
살아 있는 노동의 밥을

『만국의 노동자여』, 청사, 1988. 실천문학사, 2014.

동해남부선

바닷가가 보이는 작은 역에 기차는 서네
이제 막 다다른 봄볕을 부려놓고
동해남부선은 남으로 길게 떠나는데

방금 내 생각을 스친, 지난날의 한 아이가
바로 그 아이가, 거짓말처럼 차에서 내려
내 차창 옆을 지나가고 있네
아이를 둘씩이나 걸리고 한 아이는 업고
양손에 무거운 짐을 들고

내가 오래 전 이곳 바닷가에서 일하던 때
소나기에 갇힌 대합실에서 오도가도 못하던 때
우산을 씌어주고 빌려주던 저 아이
작은 키에 얼굴은 명랑한데
손은 터무니없이 크고 거칠었던 아이

열일곱이랬고 고무공장에 일 다닌댔지
우산을 돌려주려 갔다 빵봉지 들려주다
잡고 놓지 못했던 손

누가 저 아이 짐 좀 들어주오
기차는 떠나는데
봄볕이 저 아이 이마에 송글송글 맺히는데
누가 제발 저 아이 짐 좀 들어주오

『길 밖의 길』, 갈무리, 2004.

멈추게 하려고 움직이는 힘들

움직이는 모든 것이 흐르는 것은 아니다
멈춤을 위한 부단한 노력이
멈춤을 위한 열정적 활동이
흐르는 모든 것을 포식의 대상으로 삼는 힘들이 있다

밟고 있으려는 활동
움직이지 못하게 하는 움직임
흐르는 것은 두렵고 흐르는 것에 본능적으로 분노하는
쌓기 위해 쌓는 제방의 기술자들

흐르는 것은 모두 포획의 대상인

절대를 향한 열광
무한 축적의 광적 욕망
미친 속도의 무한 질주
전쟁의 포화
권력을 향한 폭력적 의지
흐름을 허망으로 만드는 힘들
흐름 위에 꽃을 피우지 못하게 하는 힘들

흐름 속을 날지 못하게 하는 힘들
흐름 위에 춤추지 못하게 하는 힘들
다시 태어나지 못하게 하는 힘들
죽음을 영원하게 만드는 힘들

움직이는 모든 것이 흐르는 것은 아니다
흐르는 것은 지배할 수 없고
쌓지 않으면 소유할 수 없어
저 열광하는 움직임은 흐름을 무너뜨려
높이 쌓는 행위다
저 광적인 속도는 흐름을 세우고 시간을 세워
수직으로 쌓는 과업이다

저 움직임은 하나의 목적
멈추게 하려고
움직인다

『그 모든 가장자리』, 창비, 2012.

이진명

밤에 용서라는 말을 들었다

나는 나무에 묶여 있었다. 숲은 검고 짐승의 울음 뜨거웠다. 마을은 불빛 한 점 내비치지 않았다. 어서 빠져나가야 한다. 몸을 뒤틀며 나무를 밀어댔지만, 세상모르고 잠들었던 새 떨어져내려 어쩔 줄 몰라 퍼드득인다. 발등에 깃털이 떨어진다. 오, 놀라워라. 보드랍고 따뜻해. 가여워라. 내가 그랬구나. 어서 다시 잠들거라. 착한 아기. 나는 나를 나무에 묶어 놓은 자가 누구인지 생각지 않으련다. 작은 새 놀란 숨소리 가라앉는 것 지키며 나도 그만 잠들고 싶구나.

누구였을까. 낮고도 느린 목소리. 은은한 향내에 싸여. 고요하게 사라지는 흰 옷자락. 부드러운 노래 남기는. 누구였을까. 이 한밤중에.

새는 잠들었구나. 나는 방금 어디에서 놓여난 듯하다. 어디를 갔다 온 것일까. 한기까지 더해 이렇게 묶여 있는데, 꿈을 꿨을까. 그 눈동자 맑은 샘물은. 샘물에 엎드려 막 한 모금 떠 마셨을 때, 그 이상한 전언. 용서. 아, 그럼. 내가 그 말을 선명히 기억해 내는 순간 나는 나무기둥에서 천천히 풀려지고 있었다. 새들이 잠에서 깨며 깃을 치기 시작했다. 숲은 새벽빛을 깨닫고 일어설 채비를 하고 있었다.

　　얼굴 없던 분노여. 사자처럼 포효하던 분노여. 산맥을 넘어 질주하던 증오여. 세상에서 가장 큰 눈을 한 공포여. 강물도 목을 죄던 어둠이여. 허옇고 허옇다던 절망이여. 내 너에게로 가노라. 질기고도 억센 밧줄을 풀고. 발등에 깃털을 얹고 꽃을 들고. 돌아가거라. 부드러이 가라앉거라. 풀밭을 눕히는 순결한 바람이 되어. 바람을 물들이는 하늘빛 오랜 영혼이 되어.

『밤에 용서라는 말을 들었다』, 민음사, 2007.

여행

누가 여행을 돌아오는 것이라 틀린 말을 하는가
보라, 여행은 안 돌아오는 것이다
첫여자도 첫키스도 첫슬픔도 모두 돌아오지 않는다
그것들은 안 돌아오는 여행을 간 것이다
얼마나 눈부신가
안 돌아오는 것들
다시는 안 돌아오는 한번 똑딱 한 그날의 부엉이 눈 속의 시계점처럼
돌아오지 않는 것도 또한 좋은 일이다

그때는 몰랐다
안 돌아오는 첫밤, 첫서리 뿌린 날의 새벽 새떼
그래서 슬픔과 분노의 흔들림이 뭉친 군단이 유리창을 터뜨리고
벗은 산등성을 휘돌며 눈발을 흩뿌리던 그것이
흔들리는 자의 빛줄기인 줄은

없었다. 그 이후론
책상도 의자도 걸어논 외투도
계단도 계단 구석에 세워둔 우산도
저녁 불빛을 단 차창도 여행을 가서 안 돌아오고
없었다. 없었다. 흔들림이

흔들리지 못하던 많은 날짜들을 스쳐서
그 날짜들의 어두운 경험과
홀로 여닫기던 말의 문마다 못을 치고 이제
여행을 떠나려 한다
흔들리지 못하던 나날들의 가슴에 금을 그으면
놀라워라. 그래도 한 곳이 찢어지며
시계점처럼 탱 탱 탱 피가 흐른다

보고 싶은 만큼, 부르고 싶은 만큼
걷고 걷고 또 걷고 싶은 만큼
흔들림의 큰 소리 넓은 땅
그곳으로 여행 가려는 나는
때로 가슴이 모자라 충돌의 어지러움과

대가지 못한 시간에 시달릴지라도
멍텅구리 빈 소리의 시계추로는 돌아오지 않을 것이다
누가 여행을 돌아오는 것이라 자꾸 틀린 말을 하더라도

『밤에 용서라는 말을 들었다』, 민음사, 2007.

'앉아서마늘까'면 눈물이 나요

처음 왔는데 이 모임에서는 인디언식 이름을 갖는대요
돌아가며 자기를 인디언식 이름으로 소개해야 했어요
나는 인디언이다! 새 이름 짓기! 재미있고 진진했어요

황금노을 초록별하늘 새벽미소 한빛누리 하늘호수
어째 이름들이 한쪽으로 쏠렸지요?
하늘을 되게도 끌어들인 게 뭔지 신비한 냄새를 피우고 싶어하지
요?

순서가 돌아오자 할 수 없다 처음에 떠오른 그 이름으로 그냥
앉아서마늘까입니다 잘 부탁합니다
완전 부엌냄새 집구석냄새에 김빠지지 않을까 미안했어요
하긴 속계산이 없었던 건 아니죠
암만 하늘할애비라도

마늘 짓쪄 넣은 밥반찬에 밥 뜨는 일 그쳤다면
이 세상 사람 아니지 뭐 이 지구별에 권리 없지 뭐

근데 그들이 엄지를 세우고 와 박수를 치는 거예요
완전 한국식이 세계적인 건 아니고 인디언적인 건 되나 봐요
이즈음의 나는 부엌을 맴돌며 몹시 슬프게 지내는 참이었지요
뭐 이즈음뿐이던가요 오래된 일이죠

새 여자 인디언 앉아서마늘까였을까요
바닥에 꾸욱 엉덩이 눌러 붙인 어떤 실루엣이 허공에 둥 떠오릅니
다
실루엣의 꼬부린 두 손쯤에서 배어나오는 마늘냄새가 허공을 채웁
니다
냄새 매워오니 눈물이 돌고 주욱 흐르고

인디언의 멸망사를 기록한 한 책에 보면
예절 바르고 이치가 훌륭했다는 전사들
검은고라니 칼까마귀 붉은늑대 선곰 차는곰 앉은소 짤막소……
그리고 그들 중 누구의 아내였더라
그 아내의 이름 까치……
하늘을 뛰어다니다 숲속을 날아다니다
대지의 슬픈 운명 속으로 사라진 불타던 별들……

총알이 날아오고 대포가 터져도
앉아서마늘까는 바구니 옆에 끼고
불타는 대지에 앉아 고요히 마늘 깝니다

눈을 맑히는 물 눈물이 두 줄
신성한 머리, 조상의 먼 검은 산으로부터 흘러옵니다

『세워진 사람』, 창비, 2008.

김사인

풍경의 깊이

바람 불고
키 낮은 풀들 파르르 떠는데
눈여겨 보는 이 아무도 없다.

그 가녀린 것들의 생의 한 순간,
의 외로운 떨림들로 해서
우주의 저녁 한때가 비로소 저물어 간다.
그 떨림의 이쪽에서 저쪽 사이, 그 순간의 처음과 끝 사이에는 무한
히 늙은 옛날의 고요가, 아니면 아직 오지 않은 어느 시간에 속할 어
린 고요가
보일 듯 말 듯 옅게 묻어 있는 것이며,
그 나른한 고요의 봄볕 속에서 나는
백년이나 이백년쯤
아니라면 석달 열흘쯤이라도 곤히 잠들고 싶은 것이다.
그러면 석달이며 열흘이며 하는 이름 만큼의 내 무한 곁으로 나비나
벌이나 별로 고울 것 없는 버러지들이 무심히 스쳐가기도 할 것인데,

그 적에 나는 꿈결엔 듯

그 작은 목숨들의 더듬이나 날개나 앳된 다리에 실려온 낯익은 냄새가

어느 생에선가 한결 깊어진 그대의 눈빛인 걸 알아 보게 되리라 생각한다.

『가만히 좋아하는』, 창비, 2006.

노숙

헌 신문지 같은 옷가지들 벗기고
눅눅한 요 위에 너를 날것으로 뉘고 내려다본다.
생기 잃고 옹이 진 손과 발이며
가는 팔다리 갈비뼈 자리들이 지쳐 보이는구나.
미안하다.
너를 부려 먹이를 얻고
여자를 안아 집을 이루었으나
남은 것은 진땀과 악몽의 길뿐이다.
또다시 낯선 땅 후미진 구석에
순한 너를 뉘였으니
어찌하랴.

좋던 날도 아주 없지는 않았다만
네 노고의 헐한 삯마저 치를 길 아득하다.
차라리 이대로 너를 재워둔 채
가만히 떠날까도 싶어 묻는다.
어떤가, 몸이여.

『가만히 좋아하는』, 창비, 2006.

바짝 붙어서다

굽은 허리가
신문지를 모으고 상자를 접어 묶는다.
몸뻬는 졸아든 팔순을 담기에 많이 헐겁다.
승용차가 골목 안으로 들어오자
벽에 바짝 붙어 선다.
유일한 혈육인 양 작은 밀차를 꼭 잡고.

저 고독한 바짝 붙어서기.
더러운 시멘트벽에 거미처럼
수조 바닥의 늙은 가오리처럼 회색벽에
낮고 낮은 저 바짝 붙어서기.

차가 지나고 나면
구겨졌던 종이같이 할머니는
천천히 다시 펴진다.
밀차의 바퀴 두 개가
어린 염소처럼 발꿈치를 졸졸 따라간다.

늦은 밤 그 방에 켜질 헌 삼성테레비를 생각하면,
기운 싱크대와 냄비들
그 앞에 서있을 굽은 허리를 생각하면
목이 메인다.
방 한 구석 힘주어 꼭 짜놓은 걸레를 생각하면.

『문학사상』 2007년 2월호.

채호기

음악

I

직박구리 한 마리 새벽 물웅덩이에서 목욕을 한다. 온몸을 물속에
담갔다 빼낼 때 머리부터 꼬리까지 오일 바른 듯 두텁게 물을 둘렀다
가, 깃털을 꼿꼿이 세우고 화르르 떨쳐낸다. 그 순간 공중으로 펼쳐지
는 몇 개의 구슬 부채들, 그 속에 비치는 햇빛 기둥으로 분할된 숲의
내부들,

　　　　이내 사라지고
　　　　　　직박구리도 날아가고,
　　　　　　　　긴장으로 숨죽인 수면,

고요의 현에 푸르게 내리긋는 활, 나무 그림자,
푸르르 날아오르는 나뭇잎, 소리.

II

음은 침묵에서 깃털을 뽑아낸 뒤 사라지고, 직박구리의 재바른 눈동자와 부리를 만들었다 사라지고, 음은 허공에 날개를 펼쳤다 오므리는 직박구리의 파들거림을 만들었다 사라진다. 아무것도 없는 허공에 물방울의 반짝이는 부채들이 천천히 펼쳐져 한껏 팽팽해지다 바람과 함께 흔적도 없이 기화한다. 연한 잎이 흔들리고 가지 끝에 햇빛이 찬란하다. 허공중에 갖가지 사물을 끄집어내는 음악은 생기는 순간 호흡과 함께 자국도 없이 사라진다. 숨을 들이쉬는 순간 태어나고 숨을 뱉는 순간 사라지는 음악은 허공과 없음의 혼례, 흘레.

III

그는 새벽 위에 직박구리를 쓴다.
휘발하는 잉크로 휘갈기는 글자의 음률.
쓰는 순간 글자는 허공 속으로 흡수되고
손가락으로 누른 음이 완전히
허공이 된 뒤의 건반처럼
백지는 조용히 손가락을 기다린다.

『레슬링 질 수밖에 없는』, 문학과지성사, 2014.

얼음 VIII
—B-15 빙산*

이것은 언어가 없는 세계.
인간으로부터 가장 멀리 떨어져 있는
극단의 미지. 시인이 이곳에
선다는 것은 침묵 위에 서는 것.

그래서 어쩌면 이것은 언어의
시원이자 언어의 끝. 어쩌면
언어는 소리도 글자도 아니며
우리가 상상하는 부재하는 사물도 아니며
우리가 생각하는 뜻도 아닌 것.
언어는 침묵이다.

침묵은 우리가 목격할 수 없는 것.
우리가 도저히 만날 수 없는 극단에 있는 것.
그래서 어쩌면 우리가 도저히
붙잡을 수 없는 언어는 침묵에 가장 가깝다.

침묵이 언어와 조우하는 불가능한 광경을 목격할 수 있다면
어쩌면 침묵은 이 거대한 빙산이다.
빙산은 언어가 없는 세계 —이 빙산이 곧 언어 자체이기 때문이다.
침묵을 목격할 수 없는 이유는
언어가 옮기는 것을 우리가 볼 수 없는 것과 같다.

그래서 어쩌면 이 거대한 빙산은 우리가
입에 담을 수 없는, 지껄일 수 없는, 들을 수 없는, 읽을 수 없는, 시인이
종이에 쓸 수 없는, 모니터에 띄울 수 없는,
만질 수 없는 언어 그 자체, 백색의 언어다.

이 빙산은 대양을 표류하는 방랑자,
꿈 위를 걸어 다니는 영혼이다.
거대한 얼음의 땅, 도저히 움직일 것 같지 않은
빙산은 해저에서부터 날카로운 탄성을 지르며
올라온다. 바다 속 이 빙산의 바닥으로 들어가면
그것은 마치 현미경으로만 보이는 작은 벌레가 되어
버섯 아래로 들어가 버섯대 밑에서 하늘을 온통 덮고 있는
거대하게 확대된 버섯갓의 뒷면을 바라보는 것과 같다.
침묵은 그렇다, 히로시마에 떨어진 원자탄의 버섯구름이다.

해수면 위로 45미터 높이 솟아오른 백색 절벽,
해수면 아래로 3백 미터가 잠겨 있는 이 육중한 침묵은
바다 깊이 뜬 채 해류를 타고 북쪽으로 이동한다.
5년 동안 바다 위를 떠돌던 침묵에서 떨어져 나온
침묵 B-15A**는 2005년 4월, 남극대륙 맥머도만과 충돌했다.
그 후 이 침묵은 같은 해 10월 남극 어데어 곶에서 또다시 부서져
아홉 개의 거대한 침묵과 무수히 많은 작은 언어들을 남겨놓고는
최후를 마치고 사라졌다.

시인은 손가락을 꼼지락거리며 언어를 만진다.

사라진 것이 떠오르듯 B-15A 빙산이 남겨놓은 자잘한 침묵 덩어리를 꿈꾸면서

침묵 위를 걸어 다니고, 침묵 안에서 올라오는 소리를

* 세계에서 가장 큰 빙산으로 2000년 3월 남극의 로스 빙붕에서 쪼개져 나왔다. 길이 295 킬로미터, 너비 37킬로미터로 자메이카보다 크다. 이 거대한 빙산의 무게는 대략 30억 톤 정도 된다.

** B-15 빙산에서 갈라져 나온 새끼 빙산. 길이 115킬로미터에 표면적 2천 5백 제곱킬로미터로 제주도의 1.5배 크기다.

『문학공간』 2013년 6월호.

화가와 모델과 그

화가는 모델을 앞에 두고 캔버스 앞에 앉지 않는다.
앉지 않고 닫혀 있는 창문을 다시 닫는다. 커튼의
주름을 꼼꼼하게 어루만졌다가 굴곡 그대로 늘어지도록
섬세하게 조정한다. 가끔 곁눈질로 모델을 쳐다보지만
바닥에서 발견되는 머리카락을 줍고 창밖에 사라지는
구름의 흔적을 쫓는다.

화가는 모델을 주목할 수 없다.
모델 옆에는 창문이 있고 커튼이 있고 화구들이

있고 벽이 있고 벽지가 있다. 벽지는 마름모꼴 무늬의
연속이고 그걸 바라보고 있으면 약간 어지럽다. 눈을
깜빡거리고 정신을 차리면 벽이 물렁물렁해지면서
마름모꼴의 한 지점 속으로 한없이 빨려 들어간다.

무서운 속도 때문에 방 전체가 발사된 총알 같다.
화실 한쪽에는 허리 높이만 한 탁자가 놓여 있고
그 위에 사과 한 알이 놓여 있다.

세잔의 사과가 있는 정물화에는 사과가 돌처럼
그려져 있다. 세잔의 사과는 영락없는 덩어리다.
사과의 무게보다 훨씬 무거운 사과다.

자코메티가 그린 정물화는 큰 탁자 위에 조그만
사과 한 알 놓여 있다. 탁자를 그린 건지 사과를
그린 건지 알 수 없다. 화가는 화집을 덮으면서

모델을 쳐다본다. 눈앞에 꿈틀꿈틀거리는 허공 휘장
안으로 사라지는 모델의 희미한 윤곽이 잔상으로 남는다.
그리곤 아주 천천히 허공마저 사라진다. 화가는 헤어날
수 없는 까마득한 오후의 깊이로 빠져 들어간다.

*

전과 같은 거리, 표시해 놓은 지점에 전과 똑같은
포즈로 모델은 벽과 천장과 창과 커튼 사이에

그것들과 함께 자리해 있다.

그림을 시도한 후 처음으로 화가의 눈은 모델에
주목한다. 눈의 손가락이 모델에 닿는다. 머리카락의
결과 냄새를 고르고, 눈의 색깔과 깊이에 손가락을
담그고, 귀의 감촉을 느끼고, 입술을 문지르고,
목덜미를 어루만지고, 팔, 손가락, 몸을 어루만진다.

만지는 눈에서 열이 날 때마다 눈꺼풀을 내렸다
올린다. 화가의 손은 부지런히 캔버스 위에 있는
모델을 지워나간다. 그가 나타날

때까지 화가의 눈은 부지런히 모델을 문지른다.
그는 열기의 베일 사이로,
모델의 윤곽 너머로, 캔버스의 표면 위로
어른거린다. 사라질 듯 위태롭게 그는 나타난다.

그는 모델도 아니고, 그림도 아니고, 그림자도
아니다. 그는 화가도 아니고, 눈의 손가락이 문지를 때
그 마찰의 구멍에서 나타난다. 언제나 만지는 평범한
눈의 애무에서 언제나 비로소 시작되는 그는

사과이기도 하고 그림이기도 하고 글자이기도 하다.
아무튼 그는 항상 그이고 동시에 다른 무엇,
무엇이다! 피부를 뚫고 범람하는 현실을 보라!

『레슬링 질 수 밖에 없는』, 문학과지성사, 2014.

황인숙

슬픔이 나를 깨운다

슬픔이 나를 깨운다.
벌써!
매일 새벽 나를 깨우러 오는 슬픔은
그 시간이 점점 빨라진다.
슬픔은 분명 과로하고 있다.
소리 없이 나를 흔들고, 깨어나는 나를 지켜보는 슬픔은
공손히 읍하고 온종일 나를 떠나지 않는다.
슬픔은 잠시 나를 그대로 누워 있게 하고
어제와 그제, 그끄제, 그 전날의 일들을 노래해준다.
슬픔의 나직하고 쉰 목소리에 나는 울음을 터뜨린다.
슬픔은 가볍게 한숨지며 노래를 그친다.
그리고, 오늘은 무엇을 할 것인지 묻는다.
모르겠어…… 나는 중얼거린다.

슬픔은 나를 일으키고
창문을 열고 담요를 정리한다.

슬픔은 책을 펼쳐주고, 전화를 받아주고, 세숫물을 데워준다.
그리고 조심스레
식사를 하시지 않겠냐고 권한다.
나는 슬픔이 해주는 밥을 먹고 싶지 않다.
내가 외출을 할 때도 따라나서는 슬픔이
어느 결엔가 눈에 띄지 않기도 하지만
내 방을 향하여 한 발 한 발 돌아갈 때
나는 그곳에서 슬픔이
방안 가득히 웅크리고 곱다랗게 기다리고 있음을 안다.

『슬픔이 나를 깨운다』, 문학과지성사, 2000.

강

당신이 얼마나 외로운지, 얼마나 괴로운지,
미쳐버리고 싶은지 미쳐지지 않는지*
나한테 토로하지 말라
심장의 벌레에 대해 옷장의 나방에 대해
찬장의 거미줄에 대해 터지는 복장에 대해
나한테 침도 피도 튀기지 말라
인생의 어깃장에 대해 저미는 애간장에 대해
빠개질 것 같은 머리에 대해 치사함에 대해

웃겼고, 웃기고, 웃길 몰골에 대해
차라리 강에 가서 말하라
당신이 직접
강에 가서 말하란 말이다

강가에서는 우리
눈도 마주치지 말자

* 이인성의 소설 제목 '미쳐버리고 싶은, 미쳐지지 않는'에서 차용

『자명한 산책』, 문학과지성사, 2003.

남산, 11월

단풍 든 나무의 겨드랑이에 햇빛이 있다. 왼편, 오른편.
햇빛은 단풍 든 나무의 앞에 있고 뒤에도 있다.
우듬지에 있고 가슴께에 있고 뿌리께에 있다.
단풍 든 나무의 안과 밖, 이파리들, 속이파리,
사이사이, 다, 햇빛이 쏟아져 들어가 있다.

단풍 든 나무가 문을 활짝 열어젖히고 있다.
단풍 든 나무가 한없이 붉고, 노랗고, 한없이 환하다.

그지없이 맑고 그지없이 순하고 그지없이 따스하다.
단풍 든 나무가 햇빛을 담쑥 안고 있다.
행복에 겨워 찰랑거리며.

싸늘한 바람이 뒤바람이
햇빛을 켠 단풍나무 주위를 쉴 새 없이 서성인다.
이 벤치 저 벤치에서 남자들이
가랑잎처럼 꼬부리고 잠을 자고 있다.

『자명한 산책』, 문학과지성사, 2003.

여기가 아닌 거기, 혹은 거기가 아닌 여기

김선재

줄어드는 아이[1]가 있었다. 매일매일 자고 나면 키가 한 뼘씩 줄어드는, 그래서 선반에 손이 닿지 않고 늘 입던 옷이 헐렁해져 바닥에 질질 끌리는 지경에 이른 그런 아이. 아이는 말한다. 자신이 작아지고 있다고. 작아져서 세상이 잘 보이지 않는다고. 그러나 아이의 말에 관심을 갖는 어른은 없다. 세상은 줄어든 아이의 작은 목소리에 귀 기울일 만큼 한가한 세상이 아니었다.

*

내가 살던 곳은 막다른 골목이 많은 동네였다. 골목이 놀이터인 시절이었다. 나는 가끔 혼자 골목 끝까지 걸어 들어가 어둡고 축축하고 더러운 벽에 귀를 대고 서 있곤 했다. 차가운 시멘트벽에 귀를 대면 마음이 편안했고 외로움이 덜했다. 너머에는 뭐가 있을까. 그런 생각

1 『줄어드는 아이 트리혼』, 플로렌스 페리 하이드, 논장, 2007.

123

을 했다. 막다른 곳에서 할 수 있는 일이라고는 그런 게 고작이었다. 글을 쓰는 사람이 되고 싶다는 생각을 한 적은 없었다. 다만 이곳을 잊기 위해 어딘가를 상상할 뿐이었다.

그때 내 주위를 맴돌던 감정들에 대해 정확히 명명하기는 어렵다. 그러기에는 내가 가진 명사들이 터무니없이 빈약했다. 그저 특별히 기쁘지도, 슬프지도 않은 시간들이었다. 슬픔과 기쁨, 외로움과 서글픔 들 사이 어디쯤에 서 있는 것 같았다. 어른들은 나를 잘 웃지 않는 아이라고 했다. 조숙한 아이라고도 했다. 열 살 터울의 남동생을 업고 있으면 착한 아이라고 머리를 쓰다듬어 주기도 했다. 매 학년마다 담임들은 책임감이 강하나 내성적인 학생이라고 생활기록부에 썼다. 잘 눈에 띄지 않는 아이라고 쓴 이도 있었다. 가끔 학교를 가는 대신 아랫동네로 가 낯선 대문 앞에 한참을 앉아 있었지만 아무도 몰랐다. 그러니까 보이는 모든 게 나였고 보이는 게 나의 전부는 아니었다.

나는 꽤 오랫동안 현실과 상상의 경계가 흐릿한 시간을 살고 있었다. 상상을 실제의 일처럼 말하거나 가끔 실제의 세상을 부정했다. 나는 먼 나라로 출장을 간 아버지를 상상하며 그 아버지가 크리스마스 때마다 나에게 선물을 보낸다고 믿는 것으로 장기 입원 중인 아버지를 부정했으며 나에게 삶의 고단함에 대해 하소연을 늘어놓는 엄마를 밤마다 옛날 얘기를 들려주는 엄마로 대체하기도 했다. 점점 거짓말이 늘었다. 가끔 반에서 일어나는 여러 불미스러운 사건의 범인으로 지목되기도 했다. 어렴풋하게나마 내 현실균형감각에 문제가 있다는 걸 깨달은 건 그로부터 많은 시간이 지난 뒤였다. 슬펐지만 내색할 수 없었다. 줄어드는 아이의 말을 들어줄 사람은 없었으니까.

내가 그런 유년을 보내게 된 것에는 여러 가지 이유가 있겠지만 그것에 대해서는 깊이 생각해 본 적이 없다. 특별할 것 없는 시간이었다고 생각했다. 다만 남들에게는 잘 보이지 않는 것(예를 들면 시간마다 달라지는 햇빛의 질감이라든지 웅덩이 속에 비치는 전신주의 기하학적 모습이라든지 가로등의 조도에 따라 달라지는 골목의 풍경 같은)들이 보였고 그것들을 오래 들여다보며 시간을 견뎠을 뿐이다. 그때 누구에게도 내 마음을 털어 놓지 않았던 것은 아마 그래봤자 달라질 게 없다는 사실을 이미 알았기 때문이었다. 그게 막다른 골목 안쪽 세상의 일이라는 걸 나는 혼자 터득했다. 그 세계에서 내가 할 수 있는 일이라고는 아이들과 어울려 노는 대신 동생들을 돌보거나 책을 읽는 일이 고작이었다. 책 속의 주인공들은 대부분 나와는 전혀 다른 음식을 먹고 전혀 다른 공간 안에 사는, 먼 나라의 사람들이었다.

*

처음으로 글을 쓴 건 고등학교에 다닐 무렵이었다. 내 생에 단 한 번뿐이었던 백일장에서였다. 백일장이 뭔지 몰랐다. 내가 아는 것이라고는 잡지나 소설책 속의 세계뿐이었다. 그 책들의 구절을 떠올리며 몇 개의 명사들을 조합하던 일은 어렵지 않았다. 고독이니 새벽이니 비, 새 따위를 가지고 상황과 이야기를 만들었다. 마감에 쫓겨 허둥거리는 아이들을 대신해서 몇 편의 시를 더 썼다. 뭔가 대단한 일을 한 것 같았지만 생각해보면 그 글들은 모두 내가 만든 가상공간의 풍경에 지나지 않았다. 그 세계는 한없이 말랑거리는 감상과 상투적 어휘들로 가득했다. 나는 이곳 너머의 세상을 상상하는데 익숙했고 그 세계는 가벼운 묘사와 얄팍한 비유로 이루어진 곳이었다. 만약 그때 윗층에 이사 온 그녀를 만나지 않았더라면 나는 내내 그런 세계에 도

취해 있었을 게 분명하다.

어느 날 그녀가 나에게 작은 책자를 내밀었다. 광주라는 도시에서 일어난 일의 기록이라고 했다. 나는 그 책을 보면서도 그곳에서 어떤 일이 벌어졌는지 알 수 없었다. 다만 내가 사는 도시에서 멀지 않은 곳에서 사람들이 무수히 죽었다는 사실과 어떻게든 그 사실을 알리고 싶은 사람들이 있다는 걸 알 뿐이었다. 그녀는 나에게 가끔 그곳에서 보내온 책자나 신문을 보여주곤 했다. 머리가 으깨지고 배가 갈린 사람들의 사진들을 차마 똑바로 바라볼 수가 없었다. 그건 내가 경험한 적 없는, 모르는 세상이었다.

"살아남은 사람들은 모두 그 일에 증언해야 해."

그 사진들이 진짜인지 묻는 나에게 그녀는 아마 그렇게 대답했던 것 같다. 또한 그 '일'들에 대해 침묵하는 사람들을 비난했다. 알고도 모른 척 하는 것이야말로 가장 비겁한 일이라는 그녀의 말을 들으며 나는 내가 모르는 세상의 일들에 대해 생각했다. 증언이라는 단어가 오랫동안 내 머릿속을 맴돌았다. 나는 도대체 얼마나 알고, 또 얼마나 모르는 것인지 알 수 없었다. 왜 그녀가 나에게 생전 듣도 보도 못한 그 일의 증인이 되기를 강요하는지 이해하지 못했다. 다만 막다른 골목 너머의 세상이 이곳보다 더 끔찍할 수도 있다는 사실을 깨달았을 뿐이다. 내가 가졌던 정서적 태도는 그저 신기루를 기다리며 시간을 허비하는 여행자의 그것과 다름없었다. 나는 더 이상 글을 쓰지 않았다. 나는 증인이 아니어서 증언 같은 걸 할 수 없었다. 다만 남쪽 어딘가의 광주라는 지명을 가끔 떠올렸다. 알지만 동시에 모르는 곳이었다. 그런 곳을 상상하는 건 불가능했다. 나는 조금 더 줄어든 것 같았다. 밤마다 일기를 쓰듯 편지를 썼고 다음 날 아침에는 찢어 버렸다. 대부분 수신인이 없는 편지들이었다.

*

　문학과 전혀 상관없는 직장에 오래 다녔다. 내가 불량 부품이라는 생각을 지울 수 없던 시절이었다. 내 눈앞에서 벌어지는 구조화된 관습과 권위에 대한 반감은 자꾸 커져갔다. 그 세상에서 나는 한사코 겉돌았다. 문학 계간지를 구독하거나 버스 정류장에 앉아 눈앞의 간판들을 되풀이 읽으며 시간을 보낸 건 그 때문이었다. 나는 외로웠다. 여기가 아닌 어딘가를 상상하는 동안에는 괜찮았던 일들은 견디기 어려운 일들로 변했고 증언을 포기했음에도 불구하고 삶의 질은 조금도 나아지지 않았다. 나는 점점 더 줄어들어 마침내 먼지처럼 사라져버릴 것 같았다. 두려웠다. 마침내 상상을 포기하지 않는 것이야말로 이곳을 견딜 수 있는 유일한 길이라는 자각을 하기에 이르렀다. 여전히 뭘 해야 좋은 것인지는 알 수 없었다. 그때까지도 글을 쓰겠다는 생각은 하지 않았다. 여전히 그건 내가 할 수 있는 일이 아니라고 생각했다. 다만 어떤 문장을 골라 밑줄을 칠 수 있는 눈을 갖는 일. 내가 생각하기에 그게 내가 할 수 있는 최선의 상상이자 증언 같았다. 물론 거기에는 일말의 허영심이 더해졌다는 사실은 부인할 수 없다. 나는 지금보다 나은 사람이 되고 싶었다. 축축하고 냄새나는 골목의 막다른 곳에서 시멘트벽에 귀를 대고 생각했던 건 언제나 그것이었다. 내 글쓰기의 발로는 곧 자기애였다.

　그러나 고백컨대 나는 내가 글을 쓰는 이유에 대해 여전히 명쾌하게 대답할 수 없다. 그런 질문을 받을 때마다 모호한 대답으로 얼버무리기 일쑤였다. 다만 이런 나를 증명하는 일마저도 세계를 증언하는 방법의 하나일 거라고 믿고 싶다. 오래된 생활기록부에 적힌 대로 나는 눈에 잘 띄지 않는 사람이면서 작은 목소리를 가진 사람이지만 그럼에도 불구하고 여전히 그 모든 것이 나이면서 그것만이 나의 전부는 아니니까. 그렇게 믿는 것이야말로 내가 더 줄어들지 않을 유일한 방법일 것이다.

내가 사는 이 세계에는 여전히 많은 골목들이 있다. 이곳은 너머의 세계가 시작되는 곳이고 나는 그 골목의 가장 어두운 쪽에 머무는 사람이다. 이곳에서 스스로의 모자람을 탓하고 사소함에 대해 부끄러워하기를 반복하며 시간이 간다. 그러나 어딘가를 상상하기 위해 이곳을 부정하는 일은 이제 하지 않는다. 잠들기 전에 가야 할 먼 길이 있다[2]는 걸 안다. 잠들기 전까지 그치지 않고 해야 할 말이 있다. 내가 실패한 모든 글쓰기가 가르쳐 준 것은 결국 그것이었다.

2 로버트 프로스트, 「눈 내리는 저녁 숲가에 서서」 중.

송찬호

칸나

드럼통 반 잘라 엎어놓고 칸나는 여기서 노래를 하였소
초록 기타 하나 들고 동전통 앞에 놓고
가다 멈춰 듣는 이 없어도 언제나
발갛게 목이 부어 있는 칸나
그의 로드 매니저 낡은 여행용 가방은
처마 아래에서 저렇게 비에 젖어 울고 있는데

그리고 칸나는 해질 녘이면 이곳 창가에 앉아
가끔씩 몽롱 한 잔씩을 마셨소
몸은 이미 저리 붉어
저녁노을로 타닥타닥 타고 있는데

박차가 달린 무거운 쇠구두를 신고 칸나는
세월의 말잔등을 때렸소
삼나무 숲이 휙휙 지나가버렸소
초록 기타가 히히힝, 하고 울었소

청춘도 진작에 담을 넘어 달아나버렸소

삼류 인생들은 저렇게 처마 밑에 쭈그리고 앉아 초로(初老)를 맞는
법이오

여기 잠시 칸나가 있었소

이 드럼통 화분에 잠시 칸나가 있다 떠났소

아무도 모르게 하룻밤 노루의 피가 자고 간 칸나의 붉은 아침이 있
었소

『고양이가 돌아오는 저녁』, 문학과지성사, 2009.

채송화

이 책은 소인국 이야기이다

이 책을 읽을 땐 쪼그려 앉아야 한다

책 속 소인국으로 건너가는 배는 오로지 버려진 구두 한 짝

깨진 조각 거울이 그곳의 가장 큰 호수

고양이는 고양이 수염으로 알록달록 포도씨만 한 주석을 달고

비둘기는 비둘기 똥으로 헌사를 남겼다

물뿌리개 하나로 뜨락과 울타리

모두 적실 수 있는 작은 영토

나의 책에 채송화가 피어 있다

『고양이가 돌아오는 저녁』, 문학과지성사, 2009.

찔레꽃

그해 봄 결혼식날 아침 네가 집을 떠나면서 나보고 찔레나무숲에 가보라 하였다

나는 거울 앞에 앉아 한쪽 눈썹을 밀면서 그 눈썹 자리에 초승달이 돋을 때쯤이면 너를 잊을 수 있겠다 장담하였던 것인데,

읍내 예식장이 떠들썩했겠다 신부도 기쁜 눈물 흘렸겠다 나는 기어이 찔레나무 숲으로 달려가 덤불 아래 엎어놓은 하얀 사기 사발 속 너의 편지를 읽긴 읽었던 것인데 차마 다 읽지는 못하였다

세월은 흘렀다 타관을 떠돌기 어언 이십 수 년, 삶이 그렇데 징소리 한 번에 화들짝 놀라 엉겁결에 무대에 뛰어오르는 거, 어쩌다 고향 뒷산 그 옛 찔레나무 앞에 섰을 때 덤불 아래 그 흰 빛 사기 희미한데

예나 지금이나 찔레꽃은 하얬어라 벙어리처럼 하얬어라 눈썹도 없는 것이 꼭 눈썹도 없는 것이 찔레나무 덤불 아래에서 오월의 뱀이 울고 있다

『고양이가 돌아오는 저녁』, 문학과지성사, 2009.

박철

달

다리 저는 금택씨가
축구공을 산 건 2주전이란다
근린공원 안에 새로 생긴 미니 축구장 인조잔디를 보고
벌초 끝난 묏등 보듯 곱다곱다 하며
고개를 외로 꼬기 석달 만이란다
평생 다리를 절고 늙마에 홀로된 금택씨가
문구점에 들어설 때 하늘도 놀랐단다
보는 이 없어 사람만 빼고 동네 만물은 모두
그가 의정부 사는 조카 생일선물 사는 줄 알았단다
삭망 지나 구름도 집으로 간 여느 가을밤
금택씨는 새벽 세시 넘어 축구공을 끼고 공원으로 가더란다
열시면 눈 감는 가등 대신 하현달에 불을 키더란다
금택씨 빈 공원 빈 운동장을 몇 번 살피다가
골대를 향해 냅다 발길질을 하더란다
골이 들어가면 주워다 차고 또 차고 또 차더란다
그렇게 남들 사십 년 차는 공을 삼십 분 만에 다 차넣더란다

하현달이 벼린 칼처럼 맑은 스무하루
숨이 턱턱 걸려 잠시 쉴 때 공원 옆 5단지 아파트의
앉은뱅이 재분씨가 난간을 잡고 내려보더란다
어둠 속의 노처녀 재분씨를 하현달이 내려다보더란다
하현달을 금택씨 아버지가 내려다보며
보다보다 보름보다 흰한 하현은 처음이라고
달처럼 중얼거리더란다

『작은 산』, 실천문학사, 2013.

영진설비 돈 갖다 주기

막힌 하수도 뚫은 노임 4만 원을 들고
영진설비 다녀오라는 아내의 심부름으로
두 번이나 길을 나섰다
자전거를 타고 삼거리를 지나는데 굵은 비가 내려
럭키슈퍼 앞에 섰다가 후두둑 비를 피하다가
그대로 앉아 병맥주를 마셨다
멀리 쑥국 쑥국 쑥국새처럼 비는 그치지 않고
나는 벌컥벌컥 술을 마셨다
다시 한번 자전거를 타고 영진설비에 가다가
화원 앞을 지나다가 문밖 동그마니 홀로 섰는

자스민 한 그루를 샀다
내 마음에 심은 향기 나는 나무 한 그루
마침내 영진설비 아저씨가 찾아오고
거친 몇 마디가 아내 앞에 쏟아지고
아내는 돌아서 나를 바라보았다
그냥 나는 웃었고 아내의 손을 잡고 섰는
아이의 고운 눈썹을 보았다
어느 한쪽,
아직 뚫지 못한 그 무엇이 있기에
오늘도 숲속 깊은 곳에서 쑥국새는 울고 비는 내리고
홀로 향기 잃은 나무 한 그루 문밖에 섰나
아내는 설거지를 하고 아이는 숙제를 하고
내겐 아직 멀고 먼
영진설비 돈 갖다 주기

『영진설비 돈 갖다주기』, 문학동네, 2001.

작은 산

나에게
이별의 참맛을 알게 하고 떠난 이가
진정 나를 사랑했다고 믿을 때가 있다

작은 산 거친 숨 내밀며 오르다가
돌아서 먼 곳 인환의 거리를 바라보면
더 멀리 높은 곳이 보인다
다리를 잘라내듯 고통스러웠으나
결국 기어서라도 넘어야 할 산이 인생이라는 것을
그니는
가는 구름을 서비스로 끼워서 알게 했다

요즘 나는 늙으신 부모에게
이별에 대해 가르치는 중이다
불쑥 들어설 것 같아 하루 종일
마당가에 앉아있다는 어머니
참기름처럼 고소한 상추잎들이
아들이 보고 싶은 어머니 손에서 시들어간다
그러고 보면 우리는 모두 누군가를 가르치는 선생들

지갑과 싸운 날은
내 마음, 큰 가방 두 개를 들고 산에 오른다
그러면 너무 많은 것을 배우고 가르치고, 작은 산
갈 곳 없는 이에게도
자귀나무는 솜털같은 향기를 보낸다
자귀나무 꽃은 작은 빗자루 같아서
어쩜 세상을 이렇게 향기로 청소해 갈 수는 없을까
작은 산을 내려오며 너무 많은 생각을 했다

산이 작은 것도 다 그 이유가 있을 터인데

아이처럼 작은 산에 올라
나는 매양 높은 것을 얻으려 한다
다시는 놓지않을 동아줄이거나
다시는 떠나지 않을 향기를 그리워하며

『작은 산』, 실천문학사, 2013.

조은

따뜻한 흙

잠시 앉았다 온 곳에서
씨앗들이 묻어 왔다

씨앗들이 내 몸으로 흐르는
물길을 알았는지 떨어지지 않는다
씨앗들이 물이 순환되는 곳에서 풍기는
흙내를 맡으며 발아되는지
잉태의 기억도 생산의 기억도 없는
내 몸이 낯설다

언젠가 내게도
뿌리내리고 싶은 곳이 있었다
그 뿌리에서 꽃을 보려던 시절이 있었다
다시는 그 마음을 가질 수 없는
내 고통은 그곳에서
샘물처럼 올라온다

꽃씨를 달고 그대로 살아보기로 한다

『따뜻한 흙』, 문학과지성사, 2003.

지금은 비가……

벼랑에서 만나자. 부디 그곳에서 웃어주고 악수도 그곳에서 목숨처럼 해다오. 그러면 나는 노루피를 짜서 네 입에 부어줄까 한다.

아, 기적같이
부르고 다니는 발길 속으로
지금은 비가……

『땅은 주검을 호락호락 받아주지 않는다』, 민음사, 1991.

문고리

삼 년을 살아온 집의
문고리가 떨어졌다
하루에도 몇 번씩
열고 닫았던 문
헛헛해서 권태로워서
열고 닫았던 집의 문이
벽이 꽉 다물렸다
문을 벽으로 바꿔 버린 작은 존재
벽 너머의 세계를 일깨우는 존재
문고리를 고정시켰던 못을 빼내고
삭은 쇠붙이를 들여다보니
구멍이 뻥 뚫린 해골처럼 처연하다
언젠가 나도 명이 다한 쇠붙이처럼
이 세상으로부터 떨어져나갈 것이다
나라는 문고리를 잡고 열린 세상이
얼마쯤은 된다고 믿을 수만 있다면!
내가 살기 전에도
누군가가 수십 년을 살았고
문을 새로 바꾸고도 수십 년을
누군가가 살았을 이 집에서
삭아버린 문고리
삭고 있는 내 몸

『따뜻한 흙』, 문학과지성사, 2003.

안도현

일기

오전에 깡마른 국화꽃 웃자란 눈썹을 가위로 잘랐다

오후에는 지난여름 마루 끝에 다녀간 사슴벌레에게 엽서를 써서 보내고

고장 난 감나무를 고쳐주러 온 의원(醫員)에게 감나무 그늘의 수리도 부탁하였다

추녀 끝으로 줄지어 스며드는 기러기 일흔세 마리까지 세다가 그만두었다

저녁이 부엌으로 사무치게 왔으나 불빛 죽이고 두어 가지 찬에다 밥을 먹었다

그렇다고 해도 이것 말고 무엇이 더 중요하다는 말인가

『북항』, 문학동네, 2012.

너에게 묻는다

연탄재 함부로 발로 차지 마라
너는
누구에게 한 번이라도 뜨거운 사람이었느냐

『외롭고 높고 쓸쓸한』, 문학동네, 2004.

바닷가 우체국

바다가 보이는 언덕 위에
우체국이 있다
나는 며칠 동안 그 마을에 머물면서
옛사랑이 살던 집을 두근거리며 쳐다보듯이
오래오래 우체국을 바라보았다
키 작은 측백나무 울타리에 둘러싸인 우체국은
문 앞에 붉은 우체통을 세워두고
하루 내내 흐린 눈을 비비거나 귓밥을 파기 일쑤였다
우체국이 한 마리 늙고 게으른 짐승처럼 보였으나
나는 곧 그 게으름을 이해할 수 있었다
내가 이곳에 오기 아주 오래 전부터

우체국은 아마
두 눈이 짓무르도록 수평선을 바라보았을 것이고
그리하여 귓속에 파도 소리가 모래처럼 쌓였을 것이었다
나는 세월에 대하여 말하지만 결코
세월을 큰 소리로 탓하지는 않으리라
한번은 엽서를 부치러 우체국에 갔다가
줄지어 소풍 가는 유치원 아이들을 만난 적이 있다
내 어린 시절에 그랬던 것처럼
우체통이 빨갛게 달아오른 능금 같다고 생각하거나
편지를 받아먹는 도깨비라고
생각하는 소년이 있을지도 모르는 일이었다
그러다가 소년의 코밑에 수염이 거뭇거뭇 돋을 때쯤이면
우체통에 대한 상상력은 끝나리라
부치지 못한 편지를
가슴속 주머니에 넣어두는 날도 있을 것이며
오지 않는 편지를 혼자 기다리는 날이 많아질 뿐
사랑은 열망의 반대쪽에 있는 그림자 같은 것
그런 생각을 하다 보면
삶이 때로 까닭도 없이 서러워진다
우체국에서 편지 한 장 써보지 않고
인생을 다 안다고 말하는 사람들을 또 길에서 만난다면
나는 편지봉투의 귀퉁이처럼 슬퍼질 것이다
바다가 문 닫을 시간이 되어 쓸쓸해지는 저물녘
퇴근을 서두르는 늙은 우체국장이 못마땅해할지라도
나는 바닷가 우체국에서
만년필로 잉크 냄새 나는 편지를 쓰고 싶어진다

내가 나에게 보내는 긴 편지를 쓰는

소년이 되고 싶어진다

나는 이 세상에 살아남기 위해 사랑을 한 게 아니었다고

나는 사랑을 하기 위해 살았다고

그리하여 한 모금의 따뜻한 국물 같은 시를 그리워하였고

한 여자보다 한 여자와의 연애를 그리워하였고

그리고 맑고 차가운 술을 그리워하였다고

밤의 염전에서 소금 같은 별들이 쏟아지면

바닷가 우체국이 보이는 여관방 창문에서 나는

느리게 느리게 굴러가다가 머물러야 할 곳이 어디인가를 아는

우체부의 자전거를 생각하고

이 세상의 모든 길이

우체국을 향해 모였다가

다시 갈래갈래 흩어져 산골짜기로도 가는 것을 생각하고

길은 해변의 벼랑 끝에서 끊기는 게 아니라

훌쩍 먼바다를 건너기도 한다는 것을 생각한다

그리고 때로 외로울 때는

파도 소리를 우표 속에 그려넣거나

수평선을 잡아당겼다가 놓았다가 하면서

나도 바닷가 우체국처럼 천천히 늙어갔으면 좋겠다고

생각한다

『바닷가 우체국』, 문학동네, 2003.

김 해 자

축제

물길 뚫고 전진하는 어린 정어리 떼를 보았는가
고만고만한 것들이 어떻게 말도 없이
서로 알아서 제각각 한 자리를 잡아
어떤 놈은 머리가 되고 어떤 놈은 허리 되고 꼬리도 되면서
한몸 이루어 물길 헤쳐 나아가는 늠름한 정어리 떼를 보았는가
난바다 물너울 헤치고 인도양 지나 남아프리카까지
가다가 어떤 놈은 가오리 떼 입 속으로 삼켜지고
가다가 어떤 놈은 군함새 부리에 찢겨지고
가다가 어떤 놈은 거대한 고래와 상어의 먹이가 되지만
죽음이 삼키는 마지막 순간까지
빙글빙글 춤추듯 나아가는 수십만 정어리 떼,
끝내는 살아남아 다음 생을 낳고야 마는
푸른 목숨들의 일렁이는 춤사위를 보았는가
수많은 하나가 모여 하나를 이루었다면
하나가 가고 하나가 태어난다면
죽음이란 애당초 없는 것

146

삶이 저리 찬란한 율동이라면 죽음 또한 잔치가 아니겠느냐
영원 또한 저기 있지 않겠는가

『축제』, 애지, 2007.

데드 슬로우

큰 배가 항구에 접안하듯
사랑은 죽을 만큼 느리게 온다
나를 이끌어다오 작은 몸이여,
온몸의 힘 다 내려놓고
예인선 따라가는 거대한 배처럼
큰 사랑은 그리 순하고 조심스럽게 온다
죽음에 가까운 속도로 온다

가도 가도 망망한 바다
전속력으로 달려왔으나
그대에게 닿기는 이리 힘들구나
서두르지 마라
나도 죽을 만치 숨죽이고 그대에게 가고 있다
서러워하지 마라
이번 생에 그대에게 다는 못 닿을 수도 있다

『축제』, 애지, 2007.

아시아의 국경

땡볕에 눌러쓴 털모자의 땀 냄새가 지나가고
사탕수수 자루 인 여인의 부르튼 맨발이 지나가고
구루마 끌고 가는 부지깽이 같은 종아리가 지나가고
가슴에 면도칼 숨긴 아이들 희번덕거리는 눈초리가 지나가고
원 달러 원 달러 외치는 흙먼지 속 다물지 못한 입이 지나가고
때절은 스웨터 속 불룩하게 솟아오른 노숙의 담요가 지나가고
마약과 매춘 실어 나르는 부황 든 뺨이 지나가고
지뢰 속에 다리 묻은 주름진 아코디언 소리가 지나가고
무기 실은 트럭이 지나가고 탱크가 지나가고 전쟁이 지나가고 혁명
이 지나가고
팔 잘린 부처가 지나가고 목 없는 시바가 지나가고 목마른 마호메
트가 지나가고
지나가고 지나가고 몽땅 휩쓸고 지나가고
아 어머니, 메콩강이 노래 부르며 유유히 흘러가고
국경 지우며 경계를 허물며 도도히 흘러가고
부겐벨리아 꽃 붉게 붉게 피어나고

『축제』, 애지, 2007.

벚꽃을 다루는 방식

김종훈

겨울과 봄의 길목에서 개나리가 피고 진달래가 피고 목련이 피고 벚꽃이 핀다. 봄의 절정을 알리는 꽃은 철쭉이다. 봄과 여름의 길목에서 밤꽃과 개망초가 핀다. 여름을 견디는 것은 개망초이다. 모든 꽃이 필연으로 피지만 꽃이 피는 순서에 이유를 다는 이는 없다. 모든 글이 필연으로 쓰이지만 글을 쓰는 누구도 그 이유를 계속 묻지는 않는다. 그러므로 꽃이 피는 이유는 글을 쓰는 이유와 같다. 시간은 필연을 지우는 방식으로 흘러가지만 이유를 되물으면 최초의 시간이 모습을 드러내기도 한다. 병원 뜰에는 벚꽃이 피었다. 쓰지 않으면 안 되는 일이 일어났다.

그가 세상을 떴다. 많은 부음을 들어왔던, 겨울에서 봄으로 넘어가는 그 길목이었다. 그는 겨울 동안 두 번 입원했고 이번이 세 번째였다. 아파서 들어갔고 사나흘 만에 좋아져 나왔다. 앞선 경험은 모든 가족에게 입원에 대한 적응력을 키워주었다. 이번에도 그렇게 넘기리라 생각했다. 폐가 정상이 아니라는 진단을 받은 후 10년을 견디고 있었다. 그는 10년 동안 걱정했고 몸 걱정은 다른 걱정을 곧잘 불러들였다. 칠십대 중반을 넘긴 많은 이들이 그럴 것이라 여기는 것으로 그를 이해했고 병에 집중하시라고 말했다. 가족 중 아무도 그의 나이를 경험하지 못했기 때문에 그의 몸과 생각을 추측할 수밖에 없었다. 그렇게 마지막 입원도 이해되었다. 개나리가 피었을 때 그가 입원했고 벚꽃이 만개했을 때 그가 죽었다.

그는 두 번째 퇴원 이후 몇 번 신호를 보냈다. 잠을 못 이뤄 아내를 자주 깨웠다. 숨이 차 산책과 운동을 중단했다. 입맛이 없다며 음식을 넘기기 힘들어 했다. 병째 구입한 여러 알약을 조합하는 일에 힘겨워했다. 많이 힘든 다음 날에는, 유언 비슷한 푸념, 아니 푸념 비슷한 유언을 하기 위해 자식들을 불러 모았다. 가족들은 심각해졌으나 그래도 이 겨울을 넘길 수 있다고 생각했다. 걸어 들어간 세 번째 입원이 마지막인 줄은 그를 포함하여 아무도 몰랐다. 그는 병원에서 밟아야 할 절차가 복잡하다는 것을 알기 때문에 증상이 심해져도 정기 진찰 날짜를 기다렸고, 정 입원해야 할 것 같으면 응급실을 활용했다. 첫 번째 입원할 때에는 옷을 차려 입고 119에 전화를 걸어 집 앞에 서서 구급차를 기다렸다. 세 번째 입원에도 그렇게 했다고 한다.

응급실에서 마주한 그는 가느다란 호스를 코에 낀 채로 살 것 같다는 표정을 지었다. 웃으며 농담까지 했고, 숨 쉬기 편하다고 했다. 전에도 그랬듯이 하루 이틀 응급실에서 대기할 각오는 되어 있었다. 하지만 응급실 생활은 환자에게도 가족에게도 각오와 적응을 넘어 불편했다. 이틀 뒤 일반 병실로 옮기게 되자 가족도 그도 비로소 안심했다. 호스가 조금 굵어졌으나 의사는 이에 대해 가볍게 이야기했다. 보통의 의사는 얼마나 아픈지 알아보기 위해 전혀 통증이 없는 상태를 0, 못 견딜 통증을 10으로 상정하고 환자에게 몇 정도로 아픈지 묻는다. 나는 그의 상태가 0부터 10 중 어디에 있느냐고, 거꾸로 의사에게 물어 보았다. 약 5정도라고 했다. 그 정도면 병을 오래 앓고 있는 상태에서 양호한 것 아닌가. 다음 날 일정이 없으므로 쉬고 싶어 집으로 간다 했다. 그가 서운한 눈치를 보였다는 것을 나중에 들었다. 다음 날 일정이 없으므로 병실에 있기를 원했던 것 같다.

다음 날에도 그는 저녁까지 일상적인 대화를 이어갔다. 며느리의 손을 잡고 자식의 과거를 들려주기도 했다. 그의 손을 잡았던 적이 있었던가. 기억에는 없었고 앞으로도 힘들지 않을까 싶어 집에 와서도 마음이 착잡했다. 사달이 난 것은 그날 밤이었다. 섬망이 찾아왔다는 소식을 다음 날 들었다. 헛것이 보이고, 소리를 지르고, 호흡기를 잡아 뜯으려 했다고 한다. 병원에 들어가기가 두려웠으나, 마주 대해야 할 시간이라 다짐하며 문을 열었다. 간밤에 손발을 묶었던 끈이 한 곳에 치워져 있었다. 마침내 그의 손을 잡을 수 있었다. 그는 약에 취해 주로 잠들어 있었고, 간혹 뜨더라도 눈동자가 풀려 있었다. 말을 알아듣는 것 같기는 했으나 의사 표시가 명확하지 않았다. 입원실이 아니라 간호사실 바로 뒤에 있는 치료실로 그가 옮겨져 있었다.

그는 월요일 아침에 병원에 들어갔고 수요일에 정신을 잃었고 목요일부터 계속 누워 있었다. 산소 호흡기 줄은 점점 굵은 것으로, 기계는 점점 복잡한 것으로 바뀌었다. 주사바늘 자국이 양팔 여기저기 나 있었다. 팔에 붙은 여러 호스 중 하나에, 모르핀이 첨가되었다. 고통과 의식이 함께 스러졌다. 궂은일을 맡고 있는 것으로 보이는 의사가 불렀다. 뵙고 싶은 분, 인사드리고 싶은 분에게 연락드리라고 한다. 악화되고 있으며, 회생 가능성은 없다고 했다. 입원한 지 나흘째, 의식을 놓기 시작한 지 이틀째 들은 말이었다. 의사는 계속 말했다. 위급해져도 환자에게는 중환자실에서 쓰는 인공적인 생명 연장 장치가 도움이 되지 않을 것이며 그 상황이 되면 고통을 줄이는 방향으로 유도하는 게 좋을 것이라 했다. 유족의 동의를 구하는 것이었다. 알겠다고 했다. 병실로 바로 돌아가지 못했지만 오래 비우지 않았다. 마주보아야 할 시간이기 때문이다. 그가 세상을 뜬다.

그 나이의 사람이 그렇듯 연락해야 할 사람이 가족을 제외하고는 많지 않았다. 이따금 깨어난 그는 섬망증세를 이어갔다. 억제하기 위해서라도 손을 계속 잡고 있어야 했다. 그는 흐린 눈으로 형광등을 쳐다보고 있었다. 아니 흐린 시야의 중심에 형광등이 있었다. 헛것이 보이는지 아니면 생생한 현실을 인식해서인지 그가 무서워하면, 손을 잡은 가족은 나머지 팔로 휘저으며 헛것에게 물러가라 했다. 그는 어릴 적 돌아간 모친을 만나기도 했다. 환상은 과시가 아니라 공포에서 비롯되는 것 같았다. 정신이 간혹 돌아오면 그는 호흡기를 빼고 침대를 내려오려 안간힘을 썼다. 강인한 정신은 무모함에서 비롯하는 것 같았다. 그가 세상을 뜬다.

잠에서 깨어날 때에는 고통이 심해 보였다. 아니 고통 때문에 깨어났던 것 같다. 모르핀 양이 늘어갔다. 하루에 두 번 진통제를 맞았으나 고통은 그 간격으로 메우기에는 부족할 정도로 자주 찾아왔다. 안정제를 다시 투여하는 일이 잦아졌다. 약을 맞고 호흡이 안정될 때부터 약 기운이 퍼져 잠들 때까지, 비록 탁한 눈이지만 그를 보며 말을 건넬 수 있었다. 입을 다물고 있기에는 가까운 거리였다. 겨울 옷 입고 들어오셨잖아요, 밖에 벚꽃이 피었어요, 얼른 일어나 나가서 벚꽃 구경해요. 가능성이 없는 일인 줄 알면서도, 나중에 누군가 내게도 그런 말을 건넬 수밖에 없으리라 생각하며 말을 이어갔다. 꽃은, 건넬 말이 적은 보호자에게 새로운 이야깃거리라도 제공하듯이 만개했다. 얼마 지나지 않아 입까지 막는 산소호흡기로 교체되었다.

그는 감사하게도 임종을 허락해주었다. 외출했다 돌아오니 머리가 아래로 쏠리게 매트리스 각도가 조절되었다. 혈압이 떨어져 취한 조치라고 한다. 그는 잠이 들어 있었다. 한 번의 위기가 지나갔다고 했다. 그러더니 곧 숨이 가빠지고 혈압이 더욱 떨어졌다. 말을 건네도 약을 투입해도 팔다리를 주물러도 소용없었다. 갑자기 흐리멍덩한 눈이 또렷해졌다. 이곳이 아닌 먼 곳을 향해 시선이 고정되었다. 더 이상의 호흡은 없었다. 심장 박동이 멈췄다. 손에 온기가 남아 있었다. 병원에 들어온 지 열흘 만이었다. 청각은 아직 남아 있으니 환자에게 마지막 말을 하라고 간호사가 말했다. 뭐라 말할 수 있을까. 어머니 걱정 마시라고 했다. 사랑한다고 말해야 되지 않았을까.

벚꽃이 피었다 졌다. 그의 환상은 현실에서 삐져나왔다 이내 함께 사라졌다. 꽃과 감각이 죽음 속으로 사라져버렸다. 이쪽에는 감정과 말과 글이 남아 있다. 흔히 감정을 갈피 짓기 위해서 말을 활용하고 말을 갈피 짓기 위해 글을 쓴다고 한다. 감정이 순해지고 말이 정돈되는 과정에서 최초의 감정은 왜곡된다. 글은 여기에서 두 가지 방식으로 죽음에 저항한다. 하나는 개체의 죽음보다 오래 남는 방식이며, 다른 하나는 최초의 감정에 붙은 파괴 본능을 눅이는 방식이다. 죽음은 이때 글 속에 담기게 된다.

감정을 증폭시키는 다른 길도 있다. 감당하지 못하는 일을 겪으면, 감정은 경유지를 생략하고 곧장 글쓰기를 요구한다. 글은 한편으로 뒤늦게 말을 호출하며, 다른 한편으로 그 일을 겪은 처음 순간과 마주하기를 계속 요구한다. 최초의 시간이 거기에 있다. 최초의 시간은 자아를 파괴하는 감정뿐만 아니라 감정이 닿지 못한 미지의 영역을 보존한다. 그러므로 최초의 시간은 최후의 시간이다. 그의 죽음은 글 속에 있을 뿐 아니라 글과 마주하고 있다. 벚꽃은 땅에 떨어져 거름이 되고, 글은 시간을 거슬러 죽음과 대면한다.

안상학

그 사람은 돌아오고 나는 거기 없었네

그때 나는 그 사람을 기다렸어야 했네
노루가 고개를 넘어갈 때 잠시 돌아보듯
꼭 그만큼이라도 거기 서서 기다렸어야 했네
그때가 밤이었다면 새벽을 기다렸어야 했네
그 시절이 겨울이었다면 봄을 기다렸어야 했네
연어를 기다리는 곰처럼
낙엽이 다 지길 기다려 둥지를 트는 까치처럼
그 사람이 돌아오기를 기다렸어야 했네

해가 진다고 서쪽 벌판 너머로 달려가지 말았어야 했네
새벽이 멀다고 동쪽 강을 건너가지 말았어야 했네
밤을 기다려 향기를 머금는 연꽃처럼
봄을 기다려 자리를 펴는 민들레처럼
그 때 그 곳에서 뿌리 내린 듯 기다렸어야 했네
어둠 속을 쏘다니지 말았어야 했네
그 사람을 찾아 눈 내리는 들판을

헤매 다니지 말았어야 했네

그 사람이 아침처럼 왔을 때 나는 거기 없었네
그 사람이 봄처럼 돌아왔을 때 나는 거기 없었네
아무리 급해도 내일로 갈 수 없고
아무리 미련이 남아도 어제로 돌아갈 수 없네
시간이 가고 오는 것은 내가 할 수 있는 게 아니었네
계절이 오고 가는 것은 내가 할 수 있는 게 아니었네
그때 나는 거기 서서 그 사람을 기다렸어야 했네

그 사람은 돌아오고 나는 거기 없었네

『그 사람은 돌아오고 나는 거기 없었네』, 실천문학사, 2014.

아배 생각

뻔질나게 돌아다니며
외박을 밥 먹듯 하던 젊은 날
어쩌다 집에 가면
씻어도 씻어도 가시지 않는 아배 발고랑내 나는 밥상머리에 앉아
저녁을 먹는 중에도 아배는 아무렇지 않다는 듯
-니, 오늘 외박하냐?

-아뇨, 올은 집에서 잘 건데요.

-그케, 니가 집에서 자는 게 외박 아이라?

집을 자주 비우던 내가

어느 노을 좋은 저녁에 또 집을 나서자

퇴근길에 마주친 아배는

자전거를 한 발로 받쳐 선 채 짐짓 아무렇지도 않다는 듯

-야야, 어디 가노?

-예……. 바람 좀 쐬려고요.

-왜, 집에는 바람이 안 불다?

그런 아배도 오래 전에 집을 나서 저기 가신 뒤로는 감감 무소식이
다.

『아배 생각』, 애지, 2008.

얼굴

세상 모든 나무와 풀과 꽃은

그 얼굴 말고는 다른 얼굴이 없는 것처럼

늘 그 얼굴에 그 얼굴로 살아가는 것으로 보인다

나는 내 얼굴을 보지 않아도
내 얼굴이 내 얼굴이 아닌 때가 많다는 것을 알고 있다

꽃은 어떤 나비가 와도 그 얼굴에 그 얼굴
나무는 어떤 새가 앉아도 그 얼굴에 그 얼굴

어쩔 때 나는 속없는 얼굴을 굴기도 하고
때로는 어떤 과장된 얼굴을 만들기도 한다
진짜 내 얼굴은 껍질 속에 뼈처럼 숨겨두기 일쑤다

내가 보기에 세상 모든 길짐승, 날짐승, 물짐승도
그저 별다른 얼굴 없다는 듯
늘 그렇고 그런 얼굴로 씩씩하게 살아가는데
나는, 아니래도 그런 것처럼, 그래도 아닌 것처럼
진짜 내 얼굴을 하지 않을 때가 많다

나는 오늘도
쪼그리고 앉아야만 볼 수 있는 꽃의 얼굴과
아주 오래 아득해야만 볼 수 있는 나무의 얼굴에 눈독을 들이며
제 얼굴로 사는 법을 배우고 있는 중이다

『그 사람은 돌아오고 나는 거기 없었네』, 실천문학사, 2014.

조용미

자미원 간다

내가 이 세상에 살아 있다는 것,
오늘 하루 이 시간 속에 놓여 있다는 것은
저 바위가 서 있는 것과 나무의자가 놓여 있는 것과
무엇이 다를까

나를 태운 기차는 청령포 영월 탄부 연하 예미를 지나
자미원으로 간다
그 큰 별에 다다라서도 성에 차지 않는지
무한의 너머를 향해 증산 사북 고한 추전으로 또 달린다
명왕성 너머에까지 가려 한다

검은 탄광지대에 펼쳐진 하늘,
태백선을 타면 원상결 같은 작자와 시대 미상의 천문서를 탐하지
않아도
紫薇垣에 닿을 수 있다
탄광 속에는 백일흔 개의 별이 깊숙이 묻혀 있을 것이다

그 별에 이르는 길은 송학 연당 청령포 영월 예미……

오늘 내가 이 자리에 있는 것,
북두칠성과 자미원의 운행을 짚어보는 것은
저 엄나무가 우뚝 서 있는 것과 새털구름이 지나는 것과
무엇이 다른 것일까

『나의 별서에 핀 앵두나무는』, 문학과지성사, 2007.

불안의 운필법

　불안하고 또 불안한 내면을 가졌으리라 짐작되는 이 사내, 아름다움에 대한 욕망이 가득하여 늘 마음이 들끓거나 지나치게 고요했으리라 여겨지는 이 사내의 그림 한 점과 글씨를 직접 보았던 날 나는 사내를 처음 알게 되었다

　그는 나를 그의 글 앞에 아주 오래 세워두고 마음껏 어떤 알 수 없는 고통과 희열에 열중하게 했다 그날 이후 서화를 보거나 한가하게 혼자 앉아 있을 적이면 사내의 글과 그림보다 그의 내면에 소용돌이치며 지나갔을 어떤 물결이나 바람 같은 것이 더 궁금하였다

매화와 사내의 글씨가 인쇄된 천으로 된 커다란 가방을 두 해 가까이 방의 벽에 걸어두고 보았지만 그 사내에 대한 쓸데없는 기록을 알게 되는 것이 두려워 그에 대한 궁금증이 깊어가도 애써 알아보지 않은 점 돌이켜보니 괴이하다

瘦金體라 불리는 가늘고 야윈 획을 구사한 그의 서체는 붓을 멈추거나 꺾었던 흔적들이 강하게 남아 있어 예민했던 그의 눈길이나 손놀림을 따라가보며 괜히 마음을 어지럽히기도 했지만 그 어지러워진 마음 뒤에 한참을 더 한적해지는 고운 일도 많았다

사내의 단지 뼈대만 남아 있는 신경질적인 운필법이 나의 몸 어딘가와 친밀하게 마주 보려 한다는 걸 알게 된 것은 우울한 일이었다 글과 그림에 탐닉한 북송의 황제였던 이 사내는 어떤 이들에겐 나라를 멸망으로 이끈 무능하고 치욕적인 왕으로만 보인다고 하니

내가 늘 바라보는 것은 사내의 뒷모습, 팔굉을 두루 관람하고 사해를 다 밟아보지 못하더라도 생각의 폭을 넓힐 수는 있을 것이다 어찌 보아야만 모든 것을 다 알 수 있겠는가…… 사내와의 만남은 그저 이러하였다 내가 잘 모르는 그 사내는 徽宗이라 불린다

『기억의 행성』, 문학과지성사, 2011.

어두워지는 숲

숲은 어둠의 기미로 달콤하다

잣나무 숲으로 난 오솔길은 내 얼굴을 빌려 저녁이 뿌리는 물뿌리개의 물방울들을 촘촘히 다 들이마신다

나뭇잎 사이마다 어둠이 출렁여도 밖으로 난 숲길 한쪽은 아직 환하다 연한 어둠의 파란에 둘러싸여 나는 몸에 천천히 붕대를 감는다

당신도 언젠가 이 숲에 왔을 것이다
숲은 폭풍의 예감으로 일렁이고 있다

당신도 이 숲에서 심장을 움켜쥐어보았을 것이다
바람이 손바닥의 붉은 꽃잎들을 날려버렸을 것이다

숲이 어두워지는 것이 내 몸의 어둠 때문이라고 말하지 않겠다
물감이 풀리듯 어두워지며 흘러내리는 시간들,

오랜 격정으로 숲이 대낮에도 어둠을 불러들이곤 했다는 걸 당신은 알지 못하리라

당신도 여기 서 있었을 것이다
혈우병에 걸린 고래처럼 단 한 번의 상처로 멈추지 않는 피를 오래 흘리며 흰 붕대를 붉게 물들였을 것이다

어둠으로 회오리치는 붉은 숲은,

『기억의 행성』, 문학과지성사, 2011.

문성해

자라

한 번도 만날 수 없었던
하얀 손의 그 임자

취한의 발길질에도
고개 한번 내밀지 않던,

한 평의 컨테이너를
등껍질처럼 둘러쓴,

깨어나 보면
저 혼자 조금
호수 쪽으로 걸어 나간 것 같은

지하철 역 앞
토큰 판매소

오늘 불이 나고
보았다

어서 고개를 내밀라 내밀라고,
사방에서 뿜어대는
소방차의 물줄기 속에서

눈부신 듯
조심스레 기어 나오는
꼽추 여자를,

잔뜩 늘어진 티셔츠 위로
자라다 만 목덜미가
서럽도록 희게 빛나는 것을

『자라』, 창비, 2005.

각시투구꽃을 생각함

시 한 줄 쓰려고
저녁을 일찍 먹고 설거지를 하고
설치는 아이들을 닦달하여 잠자리로 보내고

시 한 줄 쓰려고

아파트 베란다에 붙어 우는 늦여름 매미와

찌르레기 소리를 멀리 쫓아내 버리고

시 한 줄 쓰려고

먼 남녘의 고향집 전화도 대충 끊고

그 곳 일가붙이의 참담한 소식도 떨궈 내고

시 한 줄 쓰려고

바닥을 치는 통장 잔고와

세금독촉장들도 머리에서 짐짓 물리치고

시 한 줄 쓰려고

오늘 아침 문득 생각난 각시투구꽃의 모양이

새초롬하고 정갈한 각시 같다는 것과

맹독성인 이 꽃을 진통제로 사용했다는 보고서를 떠올리고

시 한 줄 쓰려고

난데없이 우리 집 창으로 뛰쳐 들어온 섬서구 메뚜기 한 마리가

어쩌면 시가 될 순 없을까 구차한 생각을 하다가

그 틈을 타고 쳐들어온

윗집의 뽕짝 노래를 저주하다가

또 뛰쳐 올라간 나를 그 집 노부부가 있는 대로 저주할 것이란 생각
을 하다가

어느 먼 산 중턱에서 홀로 흔들리고 있을

각시투구꽃의 밤을 생각한다

그 수많은 곡절과 무서움과 고요함을 차곡차곡 재우고 또 재워

기어코 한 방울의 맹독을 완성하고 있을

『입술을 건너간 이름』, 창비, 2012.

산수유국에 들다

그곳 서방정토에는 삼월에는
꽃 이름을 앞세운 국가들이 나뭇가지마다 열린다네
단 하나의 시조설화도 없이
산수유국 목련국 진달래국 매화국이
가난한 나뭇가지마다 봉긋 봉긋 솟아오른다네
향기가 없으면 아무도 가까이 가지 않는 나라
향기로운 코 하나로 누구나 백성이 되는 나라
스스로 치장하고 목청 높여 백성들을 부르는 나라
하늘 아래 이보다 더 아름답고 곡진한 국가는 없을 터
그곳 서방정토의 삼월에는
백성을 호객하며 핵폭발로 태어나는 국가들이 있다네
거창한 국민헌장도 영토도 없는 나라
일체의 세금도 의무도 지우지 않는 나라
알 수 없는 곳에서 아기가 오듯 흥성스러운 날에
코에 담뿍 꽃분을 묻힌 백성들의 붕붕거리는 한 때*가 지나면
알 수 없는 곳으로 늙은이가 져 내리듯
캄캄하게 져버리는 나라들이 있다네
그건 한순간의 일이라서
단 한 명의 열혈 백성도 따라갈 수 없다네

---

* 장석주 시인의 시 「붕붕거리는 추억의 한 때」에서 인용함

『입술을 건너간 이름』, 창비, 2012.

166

이정록

머리맡에 대하여

1

손만 뻗으면 닿을 곳에
머리맡이 있지요
기저귀 놓였던 자리
이웃과 일가친척의 무릎이 다소곳 모여
축복의 말씀을 내려놓던 자리에서
머리맡은 떠나지 않아요
아무 말도 떠오르지 않던 첫사랑 때나
온갖 문장을 불러들이던 짝사랑 때에도
함께 밤을 새웠지요 새벽녘의 머리맡은
구겨진 편지지 그득했지요
혁명시집과 입영통지서가 놓이고 때로는
어머니가 놓고 간 자리끼가 목마르게 앉아있던 곳
나에게로 오는 차가운 샘 줄기와
잉크병처럼 엎질러지던 모든 한숨이 머리맡을 에돌아 들고났지요

성년이 된다는 것은 머리맡이 어지러워지는 것
식은 땀 흘리는 생의 빈칸마다
머리맡은 차가운 물수건으로 나를 맞이했지요
때론 링거 줄이 내려오고
금식 팻말이 나붙기도 했지요

2

　지게질을 할 만 하자/ 내 머리맡에서 온기를 거둬 가신 차가운 아버지/ 설암에 간경화로 원자력병원에 계실 때/ 맏손자를 안은 아내와 내가 당신의 머리맡에 서서/ 다음 주에 다시 올라올게요 서둘러 병원을 빠져나와 서울역에 왔을 때/ 환자복에 슬리퍼를 끌고 어느새 따라 오셨나요/ 거기 장항선 개찰구에 당신이 서 계셨지요/ 방울 달린, 손자의 털모자를 사 들고/ 세상에서 가장 추운 발가락으로 서울역에 와 계셨지요/ 식구들 가운데 당신의 마음이 가장 차갑다고 이십 년도 넘게 식식거렸는데/ 얇은 환자복 밖으로 당신의 손발이 파랗게 얼어있었죠/ 그 얼어붙은 손발, 다음 주에 와서 녹여드릴게요/ 그 다음 주에 와서/ ,/ 그,/ 그 다음 주에 와서 녹여드릴게요/ 안절부절이란 절에 요양오신 몇 달 뒤/ 아, 새벽 전화는 무서워요/ 서둘러 달려가 당신의 손을 잡자/ 누군가 삼베옷으로 꽁꽁 여며놓은 뒤였지요

3

이제 내가 누군가의 머리맡에서

물수건이 되고 기도가 되어야 하죠
벌써 하느님이 되신 추운 밤길들
쓸쓸하다는 것은 내 머리맡에서
살얼음이 잡히기 시작한 거죠 그래요
진리는 내 머리 속이 아니라
내 머리맡에 있던 따뜻한 손길과 목소리란 것을
알고 있지만 말이에요 다음 주에 다음 달에
내년에 내 후년에 제 손길이 갈 거예요
전화 한 번 넣을게요 소포가 갈 거예요 택배로 갈 거예요
울먹이다가 링거 줄을 만나겠지요
금식 팻말이 나붙겠지요
내가 한 번도 해보지 못한 기도소리가
내 머리맡에서 들려오겠지요 끝내는
머리맡 혼자 남아 제 온기만으로 서성거리다가
가랑비 만난 짚불처럼 잦아들겠지요
검은 무릎을 진창에 접겠지요

『의자』, 문학과지성사, 2006.

의자

병원에 갈 채비를 하며

어머니께서
한 소식 던지신다

허리가 아프니까
세상이 다 의자로 보여야
꽃도 열매도, 그게 다
의자에 앉아 있는 것이여

주말엔
아버지 산소 좀 다녀와라
그래도 큰애 네가
아버지한테는 좋은 의자 아녔냐

이따가 침 맞고 와서는
참외밭에 지푸라기도 깔고
호박에 똬리도 받쳐야겠다
그것들도 식군데 의자를 내줘야지

싸우지 말고 살아라
결혼하고 애 낳고 사는 게 별거냐
그늘 좋고 풍경 좋은 데다가
의자 몇 개 내놓는 거여.

『의자』, 문학과지성사, 2006.

더딘 사랑

돌부처는
눈 한 번 감았다 뜨면 모래무덤이 된다
눈 깜짝할 사이도 없다

그대여
모든 게 순간이었다고 말하지 마라
달은 윙크 한 번 하는데 한 달이나 걸린다

『의자』, 문학과지성사, 2006.

김주대

사랑을 기억하는 방식

산정의 어떤 나무는
바람 부는 쪽으로 모든 가지가 뻗어 있다
근육과 뼈를 비틀어
제 몸에 바람을 새겨놓은 것이다

『사랑을 기억하는 방식』, 현대시학, 2014.

노약자석 웃음 두 개

아기가 머리보다 크게 입을 벌리고 운다
목 위에, 터널처럼 뚫린 입만 보인다
몸이 빨려 들어갈 것 같다

제 울음 속으로 아기가 사라지기 전에
어미는 퍼뜩 한번 사방을 둘러보고는 젖을 물린다
어미가 아기의 입 속으로 빠르게 빨려 들어간다
아기의 모가지가 꿀떡꿀떡 어미를 삼킨다
꼼짝없이 먹히는 어미가 포식자를 내려다보며 웃는다
어미의 웃음까지 한참 먹어 치운 아기가
먹다 남은 어미를 올려다보며
웃는다

『그리움의 넓이』, 창비, 2012.

2014년 4월

떨어진 목련은
걸음마도 못하고 죽은 아기 발바닥 같다
어떤 어미가 있어
잘 드는 칼로
죽음의 발바닥을 벗겼을 것이다
목련나무 아래 한 겹 두 겹 내려놓고
아장아장 걸어가길 한없이 빌었을 것이다
목련나무 아래 사월에는
발도 없는 아기가 와서
발바닥으로만 발바닥으로만 하얗게 걸어다닌다

『사랑을 기억하는 방식』, 현대시학, 2014.

국경에서 벌어지는 비평이라는 '개입'

함돈균

소포클레스의 비극 '오이디푸스 3부작' 중에 가장 먼저 쓰인 작품은 『안티고네』이며, 가장 늦게 쓰인 작품은 『콜로노스의 오이디푸스』이다. 젊을 때의 소포클레스와 노년의 소포클레스 사이에는 적지 않은 간극이 존재한다. 그럼에도 불구하고 두 작품을 공히 관통하는 작가적 문제의식이 없다고는 할 수 없다. 『콜로노스의 오이디푸스』에서 '노숙자'가 되어 딸의 부축을 받아 세상을 떠돌던 눈 먼 노인 오이디푸스에게 테바이와 아테나이 두 국가 국경 콜로노스의 파수병은 묻는다. '당신은 어디에서 왔는가' 파수병의 이 질문은 『안티고네』에서 반역자 폴리네이케스의 시신을 제사 없이 방치했던 테바이 왕 크레온이 집행한 엄격한 '법'의 성격과 다르지 않다. 파수병의 질문과 크레온의 법은 똑같이 묻는다. '너는 어떤 국가에 속하는 사람인가.'

폴리네이케스의 시신은 왜 애도받지 못했는가. 단지 왕의 독재적 명령 때문에? 아니다. 오이디푸스에 대한 파수병의 질문이 개인의 것이 아니듯, 반역자 폴리네이케스의 시신 처분에 관한 크레온의 법 역시 개인의 것이 아니다. 파수병과 왕은 그들이 속한 정치공동체의 일원이며, 그들은 정치공동체의 '상식'-데카르트가 '양식bon sens'이라고 말한 게 바로 이것이다-을 대변한다. 파수병이나 크레온이나

둘 다 법의 집행자이며 대리인이다. 법의 내용은 역사적 정치공동체에 따라 각기 다르지만, 그것은 늘 정치공동체가 기반하고 정치공동체가 운영되는 보이지 않는 원리인 '공동의 앎'에 기초해 있다.

공동 공간으로서 정치공동체는 공동체에 속한 존재와 속하지 않은 존재를 구별하고 따져 묻는다. 아리스토텔레스가 『니코마쿠스 윤리학』에서 '(정치적) 우정'에 대해 고찰할 때에도, 독일의 현대법학자 칼 슈미트가 정치의 본질을 규정할 때에도 결국 그들은 이 질문을 벗어나지 않았다. 이야기의 역사에서 가장 오래된 것 중 하나에서 제기된 '국경'에 대한 이 질문은 정치공동체 내 권리와 의무에 대한 관념을 가르고 규정하는 질문이기 때문이다. 그리고 그 관념이야말로 '인간-주체'에 관한 가장 현실적이고 본질적인 정체성을 지시한다.

애도를 둘러싼 크레온과 안티고네 사이의 언쟁에는 어떤 간극이 있는가. 아주 간단히 말해서 거기에서 드러나는 것은 '인간'에 관한 두 다른 사고 사이에 놓인 심연이다. 들개에게 뜯어 먹혀도 좋을 '고깃덩어리'와 제주를 부어주어 마땅한 애도 대상으로서의 '시체'의 차이는 무엇인가. 애도 대상의 여부는 시체를 '인간'으로 보는가, 보지 않는가의 판단 여부에 달려 있다. 이 비극에서 애도의 가능성·불가능성은 '주체'를 둘러싼 한 시대 또는 한 정치공동체의 말과 사물의 질서와 깊은 관련을 맺으면서, 정치공동체의 한 지면을 메울 수 없는 사유의 게토 지대로 함몰시킨다. 주검이 누워 있는 자리는 인간의 가능성과 불가능성을 질문하는 한계구역이자 불연속면이다. 이 자리는 겉으로 드러난 지표면보다 깊고 은밀하며 개인적인 동시에 집단적인 관념의 지층을 포함하고 있다.

이 함몰된 자리는 '법'을 매개로 두 가지 다른 언설 형태로 그 차이를 드러낸다. 크레온의 인간의 법, 산 자들의 법, 남자의 법, 글로 쓰인 법에 대항하는 안티고네의 신의 법, 죽은 자의 법, 여자의 법, 쓰이지 않은 법. 전자는 그 법이 산 자들의 공동 공간을 구성하는 공리주의적 원리와 '논리적' 설득성에 기초해 있으며, 강력한 대의명분을 획득하고 있다. 이에 비해 후자는 이 공동 공간에 자리가 없는 법, '합법적(합리적)' 근거를 가지지 못한 법, '법 없는 법'이라는 모호하고 모순된 형식을 띠고 있다. 말이 곧 논리이고 힘이자 명분이며, 그 말이 이루는 사고의 질서가 삶의 공동 공간 내 산 자들의 실천을 추동시킨다고 할 때, '쓰인 법'과 '쓰이지 않은 법' 사이의 심연은 깊고 격렬하다.

'나는 왜 쓰는가'라는 물음은 '나는 무엇을 쓰고 있는가'라는 질문과 분리될 수 없다. 작가란 직업의 형식이 아니라 쓰는 순간에만 잠시 존재하는 '일시적' 실존의 양상이라고 하는 게 옳다. 작가가 글을 쓰는 것이 아니라, 쓰기라는 형식이 작가를 규정한다. 그러므로 '나는 왜 쓰는가', '나는 무엇을 쓰는가'라는 질문은 '지금 여기'에서 '나는 왜/무엇을 쓰는 중인가', '쓰지 않으면 안 되는가'라는 물음과 구별되지 않는다. 여기에는 진행형으로서의 쓰기와 이 쓰기의 실존적 지평인 '지금 시간', 쓰기의 욕망과 불가피성(필연성), 쓰는 존재로서 나의 주체 물음이 중층적으로 결부되어 있다.

비평가로서 나의 글쓰기는 안티고네가 직면한 저 법의 현실과 그가 주장하고 있는 또 다른 법 사이의 심연에 깊이 연루되어 있다. 나에게 글쓰기는 일종에 '국경'에 대한 질문이며, 공동 공간에 속한 한 존재의 주체성에 관한 물음이다. 내 글쓰기는 공동 공간을 구축하는 주체들의 말과 사물의 질서, '인간-주체'를 둘러싼 가능성과 불가능성이라는 사고의 불연속면에서 이루어진다. 그러므로 이 불연속면에서는 자주 어떤 '고깃덩어리/시체'가 발견된다. 어떤 죽음들, 시체와 고기를 가르는, 사람과 사람 아닌 것을 가르는 어떤 경계, 거기가 내가 거주하는 글쓰기 공간이다. 이 공간은 안티고네가 그러하듯이 공동 공간

속 '시민적' 주체들의 영역과도 거리를 두고 있다. 토니오크뢰거가 이야기한 것과는 다른 의미에서, 이 글쓰기의 자리는 시민적인 영토를 가르는 분할선이이기 때문이다. 국경에서는 '의미(sens)'가 모호해지므로 내 글쓰기에는 '진보'라는 이름으로 규정지을 수 있는 '방향(sens)'이 있다고도 할 수 없다.

나는 왜 비평을 하는가. 나는 왜 비평이라는 글쓰기를 하지 않으면 안되(었)는가. 나는 지금 어떤 비평가로 존재할 수밖에 없는가. 늘 '법'이 문제가 되고 있다. 공동 공간을 분열시키는 산 자와 죽은 자, 인간과 인간 아닌 것, 온전히 죽을 권리를 가로지르는 분할선으로서의 국경-법을 사유하는 것이 문제가 되고 있다. 의심의 여지없이 명확한 고깃덩어리와 모호한 시체 사이의 분열을 현시하는 '법'이 그래서 비평적 글쓰기의 첨예한 문제가 된다.

왜 나의 비평적 글쓰기는 여기에 '개입'하지 않으면 안 되는가. 비평 자체가 이 국경 지대의 분할가능성과 불연속성에 내재한 사고의 한계를 탐문하는 일이기 때문이다. 그러나 이 물음은 아테나이의 국경을 지키고 있던 콜로노스의 파수병의 물음과는 방향이 반대다. 국경을 규정하려는 파수병과는 달리, 내 비평적 글쓰기에서 텍스트들은 대체로 공동 공간의 경계, 국경선의 '불가능성'을 향해 시체처럼 쓰러져 있다. 명백히 애도 받을 수 있는 것으로서 자기 존재를 즉각적으로 증명하지 못하는 이 텍스트들은, 통상적인 법의 공동체 내부 말과 사물의 질서 속에서 모호한 것으로 드러나는 경우가 많다. '쓰인 법'의 영토 내부에서 '쓰이지 않은 법'의 형태로 존재하는 이 텍스트들은, 안티고네의 주장대로 '이미 존재했고 영원히 존재할 신의 법'을 담고 있지만, '쓰이지 않은 법'을 읽을 수 있는 형태로 전환하는 일에는 비평의 개입이 필수적이다. 이 개입은 주체들의 공동 공간 내부 질서의 척도를 이루는 말-사물의 국경 지대에서 이루어지므로 '여권'을 둘러싼 전투와 다를 바가 없다. 그러나 이 전투 역시 바깥으로는 잘 알려지지 않은 것이다. 텍스트가 모호한 것처럼 텍스트에 대한 비평의 개입 역시 모호하며, 텍스트와 비평은 이 국경에서 은밀히 연대한다.

고문 받는 몸뚱이로 나무는 간다 뒤틀리고 솟구치며 나무들은 간다 결박에서 결박으로, 독방에서 독방으로, 민달팽이만큼 간다 솔방울만큼 간다 가야 한다 얼음을 헤치고 바람의 포승을 끊고, 터지는 제자리 걸음으로, 가야 한다 세상이 녹아 없어지는데
나무는 미친다 미치면서 간다 육박하고 뒤엉키고 침투하고 뒤섞이는 공중의 決勝線에서, 나무는 문득, 질주를 멈추고 아득히 정신을 잃는다 미친 나무는 푸르다 다 미친 숲은 푸르다 나무는 나무에게로 가버렸다 나무들은 나무들에게로 가버렸다 모두 서로에게로, 깊이깊이 사라져버렸다

이영광, 「나무는 간다」 부분

"고문 받는 몸뚱이로" 가는 이 '나무'는 어디에서 어디로 가는가. "고문"과 "결박"과 "독방"은 일간지 뉴스에 나오는 그 구금이 아니다. 뉴스의 공간도 이 영토 안에 있다. "미치면서 간다"는 나무의 존재 형식은 "세상이 녹아 없어지는" 어떤 것을 보면서 '간다'. "정신을 잃는" "미친 나무"는 공동 공간 내 말과 사물의 질서를 가로지른다. 그것은 분할선을 횡단하는 새로운 주체의 운동이다. 국경을 질문하고 국경을 넘어서는 지대에 있는 이 "미친 숲"은 그 존재 형식으로 "푸르다". 나무가 숲이 된 푸름, "나무들은 나무들에게로 가버"린 푸름에서 우리는 연대와 해방의 어떤 전망을 떠올릴 수도 있겠지만, 이 숲은 "미치면서 간다"는 운동 방식으로 인해 '공동의 앎'에 거주하고 그를 통해

추동되고 규율되는 삶의 인지적 원리 '바깥', 최소한 불연속면 경계에 위치해 있다.

내 비평이 개입하고 연대하는 텍스트들의 거주지가 거기이므로 내 글쓰기도 거기에서 이루어진다. "육박하고 뒤엉키고 침투하고 뒤섞이는 공중의 決勝線"은 모호한 '승리'의 자리를 지시하므로, 공동 공간의 주체들에게는 여전히 알려지지 않은 내밀한 곳이다. "간다"가 "가야 한다"로, 존재가 당위(윤리)로 전환되는 이 신비하고 비극적인 자리는 '씌어지지 않은 법'처럼 모호하다. 공동 공간 내 나무들로부터 고립되고 결박된 독방 속 한 나무의 승리가 궁극에는 "나무들" "모두 서로"의 승리로 귀결되는 되는 이 이상한 '법'의 진정한 의미는 무엇인가. 말과 사물의 질서를 구현하는 물리적 현실태인 법으로부터 고문 받는 주체가 이윽고 법을 이기고, 마침내 승리하는 '법 없는 법'의 존재 방식은 무엇인가.

나는 왜 비평을 쓰는가. 나는 지금 무엇을 비평하고 있는가. 이런 '씌어지지 않은' 텍스들과 함께 살고 그 몸을 읽고 의미를 개방하는 일이 현재 내 비평이다. "나무들은 나무들에게로 가버"리고 "모두 서로에게 깊이깊이 사라져버"리듯이, 나의 비평은 텍스트 내부로 침투하여 그 텍스트가 은밀하지만 격렬하게 지시하는 우리 시대 공동 공간성의 한계, 사고의 분할선을 드러내는 데 투신한다. "육박하고 뒤엉키고 침투하고 뒤섞이는 공중의 決勝線"은 이 '나무'의 것만은 아니다. 비평의 나무 역시 문학의 나무다. 텍스트에 육박하고 텍스트와 뒤엉키고 침투하고 뒤섞이는 해석의 운동을 통해 텍스트와 더불어 '결승선'에 이르고자 하는 욕망은 내 비평도 마찬가지다.

억압적이고 퇴행적인 법폭력의 시대가 다시 도래했다. 모호하지만 부분적인 해방이 아니라 전면적인 해방을 향해 운동하는 '나무 승리

법'을 탐구하고 그 숲을 개방하려는 비평적 개입의 욕망이 여전히 줄어들지 않는 이유다. 이런 시대에서는 '개입' 자체가 비평의 본래 존재 형식일 뿐만 아니라 요청으로서의 '당위(윤리)'가 된다.

조말선

화분들

    빨간 입은 분노였네 노란 입은 빈혈이었네 파란 잎은 두려움이었네 분노를 빈혈을 피워야 하는 파란 잎은 세차게 멍들었네 아버지가 비닐하우스로 들어오셨네 이런, 신발이 작구나 애야 걱정스런 아버지는 신발을 벗기고 내 발가락을 잘랐네 발가락이 잘릴 때마다 나는 열매를 맺었네 나는 미혼모였네 아버지는 매일매일 미혼모를 재배했네 아버지 제발 제 신발을 돌려주세요 한번도 신지 못한 새 신발들이 쓰레기통에 버려졌네 빨간 입은 분노였네 노란 입은 빈혈이었네 파란 잎은 두려움이었네 분노를 빈혈을 말해놓고 파란 잎은 시들어갔네 아버지가 비닐하우스로 들어오셨네 이런, 모자가 작구나 애야 자상한 아버지는 모자를 벗기고 내 목을 잘랐네

『매우 가벼운 담론』, 문학세계사, 2002.

손에서 발까지

당신이라는 장소에 도달하기 위해
손에서 발까지 걸어갔어요
이런, 내 손과 내 발인 줄 몰랐는데 말이죠
당신 손은 언제나 내 손만 한 심장을 꽉 쥐고 있군요
내 발이 계속 더듬는 이유죠
내 손보다 더 큰 접시가 놓인 밥상 위에서
우리는 접시보다 못한 곳이 되어 버리죠
내 입에서 튕겨나온 사랑의 밀어가
당신의 방패에 멋지게 꽂힙니다
접시가 흘러넘칩니다
우리가 자꾸 비만이 되는 이유죠
당신이라는 장소에 도달하기 위해
배에서 등까지 걸어갔어요
삽시간에 와락 안을 수도 있지만
그 다음엔 무얼하죠?
걸아가기에는 당신은 꽤 비좁군요
당신이라는 장소에 도달하기 위해
막 내 오른손에 도착한 곳이 당신인가요
당신에게서 당신까지
매일 한 시간 십 분씩만 걸어 갈게요
당신이라는 장소에 도착하기 전에
당신은 이미 건강할 거예요

『재스민 향기는 어두운 두 개의 콧구멍을 지나서 탄생했다』, 문학동네, 2012.

노을

길을 가다가 너와 내가 부딪힐 때 생긴
타박상 때문에 노을이 진다
우리는 부딪치자마자 반했다

각자의 이마에 황급히 손을 얹고
붉어진 노을을 감추었다

타박상이 이토록 아름답다니!

곧 어두워졌기 때문에
우리의 시력은 무용지물이 되었다

손가락 사이에서 단 2초 만에 노을이
핑크로 옐로로 바이올렛으로 사라졌을 때
과도한 트러블이 우리를 지속시킨다

서로의 얼굴이 지평선이 되었을 때 트러블이 일었다

트러블이 이토록 아름답다니!

손가락 사이에서 두 눈이
핑크로 옐로로 바이올렛으로 지속적으로 사라진다
지속적으로 사라지며 트러블을 만들었다

『재스민 향기는 어두운 두 개의 콧구멍을 지나서 탄생했다』, 문학동네, 2012.

임성용

하늘공장

저 맑은 하늘에 공장 하나 세워야겠다
따뜻한 밥솥처럼 해가 뜨고 해가 지는 곳
무럭무럭 아이들이 자라고 웃음방울 얹히는 곳
그곳에서 연기나는 굴뚝도 없애고 철탑도 없애고
손과 발을 잡아먹는 기계 옆에 순한 양을 놓아 먹이고
고공롱성의 눈물마저 새의 날개깃에 실어 보내야겠다
저 펄럭이는 것들, 나뒹구는 것들, 피 흐르는 것들
하늘공장에서는 구름다리 우에 무지개로 필 것이다
삶은 고통일지라, 죽어도 추억이 되지 못하는 고통을
하늘공장의 례배당에서는 찬양하지 않을 것이다
힘없이 잘린 모가지를 껴안고 천천히 해찰하며
래일이라도 당장 하늘공장으로 출근을 해야겠다
큰 공장 작은 공장 모두 하나의 문으로 통하는
하늘공장에 가서, 저 푸르른 하늘공장에 가서
부러진 손과 발을 쓰다듬고 즐겁게 일해야겠다
땀내 나는 향기를 칠하고 하늘공장에서 퇴근하는 길

지상에 놓인 집 한 채가 어찌 멀다고 이르랴

『하늘공장』, 삶이보이는창, 2007.

11월

감나무 가지에 감 하나 달려 있다
오래도록 묵은 세월이 잔가지에 쌓여가는 동안
나도 어느새 손매듭이 굵어졌다
감나무가 저만큼 자라도록
봄이면 꽃을 낳아 가을이면 하늘 홍건하게 기르도록
나는 감나무를 위해 아무 일도 하지 않았다
어깨가 빠지도록 망치질만 했다
짓무른 눈빛이 아주 어두워져
내가 헐벗은 나무의 그림자 아래 흔들릴 때
그제서야 나는 농익은 감을 바라보았다
그때는 항시 일몰의 황혼이거나
달빛 그윽한 밤이었다
딱딱한 밥을 우물거리던 목구멍에서 눈시울까지
한 방울씩 붉게 번지는 노을을 적셔두고
저 혼자 하늘 저편으로 날아가
부리 끝에 어둠을 물고 펄럭이는 잎사귀여

내 가뭇없는 기억 속으로 돌아오라
지금, 창밖에 찬서리가 내리고 얼음이 얼고
치부처럼 드러난 몸의 궁색함이
발등 끝에 마른 껍질로 굳어지는 11월
달이 월식을 하듯 그렇게
나도 내 얼굴을 지워가리라

『하늘공장』, 삶이보이는창, 2007.

발

그는 장화를 벗으려고 했다
비명소리보다 먼저 복숭아뼈가 신음을 토하고
으드득, 무릎뼈가 튀어올랐다
부러진 홍두깨처럼 아무런 감각도 없는 발을
어떻게든 장화에서 꺼내려고
그는 안간힘을 썼다
하늘에서 벼락이 치듯 고함을 질렀다
그러나, 발은 꿈쩍도 않고 대못처럼 박혀버렸다
숨을 아주 깊이 들이마시고
핏발 선 눈을 천천히 감고
털썩, 엎드려 가늘게 떨다가

그는 비로소 죽은 듯이 투항했다
그러자 너덜너덜 허벅지만 남기고
저 혼자 롤러 밑으로 들어가는 발
끝까지 그의 장화를 신고 가는 발!

『하늘공장』, 삶이보이는창, 2007.

나희덕

풀의 신경계

풀은 돋아난다
일구지 않은 흙이라면 어디든지

흙 위에 돋은 혓바늘처럼
흙의 피를 빨아들이는 솜뭉치처럼
날카롭게 때로는 부드럽게

흙과 물기가 닿는 곳이라면 어디든지
풀의 신경계는 뻗어간다

바람이 스치기만 해도
풀은 풀과 흔들리고 풀은 풀을 넘어 달리고 매달리고
풀은 물결기계처럼 돌아가기 시작한다
더 이상 흔들릴 수 없을 때까지

풀의 신경섬유는 자주 뒤엉키지만

서로를 삼키지는 않는다
다른 몸도 자기 몸이었다는 듯 휘거나 휘감아들인다
가느다란 혀끝으로 다른 혀를 찾고 있다

풀 속에서는 풀을 볼 수 없고
다만 만질 수 있을 뿐

제 몸을 뜯어 달아나고 싶지만
뿌리박힌 대지를 끝내 벗어나지 못해
소용돌이치는 풀,
그 소용돌이를 타고 어디론가 가고 싶고
나는 자꾸 말을 더듬고
매순간 다르게 발음되는 의성어들이 끓어오르고

풀은 너무 멀리 간다
더 이상 서로를 만질 수 없을 때까지

『말들이 돌아오는 시간』, 문학과지성사, 2014.

푸른 밤

너에게로 가지 않으려고 미친 듯 걸었던

그 무수한 길도
실은 네게로 향한 것이었다

까마득한 밤길을 혼자 걸어갈 때에도
내 응시에 날아간 별은
네 머리 위에서 반짝였을 것이고
내 한숨과 입김에 꽃들은
네게로 몸을 기울여 흔들렸을 것이다

사랑에서 치욕으로,
다시 치욕에서 사랑으로,
하루에도 몇 번씩 네게로 드리웠던 두레박

그러나 매양 퍼올린 것은
수만 갈래의 길이었을 따름이다
은하수의 한 별이 또하나의 별을 찾아가는
그 수만의 길을 나는 걷고 있는 것이다

나의 생애는
모든 지름길을 돌아서
네게로 난 단 하나의 에움길이었다

『그곳이 멀지 않다』, 문학동네, 2004.

심장을 켜는 사람

심장의 노래를 들어보실래요?
이 가방에는 두근거리는 심장들이 들어 있어요

건기의 심장과 우기의 심장
아침의 심장과 저녁의 심장

두근거리는 것들은 다 노래가 되지요

오늘도 강가에 앉아
심장을 퍼즐처럼 맞추고 있답니다
동맥과 동맥을 연결하면
피가 돌 듯 노래가 흘러나오기 시작하지요

나는 심장을 켜는 사람

심장을 다해 부른다는 게 어떤 것인지 알 수 없지만
증은 어디서 오는지 알 수 없지만

심장이 펄떡일 때마다 달아나는 음들,
웅크린 조약돌들의 깨어남,
몸을 휘돌아나가는 피와 강물,
걸음을 멈추는 구두들,
짤랑거리며 떨어지는 동전들,

사람들 사이로 천천히 지나가는 자전거바퀴,
멀리서 들려오는 북소리와 기적소리,

다리 위에서 노래를 부르는 동안
얼굴은 점점 희미해지고

허공에는 어스름이 검은 소금처럼 녹아내리고

이제 심장들을 담아 돌아가야겠어요
오늘의 심장이 다 마르기 전에

『시산맥』 2014년 여름호.

박형준

저곳

空中이란 말
참 좋지요
중심이 비어서
새들이
꽉 찬
저곳

그대와
그 안에서
방을 들이고
아이를 낳고
냄새를 피웠으면

空中이라는
말

뼛속이 비어서
하늘 끝까지
날아가는
새떼

『물속까지 잎사귀가 피어 있다』, 창비, 2002.

생각날 때마다 울었다

그 젊은이는 맨방바닥에서 잠을 잤다
창문으로 사과나무의 꼭대기만 보였다

가을에 간신히 작은 열매가 맺혔다
그 젊은이에게 그렇게 사랑이 찾아왔다

그녀가 지나가는 말로 허리가 아프다고 했다
그는 그때까지 맨방바닥에서 사랑을 나눴다

지하 방의 창문으로 때 이른 낙과가 지나갔다
하지만 그 젊은이는 여자를 기다렸다

그녀의 옷에 묻은 찬 냄새를 기억하며

그 젊은이는 가을밤에 맨방바닥에서 잤다

서리가 입속에서 부서지는 날들이 지나갔다
창틀에 낙과가 쌓인 어느 날

물론 그 여자가 왔다 그 젊은이는 그때까지
사두고 한 번도 깔지 않은 요를 깔았다

지하 방을 가득 채우는 요의 끝을 만지며
그 젊은이는 천진하게 여자에게 웃었다

맨방바닥에 꽃무늬 요가 펴졌다 생생한 요의 그림자가
여자는 그 젊은이를 물끄러미 바라보았다

사과나무의 꼭대기,
생각날 때마다 울었다

『생각날 때마다 울었다』, 문학과지성사, 2011.

불에 타는 은행나무

그녀를 휠체어에 태우고 요양원 복도 끝에 다다랐다

창밖에 은행잎이 불타올랐다
그 은행나무는 노란 불꽃을 일으키면서도 타지 않았다
뒤에서 휠체어를 밀던 내가 다시 병실로 방향을 바꾸려는 순간
그녀가 말했다 "나무에게서 내 아들 냄새가 난다"

어느 날 아침 그녀는 다시 허리를 일으키지 못했다
그녀는 차츰 젊은 날의 어머니로 돌아갔다
그녀는 어린 시절의 내 이름을 부르기 시작했다
요양원으로 옮기기 전날 그녀가 내 손을 붙잡고 말했다
"저승사자들이 병치레를 하는 내 아기를 데려가려고 해서
땅에 내려오면 못 찾도록 다른 이름을 지어 줬다"

그녀는 한 달에 한 번 일주일씩 내 집에 머물다 고향으로 돌아갔다
지금 나는 한 달에 한 번 토요일에 세 시간만 요양원에 머물다 그녀
를 떠나간다
요양원의 가을은 토요일에 죽은 듯이 한적하다
창밖의 나뭇가지가 살랑거리며 그녀가 잠꼬대로 소곤거리듯이
내 이름을 부르는 소리가 들린다

그녀를 휠체어에 태우고 요양원 복도 끝에 다다랐다
타면서도 연기가 나지 않는 창밖의 은행나무는 불꽃처럼 밝았다
활활 타는 그녀와 나의 두 이름으로 물드는 잎
허공에 떠 가며 노오란 행성이 되어 간다

자기 이름을 잊어버린 어머니의 이름은 내 가슴속에 있고
내가 잊어버린 젖먹이 적 내 이름은 어머니 가슴속에 있다

『불탄 집』, 천년의시작, 2013.

김 소 연

수학자의 아침

나 잠깐만 죽을게
삼각형처럼

정지한 사물들의 고요한 그림자를 둘러본다
새장이 뱅글뱅글 움직이기 시작한다

안겨 있는 사람은 보이지 않는다는 것에 대해
안겨 있는 사람을 더 꼭 끌어안으며 생각한다

이것은 기억을 상상하는 일이다
눈알에 기어들어온 개미를 보는 일이다
살결이 되어버린 겨울이라든가, 남쪽바다의 남십자성이라든가

나 잠깐만 죽을게
단정한 선분처럼

수학자는 눈을 감는다
보이지 않는 사람의 숨을 세기로 한다
들이쉬고 내쉬는 간격의 이항대립 구조를 세기로 한다

숨소리가 고동 소리가 맥박 소리가
수학자의 귓전에 함부로 들락거린다
비천한 육체에 깃든 비천한 기쁨에 대해 생각한다

눈물 따위와 한숨 따위를 오래 잊고 살았습니다
잘살고 있지 않는데도 불구하고요

잠깐만 죽을게,
어디서도 목격한 적 없는 온전한 원주율을 생각하며

사람의 숨결이
수학자의 속눈썹에 닿는다
언젠가 반드시 곡선으로 휘어질 직선의 길이를 상상한다

『수학자의 아침』, 문학과지성사, 2013.

그래서

잘 지내요,
그래서 슬픔이 말라가요

내가 하는 말을
나 혼자 듣고 지냅니다
아 좋다, 같은 말을 내가 하고
나 혼자 듣습니다

내일이 문 바깥에 도착한 지 오래되었어요
그늘에 앉아 긴 혀를 빼물고 하루를 보내는 개처럼
내일의 냄새를 모르는 척합니다

잘 지내는 걸까 궁금한 사람 하나 없이
내일의 날씨를 염려한 적도 없이

오후 내내 쌓아둔 모래성이
파도에 서서히 붕괴되는 걸 바라보았고
허리가 굽은 노인이 아코디언을 켜는 걸 한참 들었어요

죽음을 기다리며 풀밭에 앉아 있는 나비에게
빠삐용, 이라고 혼잣말을 하는 남자애를 보았어요

꿈속에선 자꾸

어린 내가 죄를 짓는답니다
잠에서 깨어난 아침마다
검은 연민이 몸을 뒤척여 죄를 통과합니다
바람이 통과하는 빨래들처럼
슬픔이 말라갑니다

잘 지내냐는 안부는 안 듣고 싶어요
안부가 슬픔을 깨울 테니까요
슬픔은 또다시 나를 살아 있게 할 테니까요

검게 익은 자두를 베어 물 때
손목을 타고 다디단 진물이 흘러내릴 때

아 맛있다,라고 내가 말하고
나 혼자 들어요

『수학자의 아침』, 문학과지성사, 2013.

오키나와, 튀니지, 프란시스 잠

우리가 갈 수 있는 끝이
여기까지인 게 시시해

소라게처럼 소라게처럼

우리는 각자
경치 좋은 곳에 홀로 서 있는 전망대처럼
높고 외롭지만
그게 다지

우리는 걸었지 돌아보니 발자국은 없었지
기었던 걸까 소라게처럼 소라게
처럼

*

신중해지지 않을게
다만 꽃처럼 향기로써 이의제기를 할게
이것을 절규나 침묵으로 해석하는 건
독재자의 업무로 남겨둘게

너는, 네가 아니라는 이 아득한 활주로, 나는 달리고 너는 받치고
나는 날아오르고 너는 손뼉을 쳐줘 우리는 멀어지겠지만 우리는 한곳
에서 만나지 그때마다 우리가 만났던 그 장소들에서, 어깨를 겯는 척
하며 어깨를 기댔던 그곳에서

"좋은 위로는 어여쁜 사랑이니, 오래된 급류 가의 어린 딸기처럼*"

*

    소라게 한 마리가 집을 버리는 걸 우리는 본 적이 있지 팔 한쪽 다리 한쪽을 버려가며 걷는 걸 본 적이 있지 그때 재스민 한 송이가 떨어지는 걸 본 적이 있지 소라게가 재스민 꽃잎을 배낭처럼 업고서 다시, 걸어가는 걸 우리는 본 적이 있지

    우리가 우리를 은닉할 곳이
여기뿐인 게 시시해
소라게처럼 소라게처럼

    *

    나의 발뒤꿈치가 피를 흘리거든
절벽에 핀 딸기 한 송이라 말해주렴

    너의 머리칼에서
피냄새가 나거든
재스민 향기가 난다고 말해줄게

---

* 프란시스 잠의 시 「시냇가 풀밭은」에서 빌려옴.

   『수학자의 아침』, 문학과지성사, 2013.

물과 견주어 보면

김태용

목이 마르다. 아무것도 쓸 수가 없다. 시작부터 이렇다. 언제나처럼. 어떻게 시작할 수 있단 말인가. 이 지면은 모든 것을 허락하지만 아무것도 용서할 수 없는 글로 채워져야 한다. 왜 그런가. 그렇지 않을 까닭이 없지 않은가. 나는 왜 쓰는가. 왜 이 문제가 나에게 허락되었고, 나에게 포기를 종용하지 않았는가. 글을 쓸 때마다 생각해야 하지만 제정신을 갖고 생각해본 적이 없다. 언제나 기대하는 것은 다음 단어, 다음 문장, 다음 장면, 다음 목소리, 그리고 마지막 숨결, 뿐이다. 이미 쓴 글을 뒤적이면 내가 이래서 글을 쓰는 구나, 라고, 추측할 수도 있을 것이다. 과연 그런 일이 가능할까. 착각에 불과한 건 아닐까. 글쓰기는 언제나 실패이고, 실패를 확인하는 것만큼 자신을 돌아보게 하는 것도 없다. 그렇다면 자신을 돌아보기 위해 글을 쓰는 것인가. 가능한 말이지만 아직은 아니다. 부정해야 한다. 부정을 거듭하면서, 부정의 글쓰기를 계속하면, 어딘가에 닿을 것이다. 내가 어디 있는지 알게 될 것이다. 과연. 역시 착각이다. 하지만 착각 없이 어떻게, 이렇게, 여기서, 쓰고 있을 수 있단 말인가. 나는 왜 쓰는가. 착각하고 있기 때문이다. 무엇을. 내가 쓰고 있지 않는 그 순간의 모든 것을. 멋진 말이고, 쓰는 이유를 찾았고, 서둘러 이 글을 마치고 싶어진다. 그

럴 수 없다. 언제나 몇 줄의 문장을 위해 수십, 수백, 수천 줄의 문장
이 필요한 것이다. 언제 그 문장이 나올지 알 수 없고, 나오지 않을 수
도 있다. 말이 안 된다. 문학이 그렇게 몇 줄로 끝날 것 같은가. 읽는
자가 밑줄을 긋는 것으로 독서를 마친다고 하더라도. 단 한 줄을 지키
기 위한 글 다발도 있듯이 단 한 줄을 부정하기 위한 글도 있을 것이
다. 더 나아가, 오로지 앞 문장을 부정하기 위해 써야 되는 문장도 있
다. 할 수만 있다면 이 글을 그렇게 바꾸고 싶다. 글렀다. 시작을 했지
않은가. 시작을. 중요한 문제가 있다. 나는 왜 쓰는가. 지금 내가 부정
해야 할 문장이다. 나는 왜 이런가. 목은 마르고 생각할수록 신비롭고
우울하다. 나는 왜 쓰는가. 이 지령에서 도망치고 도망치다가 발각되
고 싶은 마음이 나를 여기에 붙잡아 두고 있다. 이 난해함. 난감함. 봉
합되지 않는다. 나는 여기 있고, 쓰고 있다. 쓰고 있는 나를 바라보는
자들은 미래에서 온 자들이다. 그들이 나를 볼 때 나는 보이지 않고
읽혀진다. 읽혀지는 인간으로서의 나. 읽혀지지 않을 수도 있을 것이
다. 무엇을 바라는 것인가. 나의 글이 그들의 머릿속 언어들과 뒤섞이
길 바라는가. 읽을 수 있으나 말 할 수 없는 글이 되길 바라는가. 말하
기 위해서는 다시 써야 하는가. 바라는 것이 많아서 좋을 때가 있다.
지금은 아니다. 이 지면. 이 허락됨. 이 모랄. 모자란 모랄이다. 잘못
읽히고 싶은 마음은 여전하고, 왜 이런 천덕꾸러기 심보가 글을 쓸 때
마다 발동하는지 모르겠다. 무엇이 나를 계속 구석으로 몰고 가는지.
누가 과연 제대로 읽을 수 있단 말인가. 어떤 자가 제대로 쓸 수 있단
말인가. '제대로'라는 부사를 나의 사전에서 폐기하고 싶어진다. 못할
것도 없다. 어떤 언어는 누군가의 글에 한 번도 등장하지 않을 것이
다. 잠재적 죽음으로서의 언어. 언어를 선택하는 것은 언어의 잠재적
죽음을 확인하는 것에 다름 아니다. 다른 말로, 언어를 죽이는 일에
능통한 자가 작가인가. 예를 들 수 있다면 좋겠다. 어떤 작가가 왜 그

단어를 선택하고, 그 문장을 쓰는지 궁금하지 않을 수 없다. 이것에 대해 '제대로' 대답할 수 있다면 우리는, '우리'라는 말에는 역시 모종의 혐의가 담겨 있지만, 그 작가를 신뢰하지 않을 것이다. 나는 잘 못 써 왔고, 잘 못 쓰고 있다. 오해받고 싶은 마음이 나를 들뜨게 만든다. 들뜸으로 쓰고 있다. 열이 오른다. 이마를 짚어주는 손이 그리울 때는 혼자 글을 쓰고 있을 때이다. 막상 이마를 짚어주려고 손이 다가오면 물리치게 된다. 물리쳐라. 물리쳐라. 물리쳐라. 그 손은 몸져누운 자들의 이마를 위한 것이지 글을 쓴다고 애써 홀로 있는 자들을 위한 것이 아니다. 이마는 더 뜨거워져야 한다. 역시 모자란 모랄이다. 반성의 시간은 짧다. 문학의 심판자가 있다면 나는 뒤로 나가 나의 의자를 들고 무릎을 꿇은 채 앉아 있어야 할 것이다. 문학이 죽었다는, 풍문이 다시 도래할 때까지. 고개를 숙여야 할 때는 지금이다. 내가 처음으로 쓴 문장은 무엇일까. 이런 문장으로 여유롭게 시작했어야 할까. 그렇게 시작했어도 지금쯤은 마찬가지일 것이다. 시간은 충분하고, 이 글은 어쩌면 본격적으로 어떤 글을 쓰기 전의 준비운동 같은 것인지도 모른다. 한번쯤 해 볼 만하지 않은가. 생각하고, 쓰고, 지울 필요가. 지울 수도 없으면서 그렇다. 목숨을 걸 필요는 없다. 준비운동이 한 작가의 문학을 유일하게 설명해줄 수도 있을 것이다. 준비운동을 하다가 죽는 사람도 있는 법이다. 문학보다 문학에 대해 말하는 글을 좋아하는 사람도 있을 것이다. 그게 힘이 될 때도 있다. 무엇을 위한 힘인가. 무기력한 힘이다. 끌려왔고, 끌고 온 힘이다. 사랑하는 우리의 준비운동. 나는 사랑이라는, 말을 엉뚱한 곳에 갖다 붙이기를 좋아하는데, 어쩌면 그 말이 언제 달라붙는가를, 글쓰기의 재미로 삼았는지도 모르겠다. 모든 언어가 사랑의 가능성으로 열려 있다. 발바닥에 풀이 돋는 말이지만 그렇다. 차라리 사랑. 그게 맞다. 하지만, 아직은, 앞으로도, 계속. 문학 앞에는 사랑이라는 말을 써서는 안 된다. 왜 그런가. 부끄러움 때문이다. 자존심 때문이다. 문학은 우리의 사랑을 받아주지 않는다. 그건 우리가 아쉬울 때만 문학을 사랑한다고 서둘러 고백하기 때문이다. 누가 문학을 사랑한다고 말할 수 있을까. 어떻게 증명해야 할까. 다시 열이 오른다. 얼어붙은 손을 녹이며 글을 썼다는 먼 나라의 작가들이 떠오른다. 촛불을 꺼도 사라지지 않은 글이 있다. 촛농이 떨어진 책을 만지고 있으면 좋다. 왜 그런가. 당연한 것 아닌가. 나는 그런 사람이다. 당연한 것을 묻고 묻고 물어서 여기까지 왔다. 무지의 상태로. 나는 왜 아무것도 모른다고 말하지 않고, 무지의 상태라고 쓰는가. 말하지 않고 쓰는가. 질문이 답이 되는 것은 글쓰기밖에 없는가. 돌아가자. 몇 걸음 걷지도 않았다. 지금의 나는 선선한 바람이 부는 산문의 세계에서 걸어오고 있다. 쓰고 있는 나는 걸어오고 있는 나이기도 하다. 이런 이야기를 하고 있다는 것이 놀랍지 않은가. 누가 묻고 누가 반응하는가. 어떤 문장도 나를 드러내고, 모든 문장이 나에게서 멀어지게 한다. 아, 건너뛸 수 없다. 요약할 수 없고, 정리할 수 없다. 이것은 상징입니까, 모험입니까. 아무것도 아닌, 반나절 이상 엎드린 마음의 상태라고 해둡시다. 이쪽으로 오고 있다. 음악처럼. 음악처럼. 오고 있다. 창문을 닫고 문을 걸어 잠가야 할지 모른다. 어쩔 수 없는 일이 벌어진다면 나와 더 멀어지기 위해 옷장 속에 숨어야 한다. 책장을 만지듯 옷감을 만지며 손의 지문이 닳아 없어질 때까지 기다려야 한다. 무엇을 기다리는가. 대답할 수 없다. 글쓰기는 기다림으로 채워지는 것이 아니다. 다 쓰고 나서 기다렸다고 말하는 편이 옳다. 모자란 모랄. 서랍에 넣어 둔 나의 시는 말라 비틀어졌을 것이다. 나는 주로 소설을 쓴다고 알려졌지만, 시에 학대당할 때 쾌감을 느낀다. 무엇을 위한 쾌감인가. 혀끝에 걸리는 언어를 굴리는 일만큼 좋은 게 또 어디 있는가. 이 글을 시와 무관하지만 시에 학대당해도 좋다는 기분으로 쓰고 있다. 시적인 이미지, 시적인 리듬, 시적인 메타포를 말하는 것이 아니다. 시를 말하는 것이다. 시를. 시를. 시를 말이다. 어떤 언어도 세 번 이상 반복하면 언어의 채찍을 휘두르는 힘이 생긴다. 소설을 쓰고 나서는 뜨거운 아스팔트를 맨발로 걷다가 손가락질을 받고 싶고, 시를 쓰고 나서는 세상으로부터 돌아눕고 싶다. 하지만 이제 시가 무엇인지, 소설이 무엇인지 모르겠다고 하는 편이 솔직한 말이 될 것이다. 자기 고백적인 글만큼 진실에서 멀어지려는 힘이 작용할 때도 없다. 지금은 산문의 세계에서 돌아오고 있지 않은가. 나라는 사람이. 어떻게 해야 할지 모르겠다. 이 글이 나의 '있는 소설'에 대해 말할 수 있을까. 이 글이 나의 '없는 시'에 대해 말할 수 있을까. 이미 쓴 글에 대해 어떻게 말할 수 있을까. 앞으로 쓸 수 있을지도 모를 어떤 희박함에 휩싸인 글덩이 말고는 관심이 없다. 없지도 있지도 않은 글. 아무도 읽지 않는 글도 글로 남을 수 있을까. 어떤 목소리에 홀려 산문의 세계에서 헤매고 다니고 있는 것일까. 쓸수록 신비롭고 우울해진다. 어떤 글이든, 그렇게 되어 버렸다. 자세를 낮추자. 엉덩이가 위로 솟구친다. 진정하자. 목이 마른 것뿐이다. 목이 마르고, 아무것도 쓸 수가 없다, 고 나는 썼다. 내가 쓴다. 내가 쓸 때 나는 어디에 있는가. 망설임. 머뭇거림. 쭈뼛거림. 이제 내가 숨을 나무는 없다. 한동안 나무 뒤에 웅크린 채 자연에 귀를 기울이기도 했다. 잎이 흔들리고, 나뭇가지가 부러지고, 열매가 떨어지는 소리를 들으며 입을 막았다. 너는 더 이상 말해서는 안 된다. 유언 같은 목소리가 들렸다. 자연은 언어의 편이 아니다. 언어로 이루어진 세계가 자연에 휘말려 터지고 찢어지는 광경을 목격하고 싶은 욕망도 있었다. 그리고 그런 일이 종종 벌어진다. 입을 다물게 된다. 구멍 난 주머니에 손가락을 집어넣듯 침묵이 가까이 있었다. 그것은 두려운 일이고, 또 황홀한 일이어서, 어린 시절 알 수 없는 겁에 질려, 오줌을 지리는 일처럼 감각을 발동시킨다. 아, 당신은 감각이로군요. 누군가 한 잔의 물을 내밀며 말해주었으면 좋겠다. 바라는 것이 참 많다. 나는 물을 먹지 못해요. 내가 쓰지 못한 이야기의 인물은 이렇게 말한다. 끝까지 목마름을 참다가 목이 말라 죽게 된다. 말라 죽어라. 말라 죽어라. 말라 죽어라. 물을 앞에 두고. 물과 견주어 보면 아무짝에도 쓸모없는 삶을 살았을 것이다. 물과 견주어 보면. 어린 시절 이야기를 더 할 수 있을 것이다. 내가 왜 글을 쓰게 되었는지. 왜 축축한 방안에서 책을 펼치고, 책 속에서 무엇을 발견하고 잃어버리게 되었는지. 글쓰기가 유년의 공간을 확보하고, 유년의 시간을 되묻고, 유년의 인물과 사물의 목록을 다시 기록하는 것이라고 누가 말했던가. 모든 결과에는 원인이 있다지만, 글이란 원인에서 멀어질수록 좋다. 삶으로부터 시작했으나 쓸수록 삶으로부터 멀어진다. 멀어진 삶이 누군가의 삶을 대신 말해줄 수도 있을 것이다. 불가능한 가능성이다. 그렇다면 너는 무엇에 대해 쓰고 있는가. 쓰려고 하는가. 이 문장이 이 글의 절정일 수 있을까. 나는 무엇을 묻고 있는가. 도대체 몇 번째 질문이 나의 진심인 것일까. 시간이 흘렀다. 글을 쓸 때 시간이 망각되는 기쁨은 무엇과도 바꾸기 싫다. 무엇과도. 이 글을 쓰기 잘했다. 다음에 어떤 글을 쓸 때 도움을 받을 수 있을 것이다. 아주 사사롭지만 전체를 흔들 수 있는 문장이 다른 형태로 나타날 것이다. 어떻게 설명할 수 있을까. 지금은 밤이고, 나는 밤 속에 있다. 거짓말이다. 지금은 눈이 부실 정도로 환한 낮이고, 나는 밤 속에 있다. 글을 쓸 때는 이전에 체험했던 밤이 다시 스며든다. 그 밤. 밤의 놀라움. 밤의 발작. 밤의 토라짐. 이 밤에 몸져누운 자들도 있을 것이다. 낮을 밤으로 착각해 살아가는 사람도 있을 것이다. 그들에 대한 연민과 질투가 나를 여기까지 오게 한 것인지도 모른다. 나의 글은 그들의 이마를 짚는 손이 되지 못할 것이다. 모자란 모랄을 무기로. 게으른 만큼 신경이 예민한 자들과 술잔을 기울이고 돌아오는 길에 걸음을 헤아리기도 했다. 이게 내가 가는 길이 맞는가. 길을 잃지 않기 위해서 부단히 길을 잃어야 했다. 잃은 척 해야 했다. 날카로운 무언가가 나의 옆구리를 찌르고 사라진 적도 있었다. 다음 날 확인해보면 아무것도 없었다. 아무것도 없는 자리를 매만질수록 상처가 덧나고, 고름이 흐르고, 딱지가 생겼다. 딱지가 생기면 딱지를 떼는 일에 몰두한다. 몰두 속에서 밤이 지나가고 잠이 찾아온다. 잠 속에서 옆구리를 잡고 걸어가는 사람의 뒤를 쫓아간다. 그(그녀)는 어디로 가는가. 이것이다. 잠 속에서도 멈출 수 없다. 계속가면 나는 그(그녀)가 되는 것이다. 멀어진다. 그(그녀)는 어디에도 없고, 아무 것도 하지 않았던 나이다. 부서지고 지워진 이름이다. 그(그녀)를 기다렸던가. 그(그녀)는 손을 가졌다. 차가운 손. 더러운 손. 누구의 이마도 짚어 본 적 없는 손. 어느 누구에게도 물 잔을 내밀지 않았던 손. 그 손을 다시 물리칠 수 있을까. 물리쳐라. 물리쳐라. 물리쳐라. 시간이 흐르지 않는다. 어디선가 매를 맞는 소리가 들린다. 한 줌의 모래를 잡은 손놀림으로 쓰고 있다. 산문의 세계에서 이제 막 돌아왔다. 다 흩어져 버려라. 다시 묻지 않겠다. 지금이다. 목이 마르다. 물을 너무 마셨다.

이병률

장도열차

– 대륙에 사는 사람들은 긴 시간 동안 열차를 타야 한다. 그래서 그
들은 만나고 싶은 사람이나 친척들을 아주 잠깐이나마 열차가 쉬어가
는 역에서 만난다. 그리고 그렇게 만나면서 사람들이 우는 모습을 나
는 여러 번 목격했다.

이번 어느 가을날,
저는 열차를 타고

당신이 사는 델 지나친다고
편지를 띄웠습니다

5시 59분 도착했다가
6시 14분에 발차합니다

하지만 플랫폼에 나오지 않았더군요
당신을 찾느라 차창 밖으로 목을 뺀 십오 분 사이
겨울이 왔고

가을은 저물 대로 저물어
지상의 바닥까지 어둑어둑해졌습니다

『당신은 어딘가로 가려 한다』, 문학동네, 2005.

별의 각질

애초 내가 맡은 일은 벽에 그려진 그림의 원본을 추적하여 도화지
에 옮겨 그리는 일이었다 부러진 이 가지 끝에 잎이 달렸을까 이 기와
끝에 매달린 것이 하늘이었을까 하루 이틀 상상하는 일을 마치고 처
음 한 일은 붓으로 벽을 터는 일이었다 벽에다 말을 걸듯 천천히

도저히 겹치지 않는 다른 그림이 나왔다 누군가 흰 칠을 해 그림을
지우고 다시 그린 것이 아닌가 하여 벽 한 귀퉁이를 분할한 다음 붓으
로 다시 열흘을 털었다

연못이 그려져 흐르고 있었다 다시 다른 구석을 닷새를 터니 악기
를 든 사람들이 소리를 지르고 있었다 성문을 지키는 성지기가, 죽은

물고기가 올려진 천칭의 한쪽 모습도 보였다

　흰 칠을 하고 바람이 지나면 그림을 그리고 지워지면 다시 흰 칠을
하여 그림을 올리고

　다시 흰 칠을 하고 그림을 그려 흰 칠과 그림이 누대를 교차하는 동
안 강이 불어나고 피가 튀고 폭설이 내려 수천의 별들이 번지고 내밀
한 것처럼 밀리고 씻기고 쓸려 말라갔던 벽

　벽을 찔러 조심스레 들어내어 박물관으로 옮기면서 육백여 년 동안
그려진 그림이 수십 겹이라는 사실에 미어지는 걸 받치느라 나는 가
매지고 무거워진다 책 냄새를 맡는다 살 냄새였던가

『바람의 사생활』, 창비, 2006.

아무한테도 아무한테도

1

그 땅에는 뽑아내고 뽑아내도 자꾸만
그 나무가 자란다고 했다
아무것도 자라지 않는 땅에

유독 그 자리에 그 나무만 자라난다고 했다

2

아무한테도 얘기하지 말라는 소릴 들었다

사랑한다면서 아무한테도 얘기하지 말라는 말만 들었다
사랑한다는 감정의 판지를 덮고도 이토록 추운 것은
혓바닥으로 죽은 강물을 들이켜
한꺼번에 휘파람 불 수 없다는 증거

한 덩어리의 바람이 지나고
한 시대를 에워 가릴 것처럼 닥치는 눈발까지도
아무한테도 얘기하지 말라는 소리로만 들렸다

아무한테도 말하지 말라는 말만 거셌다

돌에서 물이 흐르고
그 물이 굳어 돌이 되고

그 돌에 틈바구니 생기도록
사무치고 사무쳐도

나 또한
아무한테도 아무한테도

말하지 말자는 소리만 되뇌었다

『눈사람 여관』, 문학과지성사, 2013.

이 원

나는 클릭한다 고로 나는 존재한다

잉크 냄새가 밴 조간신문을 펼치는 대신 새벽에
무향의 인터넷을 가볍게 따닥 클릭한다
신문 지면을 인쇄한 모습 그대로
보여주는 PDF 서비스를 클릭한다
코스닥 이젠 날개가 없다
단기 외채 총 500억 달러
클릭을 할 때마다 신문이 한 면씩 넘어간다
나는 세계를 연속 클릭한다
클릭 한 번에 한 세계가 무너지고
한 세계가 일어선다
해가 떠오른다 해에도 칩이 내장되어 있다
미세 전극이 흐르는 유리관을 팔의 신경 조직에 이식
몸에서 나오는 무선 신호를 컴퓨터가 받는다는
12면 기사를 들여다보다
인류 최초의 로봇 인간을 꿈꾼다는 케빈 워윅의
웹 사이트를 클릭한다 나는 28412번째 방문객이다

나도 삽입하고 싶은 유전자가 있다
마우스를 둥글게 감싼 오른손의 검지로 메일을
클릭한다 지난밤에도 메일은 도착해 있다
캐나다 토론토의 k가 보낸 첨부 파일을 클릭한다
붉은 장미들이 이슬을 꽃잎에 대롱대롱 매달고
흰 울타리 안에서 피어난다
k가 보낸 꽃은 시들지 않았다
곧바로 나는 인터넷 무료 전화 dialpad를 클릭한다
k의 전화번호를 클릭한다
나는 6589 마일리지 너머로 연결되고 있다
나도 누가 세팅해놓은 프로그램인지 모른다
오른손으로 미끄러운 마우스를 감싸쥐고 나는
문학을 클릭한다 잡지를 클릭한다
문학 웹진 노블 4월호를 클릭한다
사막이 아름다운 것은 그것이 어딘가에 샘을
감추고 있기 때문이라고 표지의 어린 왕자는
자꾸자꾸 풍경을 바꾼다 창을 조금 더 열고
인터넷 서점 알라딘을 클릭한다 신간 목록을 들여다보다
가격이 20% 할인된 폴 오스터의
우연의 음악과 15% 할인된 가격에
르네 지라르의 폭력과 성스러움을 주문 클릭한다
창밖 야채 트럭에서 쿵쿵거리는
세상사 모두가 네 박자 쿵착 쿵착 쿵차자 쿵착
나는 뽕짝 네 박자를 껴입고 트럭이 가는
길을 무심코 보다가 지도를 클릭한다
서울에서 출발하는 길 하나를 따라가니 화엄사에

도착한다 대웅전 앞에 늘어선 동백 안에서
목탁 소리가 퍼져 나온다 합장을 하며
지리산 콘도의 60% 할인 쿠폰을 한 매 클릭한다
프린터 아래의 내 무릎 위로
쿠폰이 동백 꽃잎처럼 뚝 떨어진다 나는
동백 꽃잎을 단 나를 클릭한다
검색어 나에 대한 검색 결과로
0개의 카테고리와
177개의 사이트가 나타난다
나는 그러나 어디에 있는가
나는 나를 찾아 차례대로 클릭한다
광기 영화 인도 그리고 **나**………**나**누고
……**나**오는…**나**홀로 소송……또 **나**(주)…
나누고 싶은 이야기……지구와 **나**………
따닥 따닥 쌍봉낙타의 발굽 소리가 들린다
오아시스가 가까이 있다
계속해서 나는 클릭한다 고로 나는 존재한다

『야후!의 강물에 천 개의 달이 뜬다』, 문학과지성사, 2013.

영웅

오늘도 나는 낡은 오토바이에 철가방을 싣고
무서운 속도로 짜장면을 배달하지
왼쪽으로 기운 것은 오토바이가 아니라 나의 생이야
기운 것이 아니라 내 생이 왼쪽을 딛고 가는 거야
몸이 기운 쪽이 내 중심이야
기울지 않으면 중심도 없어
나는 오토바이를 허공 속으로 몰고 들어가기도 해
길을 구부렸다 폈다
길을 풀어줬다 끌어당겼다 하기도 해
오토바이는 내 길의 자궁이야
길은 자궁에 연결되어 있는 탯줄이야
그러니 탯줄을 놓치는 순간은 절대 없어

내 배후인 철가방은 안팎이 똑같은 은색이야
나는 삼류도 못 되는 정치판 같은 트릭은 쓰지 않아
겉과 속이 같은 단무지와 양파와 춘장을
철가방에 넣고 나는 달려
불에 오그라든 자국이 그대로 보이는
플라스틱 그릇에 담은 짜장면을
랩으로 밀봉하고 달려
검은 짜장이 덮고 있는 흰 면발이
불어 터지지 않을 시간 안에 달려
오토바이가 기울어도 짜장면이 한쪽으로

쏠리지 않는 것
그것이 내 생의 중력이야
아니 중력을 이탈한 내 생이야

표지판이 가리키는 곳은 모두 이곳이 아니야
이곳 너머야 이 시간 이후야
나는 표지판은 믿지 않아
달리는 속도의 시간은 지금 여기가 전부야
기우는 오토바이를 따라
길도 기울고 시간도 기울고 세상도 기울고
내 몸도 기울어
기울어진 내 몸만 믿는 나는
그래 절름발이야
삐딱한 내게 생이란 말은 너무 진지하지
내 한쪽 다리는 너무 길거나 너무 짧지
그래서 재미있지
삐딱해서 생이지 절름발이여서 간절하지
길이 없어 질주하지

달리는 오토바이에서 나도 가끔은 뒤를 돌아봐
착각은 하지 마 지나온 길을 확인하는 것이 아니야
나도 이유 없이 비장해지고 싶을 때가 있어
생이 비장해 보이지 않는다면
대단해 보이지 않는다면
어느 누가 온몸이 데는 생의 열망으로 타오르겠어
그러나 내가 비장해지는 그 순간

두 개의 닳고 닳은 오토바이 바퀴는 길에게
파도를 만들어주지
길의 뼈들은 일제히 솟구쳐오르지
길이 사라진 곳에서 나는
파도를 타고 삐딱한 내 생을 관통하지

『세상에서 가장 가벼운 오토바이』, 문학과지성사, 2007.

사람은 탄생하라

우리의 심장을 풀어
발이 없는 새
멈추지 못하는 것이 아니라
날 수밖에 없는 운명을 가졌던

하나의 돌은

바닥까지 내려온 허공이 되어 있다
더 이상 떨어지지 않아도 된다

봄이 혼자 보낸 얼굴
새벽이 받아놓은 편지

흘러간 구름
정적의 존엄

앞에

우리의 흰 심장을 풀어
꽃
손잡이의 목록

그림자를 품어 그림자 없는 그림자
침묵으로 덮여 그림자뿐인 그림자

울음이 나갈 수 있도록
울음으로 터지지 않도록

우리의 심장을 풀어

따뜻한 스웨터 한 벌을 짤 수는 없다
끓어오르는 문장이 다르다
멈추어 섰던 마디가 다르다

그러나 구석은 심장
구석은 격렬하게 열렬하게 뛴다
눈은 외진 곳에서 펑펑 쏟아진다
거기에서 심장이 푸른 아기들이 태어난다

숨이 가쁜 아기들
이쁜 벼랑의 눈동자를 만들 수 있겠구나

눈동자가 된 심장이 있다
심장이 보는 세상이 어떠니

검은 것들이 허공을 뒤덮는다고 해서
세상이
어두워지지는 않는다
심장이 만드는 긴 행렬

더럽혀졌어
불태워졌어
깨끗해졌어

목소리들은 비좁다
우리는 다만 심장을 풀었어요

공평한 점심
되돌려주는 방

우리의 심장을 풀어
비로소 첫눈

붉은 피가 흘러나오는 허공

사람은 절망하라

사람은 탄생하라
사람은 탄생하라

우리의 심장을 풀어 다시
우리의 심장
모두 다른 박동이 모여
하나의 심장
모두의 숨으로 만드는
단 하나의 심장

우리의 심장을 풀면
심장뿐인 새

* 사람은 절망하라/사람은 탄생하라: 이상, 「선에 관한 각서 2」

『창작과비평』 2012년 겨울호.

이장욱

괄호처럼

(무언가를 보고 있었는데
아무것도 보고 있지 않았다.

내가 거기서 너와 함께 살아온 것 같았다.
텅 빈 눈동자와 비슷하게
열고
닫고

창문 너머로 달아나는 너를 뒤쫓는 꿈
내 안에서 살해하고 깊이 묻는 꿈
그리고 누가 조용히 커튼을 내린다.
그것은 흡,
내가 은폐할 수 있는 모든 것

오늘의 식사를 위해 입을 벌리고
다 씹은 뒤에 그것을 닫고

그 이후 뱃속에서 일어나는 일
몸에 창문을 만들지 않아도 가능한 일
조용히 기도를 하지 않아도

발을 헛짚어 푹,
꺼지는 구덩이가 되어 이제
모든 것이 너를 포함할 것이다.
너는 길을 걷다가 조금씩 숨이 막힐 것이다.
가만히 눈꺼풀을 열어보는 사람이 되어
무서운 세계를 얻을 것이다.

이것은 우리의 끝이 아니기 때문에
나는 지금 너의 모든 것을 품고 싶은 것이다.
커다란 기념수건으로
잠든 네 입을 꼼꼼히 틀어막는
이 기나긴 시간처럼)

『작가세계』 2014년 봄호.

토르소

손가락은 외로움을 위해 팔고

귀는 죄책감을 위해 팔았다.
코는 실망하지 않기 위해 팔았으며
흰 치아는 한 번에 한 개씩
오해를 위해 팔았다.

나는 습관이 없고
냉혈한의 표정도 없고
옷걸이에 걸리지도 않는다.
누가 나를 입을 수 있나.
악수를 하거나
이어달리기는?

나는 열심히 트랙을 달렸다.
검은 서류가방을 든 채 중요한 협상을 진행하고
밤의 쇼윈도우에 서서 물끄러미
당신을 바라보았다.
악수는 할 수 없겠지만
이미 정해진 자세로
긴 목과
굳은 어깨로

당신이 밤의 상점을 지나갔다.
헤이,
내가 당신을 부르자 당신이 고개를 돌렸다.
캄캄하게 뚫린 당신의 눈동자에 내 얼굴이 비치는 순간,

아마도 우리는 언젠가
만난 적이 있다.
아마도 내가
당신의 그림자였던 적이.
당신이 나의 손과
발목
그리고 얼굴이었던 적이.

『생년월일』, 창비, 2011.

반대말들

오른쪽의 반대편이 사라질 때
먼 곳에서 나의 뒷모습을 보게 될 때
회색으로부터 검은 빛과 흰 빛을 나눌 때

오늘의 반대말은 무슨 요일인가?
너의 반대말은 누구인가?
복잡한 예감은 언제 이루어지는가?

하지만 사랑해,
라고 말하는 사람이 칼을 만지작거린다면

밤이 점점 뾰족해진다면
한 그루의 부드러운 나무가
아가리를 벌린 채 자라난다면

의자는 책상의 먼 곳에서 타오르고
기린의 목이 점점 더 길어지고
나는 왜 조금씩 내가 아닌가?

누가 내게서 자꾸 왼쪽을 가져가는가?
내 오른쪽의
무한한 반대편을

『생년월일』, 창비, 2011.

황규관

예감

이제 사랑의 노래는
재개발지역 허름한 주점에서 부를 것이다
가난한 평화는 한 블록씩 깨어지고 있다
그 아픔의 마른 냄새를 맡으며
잃어버린 대지를 찾지 않겠다
모든 밥벌이가 단기계약이듯
사랑도 이제 막바지다
새끼들 칭얼거림을 다 듣고
아내의 지친 한숨도 내 것으로 한 다음에야 노래는
터져나올 것이다.
깨어진 기억은 길가에 치워져 있다
천장이 한없이 낮아
일찍 취하는 주점에서
마시고 내린 빈 잔을 가슴에 가득 담을 것이다
사랑은 막바지고
외로움도 좋다

백척간두가 내 힘이다
그러나 다시 노래는 울고 말 것이다
끝내 오고야 말 폐허까지
폐허의, 폐허의 아침까지

『패배는 나의 힘』, 창비, 2007.

먼지

우리는 먼지가 만들어낸 존재다
연애라는 먼지 햇볕이라는 먼지
눈가에 머무는 꽃잎이라는 먼지

그래서 먼지를 마시고
먼지를 세고 먼지 가득한 가방을 들고
먼지투성이인 현관문을 나선다
당신과 잠깐 나눠 가졌던 입술도
다 먼지처럼 사라져버렸다

뜨거움도 식으면 먼지가 되고
세상이 정전되어 털썩 주저앉을 때
허공을 날아다니는 것도 먼지다

그러니까 칠 년이나 산 집에
먼지만 가득하다 상심하지 말아다오

자고 나서 남긴 것도 뿌연 먼지뿐
아무것도 아닌 먼지 탈탈 털어보면
바람 따라 눈앞에서 사라지는 먼지

그게 바로 우리의 부분들이고
또 돌아가게 될 미래다

『실천문학』 2008년 여름호.

인간의 길

고래의 길과
갯지렁이의 길과
너구리의 길과
딱정벌레의 길과
제비꽃의 길과
굴참나무의 길과
북방개개비의 길이 있고

드디어 인간의 길이 생겼다
그리고 인간의 길옆에
피투성이가 된 고양이가 버려져 있다

북방개개비의 길과
굴참나무의 길과
제비꽃의 길과
딱정벌레의 길과
너구리의 길과
갯지렁이의 길과
고래의 길이 사라지고

드디어 인간의 길만 남았다
그리고 인간의 길옆에
길 잃은 인간이 버려져 있다

『삼례배차장』, 지식을만드는지식, 2013.

맨발

어물전 개조개 한 마리가 움막 같은 몸 바깥으로 맨발을 내밀어 보이고 있다

죽은 부처가 슬피 우는 제자를 위해 관 밖으로 잠깐 발을 내밀어 보이듯이 맨발을 내밀어 보이고 있다

펄과 물 속에 오래 담겨 있어 부르튼 맨발

내가 조문하듯 그 맨발을 건드리자 개조개는

최초의 궁리인 듯 가장 오래하는 궁리인 듯 천천히 발을 거두어 갔다

저 속도로 시간도 길도 흘러왔을 것이다

누군가를 만나러 가고 또 헤어져서는 저렇게 천천히 돌아왔을 것이다

늘 맨발이었을 것이다

사랑을 잃고서는 새가 부리를 가슴에 묻고 밤을 견디듯이 맨발을 가슴에 묻고 슬픔을 견디었으리라

아-, 하고 집이 울 때

부르튼 맨발로 양식을 탁발하러 거리로 나왔을 것이다

맨발로 하루 종일 길거리에 나섰다가
가난의 냄새가 벌벌벌벌 풍기는 움막 같은 집으로 돌아오면
아-, 하고 울던 것들이 배를 채워
저렇게 캄캄하게 울음도 멎었으리라

『맨발』, 창비, 2013.

가재미

김천의료원 6인실 302호에 산소마스크를 쓰고 암투병중인 그녀가
누워 있다
바닥에 바짝 엎드린 가재미처럼 그녀가 누워 있다
나는 그녀의 옆에 나란히 한 마리 가재미로 눕는다
가재미가 가재미에게 눈길을 건네자 그녀가 울컥 눈물을 쏟아낸다
한쪽 눈이 다른 한쪽 눈으로 옮아 붙은 야윈 그녀가 운다
그녀는 죽음만을 보고 있고 나는 그녀가 살아 온 파랑 같은 날들을
보고 있다
좌우를 흔들며 살던 그녀의 물 속 삶을 나는 떠올린다
그녀의 오솔길이며 그 길에 돋아나던 대낮의 뻐꾸기 소리며
가늘은 국수를 삶던 저녁이며 흙담조차 없었던 그녀 누대의 가계를
떠올린다
두 다리는 서서히 멀어져 가랑이지고

폭설을 견디지 못하는 나뭇가지처럼 등뼈가 구부정해지던 그 겨울
어느날을 생각한다
그녀의 숨소리가 느릅나무 껍질처럼 점점 거칠어진다
나는 그녀가 죽음 바깥의 세상을 이제 볼 수 없다는 것을 안다
한쪽 눈이 다른 쪽 눈으로 캄캄하게 쏠려버렸다는 것을 안다
나는 다만 좌우를 흔들며 헤엄쳐 가 그녀의 물 속에 나란히 눕는다
산소호흡기로 들이마신 물을 마른 내 몸 위에 그녀가 가만히 적셔
준다

『가재미』, 문학과지성사, 2006.

꽃들

모스끄바 거리에는 꽃집이 유난히 많았다
스물네시간 꽃을 판다고 했다
꽃집마다 '꽃들'이라는 간판을 내걸고 있었다
나는 간단하고 순한 간판이 마음에 들었다
'꽃들'이라는 말의 둘레라면
세상의 어떤 꽃인들 피지 못하겠는가
그 말은 은하처럼 크고 찬찬한 말씨여서
'꽃들'이라는 이름의 꽃가게 안으로 들어섰을 때
야생의 언덕이 펼쳐지는 것을 보았다

그리고 나는 그 말의 보살핌을 보았다
내 어머니가 아궁이에 불을 지펴 방을 두루 덥히듯이
밥 먹어라, 부르는 목소리가 저녁연기 사이로 퍼져나가듯이
그리하여 어린 꽃들이
밥상머리에 모두 둘러앉는 것을 보았다

『먼 곳』, 창비, 2012.

외팔의 소녀에 대하여

김숨

국자는 오른손으로 들어야지
오른손이 없는데도, 오른손이라는 말은 거기 있었다.*
냄비는 두 손으로 잡아야지.
오른손이 없는데도
오른손으로 식칼을 잡고 무를 채 썰어야 했다. 오른손 새끼손가락보다
가늘게, 콩나물을 다듬고
환상지족은 없었다
오른손이 없는데도 오른손잡이인 소녀가, 오른손으로 국자를 들고

헤르타 뮐러 『숨그네』 중에서

'나는 왜 (소설을) 쓰는가'를 주제로 적잖은 분량의 산문을 써야 하는데 시 같은 것이 써졌습니다. 시는 아니지만, 시처럼 행을 나눈 글이 써졌습니다. W. G. 제발트의 『이민자들』과, 헤르타 뮐러의 『숨그

---

* "뚜껑은 꼭 덮어야지. 뚜껑이 없는데도, 뚜껑이라는 말은 거기 있었다."

네』와 줌파 라히리의 『저지대』를 동시에 읽고 있었습니다. 다르고 다른 세 작품이 다르고 다르면서도 '같다'는 것에 경탄하면서, 소설을 왜 쓰는가보다는 "소설을 왜 읽는가"라는 질문을 저 스스로에게 던지던 요즘이었습니다. 『숨그네』는 수해 전 읽다가 만 소설인데, 그때는 건너뛰듯 지나가 기억조차 나지 않던 문장들이 가위나 못이나 칼처럼 저를 찌르는 것이, 찔린 부분을 중심으로 파상풍균 같은 치명적인 독이 번지는 것이 놀랍고 신기했습니다. 고백하자면 저는 그러한 경험 '없이' 무작정 소설을 쓰기 시작했습니다. '소설을 왜 읽는가'라는 질문을 스스로에게 하게 된 시점에서 '나는 왜 (소설을) 쓰는가'라는 산문을 써야 했기에 그토록 난감하고 힘들었던 걸까요.

초중고 내내 저는 티브이 앞에 망부석처럼 앉아 있던 아이였습니다. 일요일이면 아침부터 밤늦도록 티브이 앞을 떠나지 않았습니다.(티브이에 얼마나 정신이 팔려 있었는가 하면, 그런 저 때문에 아버지가 티브이를 두 대나 내다버리셨습니다.) 어릴 때 제가 살던 집에는 책이 거의 없었습니다. (제가 좋아하는 어느 소설가가 어릴 때 집에 책이 많았다고 이야기하는 걸 들은 적이 있는데, 평범한 그 고백이 제게는 낯설다 못해 몹시 이상한 말처럼 들리기까지 했습니다.) 위인전기가 고작이었습니다. 감명 깊이 읽은 동화책도 없고, 동화책을 처음부터 끝까지 제대로 읽은 기억조차 제게는 없습니다. 원고지 두세 장 분량의 동화책을 처음부터 끝까지 통독한 것은 어른이 되어서였습니다. 서른 살이 넘어 처음으로 소유한 동화책은 윤석중 선생님의 『넉 점 반』이었습니다. 그래서였을까요. 초등학교를 졸업하던 해 어머니가 시내 서점에 데리고 가 (어린이를 위한) 셰익스피어의 작품 모음집을 사주셨더랬습니다. 그 모음집에는 『로미오와 줄리엣』도, 『햄릿』도, 『베니스의 상인』도, 『한여름 밤의 꿈』도 있었습니다. 세종대왕이나 간디 등 위대한 인물의 전기문밖에 읽은 적이 없던 저였기에, 주인공이 왕자에서 왕으로, 중늙은이로 바뀌는 것이 너무나 혼란스러웠습니다. 사랑 이야기에서, 비극적인 복수극으로, 권선징악으로 바뀌는 것이 도무지 이해가 안 되었습니다.

그런데 생각해보니 어릴 때 제가 살던 집에 책은 없었지만 사람들이 있었습니다. 한 시절 어머니는 아버지의 백수 시절이 길어지자 먹고 살기 위해 집 담벼락을 허물고 부엌을 터 구멍가게(슈퍼마켓이라는 간판을 걸기는 했지만 구멍가게에 지나지 않았습니다)를 냈습니다. 어머니가 석유곤로 앞에 쪼그리고 앉아 호박부침개를 부치고, 수제비를 뜨던 부엌이 하루아침에 구멍가게로 탈바꿈해 있었습니다. 변두리 골목에 자리한 가게가 대개 그렇듯 저희 가게에는 골목 아저씨들과 아줌마들이 끊임없이 모이고 흩어졌습니다. 백수이거나 백수보다 나을 게 없던 아저씨들, 부업으로 뜨개질을 하거나 마늘을 까 반찬 값이라도 벌어야 했던 아줌마들이 풀어 놓는 이야기들, 끝나지 않는 돌림노래처럼 돌고 돌던 이야기들이 책을 대신했습니다. 무기력한 얼굴로 조용히 그들의 이야기에 귀를 기울이면서 저는 한 어머니에게서 난 형제들이 어떻게 불화하고 흩어지는지, 백수의 딸들이 어떻게 집을 떠나가는지(알로에를 키우던 대머리 아저씨의 딸은 골프장 캐디가 되었고, 성모여고에 다니던 정윤희만큼 어여쁘던 언니는 간호사가 되어 타지로 떠났습니다), 지명수배 중인 운동권 아들을 둔 어머니의 가슴에 얼마나 깊은 멍이 드는지, 바람나 집을 나간 여자의 아이들이 누구의 손에서 자라나는지…… 어린 저의 단골이자 이웃인 그네들의 구구절절한 사연과 운명을 엿보고 이해했던 것 같습니다.

가끔 떠오르는 장면이 있습니다. 내린 눈이 며칠째 녹지 않을 만큼 추운 겨울날이었습니다. 저희 가게에서 그리 멀지 않은 곳에는 경부선 선로가 지나갔는데, 그 철로 너머에는 벽돌공장이 있었습니다. 그 벽돌공장에는 뜨내기 인부들이 살았고요. 처자식도 없는, 어디서 흘러들었는지 모르는 인부들은 어느 날 나타났다가, 그 어느 날 소리 소문 없이 사라졌습니다. 인부들 중 유난히 인상이 강렬하던 사내가 있었습니다. 몸집이 유도선수 하형주처럼 거대하던 그 사내는 위압감을 줄 정도로 얼굴도 크고, 손도 컸습니다. 그에 비해 오랜 백수 생활에 지친 아버지는 처량하도록 하얗고 왜소했습니다. 그 사내는 저녁나절이면 저희 가게에 와서 소주와 알루미늄캔 속에 든 햄이나 장조림, 담배 등을 사갔습니다. 그것이 온종일 벽돌을 찍고 나르느라 짠 땀내에 찌든 그 사내의 저녁 같았습니다. 문제는 그 사내가 그것들을 번번이 외상으로 사간다는 것이었습니다. 외상이 쌓이고 쌓이면 마지못해 갚고, 또 한동안 외상을 하곤 했던 것 같은데, 외상을 갚지 않는 기간이 지나치게 길어지고 있었습니다. 뜨내기라 외상값을 갚지 않고 떠나버릴 수도 있었기 때문에, 천 원 한 장이 아쉬운 어머니는 애가 탈 수밖에 없었습니다. 그날도 그 사내는 외상으로 소주와 담배와 안줏거리를 사려 했습니다. 망설이던 아버지가 그 사내에게 외상값을 갚아달라는 요구를 했고, 사내의 얼굴은 험악하게 굳었습니다. 그 사내는 갚으라는 외상값은 갚지 않고, 아버지에게 밖에 나가서 이야기 좀 하자는 제스처를 해왔습니다. 아버지는 어쩔 수 없이 그 사내를 따라 가게 밖으로 나갔습니다. 그 사내가 아버지를 어둡고 후미진 골목으로, 공터에 쌓인 눈밭으로 끌고 가는 것을 지켜보던 저는 조용히 뒤를 밟았습니다. (생각해보면 신발 한 켤레 값도 안 되는) 외상값 때문에 그 사내가 아버지를 죽일지도 모른다는 불안과 공포 때문이었습니다. 그 사내에게 지켜보는 눈이 있다는 것을, 똑똑히 지켜보는 눈이 있다는 것을 알리기 위해 저는 가로등 불빛 아래에 버티고 서 있었습니다. 다행히 그 사내는 아버지와 몇 마디 말을 나눈 뒤 벽돌공장이 있는 철로 너머로 순순히 사라졌습니다.

그 사내가 외상값을 갚았는지 아니면 끝끝내 갚지 않았는지 잘 모르겠습니다. 그것은 그다지 궁금하지 않습니다. 그런데 그 사내가 어디에서 어떤 모습으로 살아가고 있는지 궁금할 때가 있습니다. 회색 벽돌을 보면 그 사내가 저절로 떠오릅니다. 낮에는 벽돌 공장에서 벽돌을 찍고, 소주와 알루미늄캔 속에 든 햄이나 장조림으로 저녁을 대신하는 그 사내가 어딘가에서 살아 있다면 (사내에서) 늙은 사내가 되었겠지요. 며칠 전에도 벽돌공장 사내와 아버지, 초등학교 5학년이거나 6학년이던 제가 주인공으로 등장하는 그 겨울날 밤의 한 장면이 문득 떠올랐습니다. 그 장면을 소설로 쓰고 싶은 강렬한 욕구와 함께요. 그 장면을 언젠가 소설로 쓰게 되겠구나 생각했습니다. 제 소설들 대개가 그렇게 시작되듯 말이지요. 저에게 어떤 식으로든 인상을 남겼던 타인들이, 그러니까 벽돌공장 사내와 같은 타인들이 저의 소설 속에서 부활하는 순간을 경험할 때가 있습니다. 공포와 두려움의 대상이 아니라, 미움과 분노의 대상이 아니라, 연민과 이해의 대상이 되어서 말이지요.

어릴 때 제가 살던 집에 책이 별로 없었다는 것을, 동화책 한 권 제대로 읽지 못했다는 것을, 받아쓰기 점수가 60점 수준에서 그쳤다는 것을, 긴긴 겨울방학 동안 티브이를 보느라 일기를 거의 쓰지 않았다는 것을 부끄러워서 차마 고백하지 못했었습니다. 스무 살이 넘어서도 돌멩이를 '돌맹이'라고 쓰던 제가, 행주를 '헹주'라고 쓰던 제가 소설을 쓰고 있다는 사실이 아이러니하게 생각될 때가 있습니다.

소설을 왜 쓰는가? 왜? 왜? 그런데 '왜'라는 질문만큼 아둔한 질문도 없다는 생각이 문득 듭니다. 왜? 저 자신이 '왜'라는 질문을 타인이나 저 자신에도 즐겨 하지 않는다는 것을, 또한 타인으로부터 불쑥 그 질문을 받는 순간 공황상태에 빠진 듯 몹시 당황해 한다는 사실을 깨달았습니다. 제가 내린 어떤 중대한 결정에 대해 한 지인이 "왜?"라는 질문을 던진 적이 있습니다. 집으로 돌아온 저는 그 '왜'라는 질문

때문에 며칠 몸살을 앓아야 했습니다.

저의 경우는 아주 중대한 결정을 할 때 "왜"라는 질문을 스스로에게 던지지 않는 쪽입니다. 해와 달이 왜 두 개가 아니라 하나인지 저는 궁금하지 않습니다. 제가 소설을 쓸 수 있었고, 계속 쓸 수 있었던 것은, 계속 쓸 수 있을 것 같은 생각이 드는 것은 "왜"라는 질문을 던질 줄 몰랐던 데다 그 질문을 그다지 흥미 있어 하지 않기 때문이 아닌가 합니다.

그럼에도 왜 쓰는가 하고 자꾸 묻는다면 쓰고 싶은 이야기가 자꾸 떠오르기 때문이라고, 쓰는 것이 밥을 먹고 산책을 하는 것처럼 저의 일상 중 한 부분이 되어버렸기 때문이라고, 소설을 쓸 때 스스로가 가장 성실하게 느껴지기 때문이라고, 소설이 제게 준 것이 너무나 많기 때문이라고 대답할 수밖에 없습니다. "사자(死者)들은 이렇게 되돌아온다. 때로는 칠십 년이 넘는 세월이 흐른 뒤에도 얼음에서 빠져나와, 반들반들해진 한줌의 뼛조각과 징이 박힌 신발 한 켤레로 빙퇴석 끝에 누워 있는 것이다."(W. G. 제발트의 『이민자들』 중에서) 그렇게 한줌의 뼛조각과 징이 박힌 신발 한 켤레로 되돌아온 사자와 같은 타인들이 어려서부터 저의 주변에 넘쳐나서 소설을 쓸 수밖에 없다고 대답할 수밖에 없습니다.

국을 뜨고 있었다
국자 속 맑은 콩나물무국 국물
새하얀 절벽 위 검은 염소의 눈동자처럼 흔들리고, 노랗게
흔들리는 염소 눈동자 속 소녀가
오른손으로 외짝 미닫이 창문을 열고 있었다

외팔의 소녀가 '없는 오른손'으로 무를 채 썰고, 콩나물을 다듬고,

냄비 그득 국을 끓이는 것. 제게 소설 쓰기란 그런 것이 아닌가 싶습니다. 없는 오른손으로 창문을 열고, 전화 다이얼을 눌러 통화를 시도하고, 지상으로 잘못 내려온 구름 같은 솜이불을 개고, 너무 길게 자란 머리카락을 빗는 것. 그런 것이 아닌가 싶습니다. 오른손이 없는데 운명적으로 오른손잡이인 소녀가 오른손을 부지런히 놀려 저녁 식탁에 올릴 국을 끓이는 시간, 그 시간이 제게는 소설을 쓰는 시간인 것입니다.

손 택 수

새

점 하나를 공중에 찍어 놓았다 점자라도 박듯 꾸욱
눌러 놓았다

날개짓도 없이
한동안
꿈쩍도 않는
새

비가 몰려오는가 머언 북쪽 하늘에서 진눈깨비
소식이라도 있는가

깃털을 흔들고 가는 바람을 읽고 구름을 읽는
골똘한 저.
한 점

속으로 온 하늘이 빨려 들어가고 있다

『나무의 수사학』, 실천문학사, 2010.

아버지의 등을 밀며

아버지는 단 한 번도 아들을 데리고 목욕탕엘 가지 않았다
여덟 살 무렵까지 나는 할 수 없이
누이들과 함께 어머니 손을 잡고 여탕엘 들어가야 했다
누가 물으면 어머니가 미리 일러준 대로
다섯 살이라고 거짓말을 하곤 했는데
언젠가 한 번은 입 속에 준비해둔 다섯 살 대신
일곱 살이 튀어나와 곤욕을 치르기도 하였다
나이 보다 실하게 여물었구나, 누가 고추를 만지기라도 하면
잔뜩 성이 나서 물속으로 텀벙 뛰어들던 목욕탕
어머니를 따라갈 수 없으리만치 커버린 뒤론
함께 와서 서로 등을 밀어주는 부자들을
은근히 부러운 눈으로 바라보곤 하였다
그때마다 혼자서 원망했고, 좀 더 철이 들어서는
돈이 무서워서 목욕탕도 가지 않는 걸 거라고
아무렇게나 함부로 비난했던 아버지
등짝에 살이 시커멓게 죽은 지게자국을 본 건
당신이 쓰러지고 난 뒤의 일이다
의식을 잃고 쓰러져 병원까지 실려 온 뒤의 일이다

248

그렇게 밀어드리고 싶었지만, 부끄러워서 차마
자식에게도 보여줄 수 없었던 등
해 지면 달 지고, 달 지면 해를 지고 걸어온 길 끝
적막하디 적막한 등짝에 낙인처럼 찍혀 지워지지 않는 지게자국
아버지는 병원 욕실에 업혀 들어와서야 비로소
자식의 소원 하나를 들어주신 것이었다

『호랑이 발자국』, 창비, 2003.

저물녘의 왕오천축국전

지상엔 수없이 왔으나 처음 당도한 여름 끝의 노을이 걸려 있습니다
모래바람 날리는 저물녘 해변의 산보는 당신의 왕오천축국전,
내디딘 대지에 한 발 한 발 기도를 드리듯이 걷습니다
불안하게 술렁이는 허공을 더듬거리면서 더디게 모아지는 발들,
한참을 머물렀다 또 한 걸음을 뗄 때
그 숨막히는 보행은 차라리 구도가 아닙니까
반쪽 몸에 내린 빙하기가 반쪽 몸의 봄을 더 간절하게 합니다
쇄빙선처럼 길을 트는 가쁜 한 걸음 속에서
몸의 밑바닥은 의식의 가장 높은 고원,
불어가는 바람이 해저에서 막 융기하는 산맥의 바위처럼

굽이치는 당신의 이마를 환하게 쓸고 갑니다

단 몇 미터를 걷는 데 평생이 걸린다면

몇 미터의 대륙이 품에 안은 수십억 년을 가뿐히 뛰어넘는 것,

마비된 근육과 혈관 너머로 추방당한 복류천 맥박소리를 향해 걸어

가는 것

깨어진 모래 한 알이 무릎걸음으로 해변을 동행할 때

더듬거리는 걸음과 걸음 사이의 침묵이 제 유창한 보행을 망설이게

합니다

지상에 말랑한 첫발을 내딛는 아기의 경이처럼

지팡이를 짚을 때마다 탁, 탁 터져나오는 탄성

한 번도 온 적 없는 여름 끝 저물녘의 왕오천축국전

일만 번의 여름을 살며 스스로 풍경이 된 이름이 파도에 잠기고 있

습니다

『떠도는 먼지들이 빛난다』, 창비, 2014.

김행숙

목의 위치

기이하지 않습니까. 머리의 위치 또한.

목을 구부려 인사를 합니다. 목을 한껏 젖혀서 밤하늘을 올려다보았습니다. 당신에게 인사를 한 후 곧장 밤하늘이나 천장을 향했다면, 그것은 목의 한 가지 동선을 보여줄 뿐, 그리고 또 한 번 내 마음이 내 마음을 구슬려 목의 자취를 뒤쫓았다는 뜻입니다. 부끄러워서 황급히 옷을 주워 입듯이.

당신과 눈을 맞추지 않으려면 목은 어느 방향을 피하여 또 한 번 멈춰야 할까요. 밤하늘은 난해하지 않습니까. 목의 형태 또한.

나는 애매하지 않습니까. 당신에 대하여.

목에서 기침이 터져 나왔습니다. 문득, 세상에서 가장 긴 식도를 갖고 싶다고 쓴 어떤 미식가의 글이 떠올랐습니다. 식도가 길면 긴 만큼 음식이 주는 황홀은 천천히 가라앉을까요, 천천히 떠나는 풍경은 고통을 가늘게 늘리는 걸까요. 마침내 부러질 때까지 기쁨의 하얀 뼈를 조심조심 깎는 중일까요. 문득, 이 모든 것들이 사라져요.

소용없어요. 목의 길이를 조절해봤자. 외투 속으로 목을 없애봤자. 그래도 춥고, 그래도 커다란 덩치를 숨길 수 없지 않습니까.

그래도 목을 움직여서 나는 이루고자 하는 바가 있지 않습니까. 다리를 움직여서 당신을 떠나듯이. 다리를 움직여서 당신을 또 한 번 찾았듯이.

『타인의 의미』, 민음사, 2010.

다정함의 세계

이곳에서 발이 녹는다
무릎이 없어지고, 나는 이곳에서 영원히 일어나고 싶지 않다

괜찮아요. 작은 목소리는 더 작은 목소리가 되어
우리는 함께 희미해진다

고마워요, 그 둥근 입술과 함께
작별인사를 위해 무늬를 만들었던 몇 가지의 손짓과

안녕, 하고 말하는 순간부터 투명해지는 한쪽 귀와

수평선처럼 누워 있는 세계에서
검은 돌고래가 솟구쳐오를 때

무릎이 반짝일 때
우리는 양팔을 벌리고 한없이 다가간다

『이별의 능력』, 문학과지성사, 2007.

에코의 초상

입술들의 물결, 어떤 입술은 높고 어떤 입술은 낮아서 안개 속의 도시 같고, 어떤 가슴은 크고 어떤 가슴은 작아서 멍하니 바라보는 창밖의 풍경 같고, 끝 모를 장례행렬, 어떤 눈동자는 진흙처럼 어둡고 어떤 눈동자는 촛불처럼 붉어서 노을에 젖은 회색 구름의 띠 같고, 어떤 손짓은 멀리 떠나보내느라 흔들리고 어떤 손짓은 어서 돌아오라고 흔들려서 검은 새떼들이 저물녘 허공에 펼치는 어지러운 군무 같고, 어떤 얼굴은 처음 보는 것 같고 어떤 얼굴은 꿈에서 보는 것 같고 어떤 얼굴은 영원히 보게 될 것 같아서 너의 마지막 얼굴 같고, 아, 하고 입을 벌리면 아, 하고 입을 벌리는 것 같아서 살아 있는 얼굴 같고,

『에코의 초상』, 문학과지성사, 2014.

황병승

주치의 h

1
떠나기 전, 집 담장을 도끼로 두 번 찍었다
그건 좋은 뜻도 나쁜 뜻도 아니었다

h는 수첩 가득 나의 잘못들을 옮겨 적었고
내가 고통 속에 있을 때면 그는 수첩을 열어 천천히 음미하듯 읽어
주었다

나는 누구의 것인지 모를 커다란 입 속으로 걸어 들어갔다 깊이 더
깊이

아버지와 어머니 사랑하는 누이가 식사를 하고 있었다 큰 소리로
웃고 떠들며 더 크고 많은 입을 원하기라도 하듯 눈이 있어야 할 자리
에 귀에 이마에 온통 입을 달고서
입이 하나 뿐인 나는 그만 부끄럽고 창피해서 차라리 입을 지워버
리고 싶었다

2

입 밖으로 걸어 나오면, 아버지는 입이 없는 거나 마찬가지로 조용한 사람이었고 어머니와 누이 역시 그러했지만,

나는 입의 나라에 한번씩 다녀올 때마다 가족들과 함께 하는 침묵의 식탁을 향해

'제발 그 입 좀 닥쳐요' 소리가 목구멍까지 올라왔다

집을 떠나기 전 담장을 도끼로 두 번 찍었지만

정말이지 그건 좋은 뜻도 나쁜 뜻도 아니었다

버려진 고무인형 같은 모습의 첫 번째 여자친구는 늘 내 주위를 맴돌았는데

그때도(도끼질 할 때도) 그 애는 멀찌감치 서서 버려진 고무인형의 입술로 내게 말했었다

"네가 기르는 오리들의 농담 수준이 겨우 이 정도였니?"

해가 녹아서 똑 똑 정수리로 떨어지는 기분이었다

h는 그 애의 오물거리는 입술을 또박또박 수첩에 받아 적었고

첫 번째 여자친구는 떠났다 세수하고 새 옷 입고 아마도 똑똑한 오리들을 기르는 녀석과 함께였겠지

3

나는 집을 떠나 h와 단둘이 지내고 있다 그는 요즘도 나를 입의 나라로 안내한다

전보다 더 많은 입을 달고 웃고 먹고 소리치는 아버지와 어머니 사랑하는 누이가 둘러앉은 식탁으로

어쩌면 나는 평생 그곳을 들락날락 감았다 떴다, 해야 할지도 모르지만

적어도 더는 담장을 도끼로 내려찍거나 하지 않게 되었으니 얼마나 다행인가

4

이제부터는 연애에 관한 이야기뿐이다

악수하고 돌아서고 악수하고 돌아서는,

슬프지도 즐겁지도 않은 밴조 연주 같은…… 다른 이야기는 없다, 스물아홉

이 시점에서부터는 말이다 부작용의 시간인 것이다

그러나 같이 늙어 가는 나의 의사선생님은 여전히 똑같은 질문으로 나를 맞아주신다

"이보게 황형. 자네가 기르는 오리들 말인데, 물장구치는 수준이 어느 정도라고 생각하나?"

낡고 더러운 수첩을 뒤적거리며 말이다.

『여장남자 시코쿠』, 문학과지성사, 2012.

첨에 관한 아홉소ihopeso 씨氏의 에세이

첨, 우리가 아무것도 모르는 눈빛의 새끼 해마들처럼 인생을 살아갈 수는 없겠지

위험하지 않고 어떤 장애물도 함정도 없다는 그런 믿음, 그 어떤 책도 그 어떤 필름도 첨, 너의 마음을 오래 붙잡아 두지는 못하더구나 만일 네가 그런 훌륭한 책과 필름을 가지고 있다면, 그것은 어떤 식으로든 네가 위험에 처해있다는 증거

건너편 옥상에는 언제부턴가, 미래를 예언한다는 점술집이 들어섰고 왠지 모르게 나는 밤마다 숨이 찼다 그러던 어느 날, 점술집의 저 늙은 여편네도 하루 종일 미래를 들여다보느라 나만큼이나 숨이 찰 거라는 생각이 들었고 내가 없으면 첨, 너도 없다, 그런 생각이 따라왔어

첨, 내 동생
나는 그러기를 바란다,는 너의 사촌형, 아홉소

첨 때문에 나는 생각이라는 것을 처음 하기 시작했다

이를테면, 포엣(poet), 온리(only) 누벨바그(nouvelle vague),
그것은 어딘가로 부터 몰려와 낡은 것을 휩쓸고 어딘가로 다시 몰려가는 이미지를 연상시키지만, 그것은 정지이고 정지의 침묵 속에서 비극을 바라보는 것에 가깝다 그리고 서서히 바뀌는 것이다

고다르, 그즈음의 독서,

욕조에 누워 책을 읽고 있으면 온 가족이 들락거렸다 엄마 아빠 형누나 동생 이모부 고모부 때 국물이 흐르는 내 목욕탕 내 공중목욕탕 거리의 경찰관 외판사원 관료들 시인 화가 미치기 일보직전의 연인들 어린이 가정주부 영화광 살인자 공원의 노인, 할 것 없이 모두 다 들락거렸고 뒤죽박죽 얽히고설키는 비극 속에서 물이 끓기고 하수구가 막혔다 내 목욕탕 내 공중목욕탕의 사라진 목욕문화 더러워 더러워서 더러운 채로 지냈다

그리고 근질거리는 여름이 왔다

창작, 긁어대기 시작 한다
창작, 긁어대기 시작 한다

희미한 불빛 아래, 욕조에 널브러진 남자 책장을 넘기려다 그만 멈춰버린 손가락 풀어헤쳐진 머리칼, 그날 밤 창백한 얼굴의 남자가 커다란 욕조를 차지하고 드러눕자 웅성거리는 나체의 사람들, 악취 속에서 누군가는 떠밀고 누군가는 고함치고 누군가는 부둥켜안은 채로 카메라가 돌았다, 첫 씬(scene)인지 마지막 씬인지 운문인지 산문인지, 네 멋대로 해라, 고다르가 오케이 컷, 이라고 읊조렸고 순간의 침묵 속에서…… 그리고 조명이 꺼졌다

필름, 온리 누벨바그

조명은 꺼졌고,

침묵하겠다면 침묵하는 것이다

서서히 아주 서서히 몸속의 세균이 고름으로 흘러내리는 시간들처럼 서서히 그리고 나는 완전히 그 어떤 것을 이해했다

첨, 그러자 그것에 대해 나는 더 이상의 의혹을 품지 않게 되었고 그것을 생각해도 더 이상 그게 서지 않았다, 그것은 겨우 그런 것이다

서지 않는다면 서지 않는 것
첨, 비극을 그렇게 이해하자

나는 그러길 바래

쥬뗌므, 라는 발음을 알지? 그 말의 의미가 아니라 그 말의 발음이 끌고 다니는, 쥬와 뗌과 므가 인사시켜준 빛 혹은 선(線)들

그 슬픔으로 가득한……

첨, 나는 너의 사람이 되고 싶어 진심으로, 그럴 수 없겠지만 **우리들 숨 찬 미래** 네가 네 자신을 어리석고 별 볼일 없고 천박하다고 믿었기 때문에 우리 집 창문을 부수고 달아났지 너를 쫓아가 네 주먹의 피를 씻겨주었을 때, 나는 네가 '형' 혹은 '아저씨'라고 불러주기보단 머뭇거리는 두 팔을 뻗어 포옹을 청해주었으면, 하고 간절히 바랐다 진심으로 **우리들 숨 찬 미래** 그럴 수 없어서 너는 그냥 '병신, 난쟁이 주제에' 하고는 부리나케 달아났지

첨, 내 사람의 이름

나는 그러길 바래

늙은 수사자가 젊은 암사자를 바라보듯이
처음부터 죽을 때까지

빛 혹은 선들 속에서

온리 누벨바그
온리 누벨바그

『트랙과 들판의 별』, 문학과지성사, 2007.

자수정

내가 누군가의 딸이었을 때
나에게는 늙은 어머니가 없었다
꽃 장식이 달린 챙이 긴 모자도
브로치도 레이스 양산도
지켜지지 못할 약속도 없었다
나는 나의 작은 다락에서
죽은 여자의 노트를 가졌다
노트에 적힌 글귀를 떠올리며

램프를 들고 텅 빈 복도를 지나
한밤중의 거실을 서성거렸다
내가 젊은 인부들로 가득한 목화밭이었을 때
나에게는 창문이 없었다
그 어떤 세계도 동경하지 않았고
나와 만나기를 두려워했다
어두웠고 정조가 없었다
내가 추위에 갈라지는 창틀이었을 때
창밖에는 젊은 인부들의 목소리도
나무도 새들의 지저귐도 없었고
대낮도 갈증도 없었다
죽은 남자들의 시체가
작은 다락에서 조용히 썩어갈 뿐
내가 마지막 장을 덮는 노트의 주인이었을 때
나는 내가 만든 세계 속에서 피를 흘렸고
그것은 팥빛이었다.

『육체쇼와 전집』, 문학과지성사, 2013.

강정

활

시간이 이 세상 밖으로 구부러졌다
시여, 등을 굽혀라

고양이 새끼가 운다
어미 고양이를 삼키고 사람이 되려고 운다

급류를 삼킨 노을이
노을이 아빠가 되려고 운다

떠돌다 지친 다리가
다른 인간의 눈이 되려고
멀고 먼 살으로 기어 올라온다

빛이 어디 있는가
뒤집어진 어둠의 골상을 판독하려
한나절의 시름이 그다지 깊었다

못 나눈 정을 전염시키려
낮 동안 오줌보는 그토록 뾰루퉁했다

혈관에 흐르는 오래된 문자들을
고양이의 꿈이 딛고 지나는 이마 위에 처발라라

팔다리는 공기가 멈춘 나무
낭심 아래엔 죽은 별 무더기

구부러진 어깨를 펴라
갈빗대에 힘줄을 얹어
마지막 숨을 길게 당겨라

발끝으로 세계의 끝을 밀어내고
이승 바깥에서 돌아 나오는
흰 새벽의 눈알을 찔러라

터져 나오는 세계의 명치에 구름을 띄워
이면이 없는 幻을 쳐라, 고요히 실명하라

실명하라

『활』, 문예중앙, 2011.

키스

　너는 문을 닫고 키스한다 문은 작지만 문 안의 세상은 넓다 너의 문으로 들어간 나는 너의 심장을 만지고 내 혀가 닿은 문 안의 세상은 뱀의 노정처럼 굴곡진 그림들을 낳는다 내가 인류의 다음 체형에 대해 숙고하는 동안 비는 점점 푸른빛과 노란빛을 섞는다 나무들이 숨은 눈을 뜨는 장면은 오래 전에 읽었던 동화가 현실화되는 순간이다 미래는 시간의 이동에 의한 게 아니라 시간의 소멸에 의한 잠정적 결론, 너의 문 안에서 나는 모든 사랑이 체험하는 종말의 예언을 저작한다 너는 내 혀에서 음악과 시의 법칙을 섭취하려든다 나는 네게서 아름다운 유방의 원형과 심리적 근친상간의 전형성을 확인하려든다 그러니까 이 키스는 약물중독과 무관한 고도의 유희와 엄밀성의 접촉이다 너의 문은 나의 키스에 의해 열리고 나의 키스에 의해 영원히 닫힌다 나는 너의 마지막 남자다 그러나 네게 나는 최초의 남자다 너의 문 안에서 궁극은 극단의 임사체험으로 연결된다 흡혈의 미학을 전경화한 너의 덧니엔 관뚜껑을 닫는 맛, 이라는 시어가 씌어졌다 지워진다 살짝 혀를 빼는 순간, 내 혓바닥에 어느 불우한 가족사가 크로키로 그려져 있다

『키스』, 문학과지성사, 2007.

물의 자기장

조카 죽은 다음 날 새벽,
제 발로 들어간 물가에 가보았다
일 센티미터 발 앞에 물을 두고 먼 데를 칩떠보았다

물의 손아귀는 죽은 자의 이빨
다 말하지 못한 진심의 차가운 호응

바람이 켜대는 물의 척추에서 우수수 빗물이 쏟아졌다
나무도 돌멩이도 모두 젖지 않는데,
나만 젖었다

이 세상 것들은 모두 낯이 익은데,
마지막 말을 쓸어 담는 발 앞의 여울만 미망의 탑처럼 외려 드높았
다

거기, 새벽 새가 내려앉는다
죽음을 방면한 꽃과 나무들이 박명의 이마에
새 울음의 반향을 수놓는다

현생 풍경 가운데 오로지 내게만 보이는 그림일런가

흠뻑 젖었는데도 물이 되지 않는 나
물의 영역 안에서 혼자 불이 되어 우는 나

공기 한줌 움켜쥐고 붓인 양 칼인 양
전생의 통증을 밝혀
해의 정수리에 뜸을 놓는다

불을 마신 새 한 마리
물의 눈으로 떠올라 아침빛이 여러 목소리다

『귀신』, 문학동네, 2014.

박성우

물의 베개

오지 않는 잠을 부르러 강가로 나가
물도 베개를 베고 잔다는 것을 안다

물이 베고 잠든 베갯머리에는
오종종 모인 마을이 수놓아져 있다

낮에는 그저 강물이나 흘려보내는
심드렁한 마을이었다가
수묵을 치는 어둠이 번지면 기꺼이
뒤척이는 강물의 베개가 되어주는 마을,

물이 베고 잠든 베갯머리에는
무너진 돌탑과 뿌리만 남은 당산나무와
새끼를 친 암소의 울음소리와
깜빡깜빡 잠을 놓치는 가로등과
물머리집 할머니의 불 꺼진 방이 있다

물이 새근새근 잠든 베갯머리에는
강물이 꾸는 꿈을 궁리하다 잠을 놓친 사내가
강가로 나가고 없는 빈 집도 한 땀,

물의 베개에 수놓아져 있다

『가뜬한 잠』, 창비, 2007.

삼학년

미숫가루를 실컷 먹고 싶었다
부엌 찬장에서 미숫가루통 훔쳐다가
동네 우물에 부었다
사카린이랑 슈거도 몽땅 털어넣었다
두레박을 들었다 놓았다 하며 미숫가루 저었다

뺨따귀를 첨으로 맞았다

『가뜬한 잠』, 창비, 2007.

바닥

괜찮아, 바닥을 보여줘도 괜찮아
나도 그대에게 바닥을 보여줄게, 악수
우린 그렇게
서로의 바닥을 위로하고 위로받았던가
그대의 바닥과 나의 바닥, 손바닥

괜찮아, 처음엔 다 서툴고 떨려
처음이 아니어서 능숙해도 괜찮아
그대와 나는 그렇게
서로의 바닥을 핥았던가
아, 달콤한 바닥이여, 혓바닥

괜찮아, 냄새가 나면 좀 어때
그대 바닥을 내밀어봐,
냄새나는 바닥을 내가 닦아줄게
그대와 내가 마주앉아 씻어주던 바닥, 발바닥

그래, 우리 몸엔 세 개의 바닥이 있지
손바닥과 혓바닥과 발바닥,
이 세 바닥을 죄 보여주고 감쌀 수 있다면
그건 사랑이겠지,
언젠가 바닥을 쳐도 좋을 사랑이겠지

『자두나무 정류장』, 창비, 2011.

고백성사

조수경

그땐 그랬지

내가 쓴 첫 번째 소설은 뉴욕에서 벌어지는 연쇄 살인사건에 관한 이야기였다. 그때 나는 열세 살이었다. 미국에 가보기는커녕 비행기라고는 놀이공원에 있는 가짜 비행기를 타본 게 전부였던 때였다.(그마저도 한두 번 타봤을 것이다. 지독한 고소공포증 때문에.)

가보지도 못한 지구 반대편의 도시에서 매일 밤 사람들이 죽어나갔다. 소설의 제목은 〈○○○아파트 살인사건〉이었는데, 고등학교 무렵불에 태워버렸다. 고등학생의 나는 열세 살의 내가 부끄러웠던 모양이다.(제목의 '○○○'은 영어 단어인데, 지금도 역시 부끄러워서 '○○○'으로 처리했다.)

그보다 더 어렸을 때는 동시와 수필을 썼다. 상도 받고 담임선생님의 사랑도 받았다. 중학교 시절엔 국어선생님, 고등학교 시절엔 문학 선생님의 특별한 애정과 관심을 받았다. 수업을 빼먹고 홀로 옥상에 앉아 있어도 선생님들은 모르는 척 눈감아주시곤 했다. 보통 사람보다 더 많은 촉수를 달고 태어나 남들이 보지 못하는 것을 보고 남들이 느끼지 못하는 것을 느끼는 아이였고, 고통의 순간에조차 감정을 기억해둬야 한다는 강박 때문에 고통에 충실할 수 없는 아이였고, 혼자 생각에 잠겨 있는 시간이 가장 행복한 아이였다. 나는 내가 작가가 될 것을 조금도 의심하지 않았다.

본격적으로 소설을 쓰기 시작한 건 고등학교 시절부터였다. 전국 고교 문예백일장에 참가해 큰 상도 받았고, 졸업할 때는 모교에서 '공로상'을 수여하기도 했다.(그날 나는 대학로 일대를 누비느라 졸업식에 참석하지 않았고, 덕분에 이 '오글거리는' 상을 받기 위해 나 대신 반장이 단상 위에 올라갔다고 한다.)

그랬다.

그랬었다.

나에게도 그런 시절이 있었다.

나의 삶이 문학에 운명 지워졌다고 믿었던 시절이 있었다.

노벨문학상을 받는 것이 당연한 꿈이었던, 그런 시절이 있었다.

…… 그러니까 그땐, 그랬었다.

그리고 지금 1

아무것도 모르겠다.

잘 안다고 생각했던 것도, 명확하다고 믿었던 것도, 이제는 점점, 아무것도 모르겠다.

그리고 지금 2

청소를 한다. 청소기를 끌고 다니며 구석구석 먼지를 빨아들이고, 물티슈를 뽑아 책장과 장식장을 닦는다. 책상을 바라본다. 바라보다 말고 냉장고로 다가간다. 냉장고 문을 열고 청소를 한다. 반찬통과 식재료를 몽땅 꺼내고 안을 깨끗이 닦아내고 다시 반찬통과 식재료를 보기 좋게 넣어둔다. 책상을 바라본다. 바라보다 말고 세탁기로 다가간다. 세탁조 청소를 마치고 이번에는 밥솥을 분해한다. 밥솥 구석구석에 말라붙은 밥물을 닦아내는 일은 특히 재미있다. 몇 달 전에 나는 이베이에서 60년대 인형을 낙찰 받았는데, 한동안 인형 머리카락을 뜨거운 물로 파마해주기에 열중했다가 이내 싫증을 느끼고 요즘 들어 다시 청소를 한다.

어느 선배는 김밥을 만다고 한다.

또 누군가는 마른 멸치를 다듬는다고 한다.

책상 앞에 앉기까지는 참, 쉽지가 않다.

그리고 지금 3

나는 전철 타는 것을 좋아했다. 좋아 '했었다'. 전철에서 사람들을 관찰하는 건 내가 가장 좋아하는 취미 중 하나였다. 그런데 언제부터인가 재미가 없어졌다. 전철에 탄 사람들 대부분이 비슷한 각도로 고개를 숙이고 스마트폰을 바라보고 있기 때문이다. 그들은 스마트폰으로 영화를 보거나 게임을 한다. 간혹 e-Book을 보는 사람을 발견할 때도 있다. 얼마 전에는 한 여자가 흐뭇한 얼굴로 e-Book에 집중하고 있기에 슬그머니 그녀 뒤에 서서 어떤 책을 읽고 있는지 훔쳐보았다. 그건, 할리퀸 로맨스였다.

2013년 서울신문 신춘문예로 데뷔했으니 어느덧 1년하고도 몇 개월간 '공인 소설가'로서의 삶을 살았다. 책이 팔리지 않아 작가와 편집자가 서로에게 미안해한다는 이야기, 유지비용 문제 때문에 책을 땅 속에 묻어버렸다는 이야기, 전 세계에서 책을 가장 많이 읽는 사람들이 산다는 나라로 떠나버릴 거라는 모 선배의 이야기…… 아직 새파란 신인인 나에게 문학의 현실은 공포 그 자체이다.

그리고 지금 4

나는 방송국에서 라디오 구성작가 '아르바이트'를 한다. 보통 오전에 방송 원고를 써서 메일을 보내고 일주일에 한두 번씩 출근한다.

매달 10일경 원고료가 입금된다. 들어온 원고료는 그대로 생활비로 지출된다. 오후에는 소설을 쓸 수 있어 이 생활에 만족하는 편이었다.(이따금씩 소설 원고료가 들어오기는 한다.) 그런데 얼마 후면 내가 담당하던 두 개의 프로그램 중 하나가 폐지된다. 곧 수입이 반으로 줄어든다는 얘기이고, 또 다른 일자리를 구해야 한다는 의미이다. 매달 내게 입금되는 원고료가 정확히 얼마인지 모를 만큼 숫자에 무감각한 내가 그래서 요즘은 숫자에 굉장히 민감해진 상태이다.

나의 소박한 소망 중 하나는 작은 마당이 딸린 집에 사는 것이다. 함께 살고 있는 개는 몇 달 후면 열세 살이 되는데, 나의 늙은 개가 죽기 전에 마당에서 실컷 뛰놀게 해주고 싶다. 하지만 들어온 돈은 그대로 생활비로 지출된다. 나의 늙은 개는 아주 오래오래 살아야 할 것이다.

요즘 문단 술자리에 가면 이런 생각이 들곤 한다. 이렇게 똑똑한 사람들이 다들 왜 이렇게 어렵게 살아갈까. 글쟁이치고 재물에 욕심 있는 사람이 있을까. 애초에 셈이 밝은 사람이었다면 다른 일을 선택했을 것 아닌가. 다들 그저 소박한 꿈을 품고 살 텐데, 이건 뭐 기본적인 생활 자체가 안 되는 일인 것이다. '쓰기' 위해서 뭔가 다른 일들을 계속해야만 하는 것이다. 이런 생각을 하면서 나는 요즘 종종 슬퍼진다.

나는 왜 쓰는가.

우리는 왜 쓰는가.

사실 여전히

2012년 12월 18일.

그날 나는 일을 마치고 집으로 돌아오는 길에 한 가지 '계획'을 세웠다.

'싸구려 중고차 한 대를 사고, 나의 늙은 개와 함께 여행을 떠나고,

그리고 번개탄을 구한 뒤에……'

　한 해 전, 소중한 사람이 세상을 떠난 뒤로 극심한 우울증에 시달려온 나는 드디어 이 지긋지긋한 생을 마감하기로 결심한 것이다.

　대학교에 가서도 여전히 나는 소설가를 꿈꿨지만, 당장은 소설 쓰는 것보다 연애하는 것이 더 재미있었다. 몇 번인가 신춘문예 시즌을 맞아 신문사에 원고를 보낸 적도 있었다. 당연한 일인 것처럼 당선 전화를 기다렸고, 오지 않는 전화를 기다리다 끝내 우울한 크리스마스를 맞기도 했다. 하지만 세상에는 남자도 많았고, 재미있는 일들도 넘쳤다. '소설가는 다양한 경험을 해야 한다'는 핑계로 끊임없이 연애를 했고, 호기심이 생기는 일이 있으면 덥석 시작했다가 금세 싫증을 내고 그만두기를 반복했다. 그러던 중 평생을 함께 하고 싶은 사람을 만났고, 결혼한 뒤에는 그의 말처럼 '소설 쓰기'에만 전념하리라 다짐했었다. 그랬는데 그 사람이 갑자기 세상을 떠나버렸다. 거짓말처럼.

　그날 이후로 이쪽이 아닌 저쪽 세상을 바라보며 살았다. 그러면서도 한편으로는 그 어느 때보다 간절하게 '쓰고' 싶었다. 그래야 내가 살 수 있을 것 같았다. 해가 바뀐 뒤 부모님과 함께 살던 집에서 나와 몇 개월간 '썼다'. 12월이 되었고, 우체국까지 가기엔 날이 너무 추웠고, 그러나 친구의 회유와 협박에 함께 길을 나섰고, 원고를 보냈다.

　그리고 잊었다.

　정말이지 까맣게 잊어버렸다.

　아무런 기대도, 정말이지 조금의 기대도 하지 않았기 때문이었다.

　2012년 12월 18일 오후 2시 43분.

　치밀한 '계획'을 세우고 집에 돌아온 나에게 한 통의 전화가 걸려왔다. 낯선 번호였다.

　"조수경 씨 휴대전화 맞나요?"

　라는 물음에 나는 미간을 살짝 찌푸렸다. 이 지긋지긋한 스팸 전화.

276

"네."

"여기 서울신문인데요, ……."

그제야 내 머리 속이 하얘졌다. 당선 소식을 듣고 나는 울었다. 통곡했다.

요즘도 가끔 그때를 떠올리면 코끝이 찡해진다. 만일 원고를 보내지 않았더라면, 만일 당선 전화가 조금 더 늦게 왔더라면, 하면서 가슴을 쓸어내리곤 한다.

그렇다. 나는 여전히 문학에 속한 나의 운명을 믿고 있다. 그러니까 이것은 'calling'이라고, 나아가 '쓰는 것'이 나를 살렸다고 믿게 됐다. 새파란 신인의 순진한 믿음이든, 소녀적 감상이든, 어쩌겠는가, 이것이 사실인 것을.

그러므로 이것은 '왜 쓰는가'의 문제가 아닌, '왜 쓸 수밖에 없는가'의 문제인 것이다.

나는 왜 쓸 수밖에 없는가.

우리는 왜 쓸 수밖에 없는가.

그것은 마치 '나는 너를 왜 사랑하는가'의 문제와 같아서 이유가 없거나, 혹은 수백 가지의 이유를 댈 수 있는 것이다. 쉽지 않은 삶 속에서 내가 알 수 있는 유일한 것은 나는 '잘 쓰고' 싶다는 것이다. 잘 쓰기 위해서 나는 계속 '쓸' 수밖에 없는 것이다.

김사이

나방

창문에 달라붙은 나방 한 마리
그 자리에서 빙빙 돈다
문이 열려 있어도
나가거나 들어오거나 하지 못한
눈 먼 아니 아무것도
찾지 않는 한 마리 나방
팔딱거리는 가슴 때문인지
누워서도 쉴 새 없이 날개를 파닥거린다
무엇을 향한 갈증인가
날개가 찢어지고 쏟아지는 비틀린 언어들
침묵 속으로 둥글게 둥글게 말리는, 몸뚱이는
다시 애벌레로
생에 한 번 나방은
시를 쓴다

棺으로

278

『반성하다 그만둔 날』, 실천문학사, 2006.

무엇을 위하여 종은 울리나

나는 잘렸다
터무니없이

5월 연둣빛 나무이파리를 보는데
휴대전화로, 그래 휴대폰으로
해고통보 문자메시지를 받았다
해고사유는 '잡담'이다.
그리고 더 이상 회사에 갈 필요도 없었다
눈만 뜨면 전쟁을 치르듯이 아이 맡기고
30분 일찍 전철에 구겨져가던 내 밥그릇 자리
그러나 나는 비정규직 여성노동자였고
비공식적으로 잘린 거다
어디에도 내가 흘린 피는 없다
어디에도 내가 살기 위해 노력했다는 흔적도 없다
자본이 숨쉬기 위해 내가 숨죽이다가
이름도 인격도 빼앗긴 결과다
이제 더 이상 내가 가난한 집 딸이고
돈 벌어야 하는 아내고 한 아이의 엄마라는 사실이

대체 무슨 소용이란 말인가
자본은 너무 자유롭고 나는 갇혀 있다
자본은 너무 안전하고 나는 위태롭다
이제 종이 울리면 쉬러 가는 것은
내가 아니라 자본, 그래 돈이라는 것이
정규적으로 쉬러 간다

언제든지 공식적이지 않게 나는 잘리고
무엇을 위하여 종이 울린단 말인가

『반성하다 그만둔 날』, 실천문학사, 2006.

보고 싶구나

늦은 밤 불쑥 울린 짧은 문자
보고 싶구나
오십 줄로 들어선 오래된 친구
가슴이 철렁 한참을 들여다본다
가만 가만 글자들을 따라 읽는다
글자마다 지독한 그리움이 묻어난다
한 시절 뜨거웠던 시간이 깨어났을까
생기에 찬 젊은 내가 아른거렸을까

빈 여백에 고단함이 배었다

너무 외로워서 119에 수백 번 허위신고 했다던

칠순 노인의 뉴스가 스쳐가며

나도 벽을 빽빽한 책들을 어루만지거나 마른 장미꽃에게

술 한잔 건네며 중얼거리는 날이 늘어가니

사지육신 멀쩡해도 더는 아무도 존중하지 않는

늙는다는 것 늙었다는 것

밥만 축내는 잉여인간으로 냉대하는데

몸도 마음도 다 내어주고 아무것도 없는

삼류들에게

추억은 왕년의 젊음은 쓸쓸함을 더하는 독주

그저 독주를 들이키며 생매장당해야 하는 현실은

도대체 예의가 없다

나는 오랫동안 끝내 답장을 하지 못한다

『현대시학』 2014 8월호.

김언

이보다 명확한 이유를 본 적이 없다

이보다 명확한 사건을 본 적이 없다.
사건 다음에 문장이 생기는 것이 아니라
문장 다음에 사건이 생긴다. 어떤 문장은 매우 예지적이다.
어떤 문장은 매우 불길하다. 그리고 어떤 문장은
자신의 말에 일말의 책임을 진다. 그것은 조금 더 불행해졌다.

당신 앞에서 누가 손을 내미는가. 그것은 거지의 손이거나
도움의 손길. 아니면 서로가 평등하다고 착각하는
무리들의 우두머리가 맨 처음 만나서 나누는 인사.
그들은 무리들을 대표한다는 점에서 동일하지만, 평등하지는 않다.
공평하지도 않다. 누군가의 손이 더 크다. 이 문장이
사소한 분쟁을 일으킨다. 커다란 의문에 휩싸인다.

약속대로 전쟁이 터졌다. "할머니가 돌아가셨다."*
이 문장으로 수천만의 목숨이 미세하게 저울질된다.
삶과 죽음, 이 말은 너무 단순하다.

적과 아군, 이 말은 너무 명쾌하다.

사방에서 포로들이 몰려온다. 적들과 함께

아군과 더불어 포성을 입에 물고서 그들은 선포한다.

내 손에 백기가 쥐어지고 말없이 흔들릴 때까지

총은 여전히 장전 중이다. 탕, 하고 문장을 시작했다.

딱, 하고 깃대가 부러진다. 뚝, 하고 울음을 그치는 자

강요에 못 이겨 나는 선포한다. 이 문장에도 사인하고

저 문장에도 마침표를 찍으며 시신은 누구나 알아볼 수 있도록

화장하였다. 재를 뿌리고서야 우리는 넋 빠진 종이에서

무너진 건물과 건물보다 더 높은 우리들의 사기를 내려놓았다.

그것은 유유히 떠내려간다. 문장이 시키는 대로

강물은 푸르고 한때는 핏빛이고 바다는 모든 시신을

집어삼키고도 모자란 입을 보여 준다. 한두 문장으로는 부족하다.

거의 모든 대륙에서 포로가 돌아왔다. 그 많은 문장이

종전을 향해 치닫는다. 대부분의 헌법이 새로 씌어지고 있다.

어떤 문장은 매우 단호하다. 어떤 문장은 미리부터 예외를 짐작한

다.

누군가의 입김이 사건을 흐려 놓는다. 그 말이 사건을 제압한다.

이보다 명확한 이유를 본 적이 없다. 혼란한 정국을 틈타

문장들이 새로 완성된다. 논리와 오류를 함께 내장한 문장.

이전에도 그랬고 이후에도 그랬고 지금 이 순간의 문장이

가장 중요하다. 밤하늘의 별들이 그 선언으로 완성된다.

논리와 오류를 함께 지니고서 태양은 빛나고 별은 겉돌고

달은 움직이지 않는다. 순간순간을 파괴하며 돌아오는 말

지구는 팽창 중이다. 국가는 쇠락 중이며 우주는 얼어 죽고

별은 타 죽기 위하여 불필요한 수식을 제거한다. 과학자의 입에서

대답하기 귀찮을 때 빅뱅이 튀어나왔다.
라디오 프로그램에서 그 단어가 다시 튀어나왔다.
우연한 몇 초 사이에 그 단어는 몇 십억 배의 크기로 확장되었다.
안데스 산맥의 오지에서도 그 단어는 발견된다.
흘러가는 시궁창의 입구에서도 그 단어는 발견된다. 소용돌이치며
개수구의 물이 빨려 들어간다. 누군가의 입에서
점점 더 큰 누군가의 입으로 연기와 가스와 또 하나의
문장이 전달된다. 태초에 문장이 있었다. 직전의 말씀을 거느리고
직후의 폭발과 살육과 자비를 모두 간직한 종교.
문장이 말씀을 완성해 간다. 들리지 않는 그 목소리를

변호인이 대신 얘기한다. 섬세한 손놀림이
산더미 같은 서류를 못 따라갈 때
당신은 망치를 세 번 두드리고 당신은 철창을 여러 번 두드리고
목소리는 조금이라도 더 멀리 탈출하려고 악을 쓴다.
대부분 법망을 벗어나지 못하겠지만, 논리와 오류를 함께 간직한
이 문장은 사정이 조금 다르다. 누구의 사정도 동정하지 않겠지만,
누군가의 사건은 몹시도 힘이 세다. 이 문장은 불필요하다.
이 문장은 생략해도 무방하다. 그 말이 사건을 제압한다.
그 입김이 문장을 지워 간다. 이보다 명확한 이유를 본 적이 없다.
그가 살아야 하는 이유. 그리고 대부분이 침묵하는 이유.

---

* 1939년 9월 1일 독일이 폴란드를 침공할 때 사용한 암호명.

『소설을 쓰자』, 민음사, 2009.

미학

나는 혼자서는 쉽게 놀지 않는다. 어딘가에 타인을 만들고 있다.
고요하고 거침없이 적을 만든다. 그를 사랑해도 좋다.
그와 무엇으로 대화하겠는가.

적당한 간격을 두고 위험에 대해
아름다움을 말하고 있다.

나는 혼자서는 쉽게 취하지 않는다.
어딘가에 항상 손님을 만든다. 분노를 만들기 위해
그를 쫓아가도 좋다. 꼭 그만큼의 간격으로

누군가를 방문하고 멱살을 잡는다.
나는 혼자서는 쉽게 풀지 않는다. 어딘가에 꼭 오해를 만들고 있다.

『모두가 움직인다』, 문학과지성사, 2013.

말

나무 한 그루 만들지 않고 숲이 되는 방식을
손 한 번 잡지 않고 애인이 되는 방식으로
피 한 번 섞지 않고 형제가 되는 방식에서
눈 한 번 주지 않고 경치가 되고 풍경이 되는
그 기특한 방식과 더불어

풀이 자라는 방향으로
꽃망울이 터지는 방향으로
하늘보다는 땅에 가깝게
좀 더 축축하게
가라앉는 그 문장을
모조리 끌어 올려
새로 태어나는 나무

하늘보다는 땅에 가깝게
뿌리보다는
좀 더 뿌리 밑으로
나무가 자라는 방향으로
말은 퍼진다
하늘인가 땅인가
이 방향인가
저 방향인가
나뭇가지가 퍼지는 모양으로

하늘보다는 땅에 가깝게
뿌리보다는
좀 더 뿌리 밑으로
풀도 나무도
숲도 모조리 끌어 올려
말은 터진다
몸 한 번 섞지 않고

『모두가 움직인다』, 문학과지성사, 2013.

이영주

공중에서 사는 사람

우리는 원하지도 않는 깊이를 가지게 되었습니다

땅으로 내려갈 수가 없네요 보이지 않는 사람들과 싸우는 중입니다 지붕이 없는 골조물 위에서 비가 오면 구름처럼 부어올랐습니다 살냄새, 땀냄새, 피냄새

가족들은 밑에서 희미하게 손을 내밀고 있습니다 그 덩어리를 핥고 싶어서 우리는 침을 흘립니다

이 악취의 이름은 무엇일까요 공중을 떠도는 망령을 향하여 조금씩 옮겨갑니다 냄새들이 뼈처럼 단단해집니다

상실감에 집중하면서 실패를 가장 실감나게 느끼면서 비가 올 때마다 노래를 불렀습니다 집이란 지붕도 벽도 있어야 할 텐데요 오로지 서로의 안쪽만 들여다보며 처음 느끼는 감촉에 살이 떨립니다 어쩌면

지구란 얇은 판자 같은 것인지도 모르겠습니다 조심스럽게 내려가지 않으면 실족할 수밖에 없는 구멍 뚫린 곳

우리는 타오르지 않기 위해 노래를 불렀습니다 무너진 골조물에 벽을 세우는 유일한 방법

서서히 올라오는 저녁이 노래 바깥으로 흘러갑니다 그림자를 길게 드리우며 우리는 냄새처럼 이 공중에서 화석이 될까요

집이란 그런 것이지요 벽이 있고 사라지기 전에 냄새의 이름도 알 수 있는

우리는 울지 않습니다 그저 이마를 문지르고 머리뼈를 기대고 몸에서 몸으로 악취가 흘러가기를 우리는 남겨두고 노래가 내려가 떨고 있는 두 손을 핥아주기를

『차가운 사탕들』, 문학과지성사, 2014.

시각장애인과 시계 수리공

시계를 고쳐주고 돌아섭니다
그는 창고에서 울고 있습니다 자신이 묻혀 사는 목소리를 떠나려고

시간 밖에서 바닥에 동그라미만 그리고 있었습니다
너의 손은 매우 젊구나 가장 낯선 부분을 만지면서

때로 닫힌 눈을 생각할 때 그는 수수께끼라고 여겼습니다
철근을 붙잡고 이것은 수수께끼라고
무엇인가를 바라보는 삶은 어떤 시간입니까
돌아선 채 한 장소에 머물러 있습니다 손으로 볼 수 있는 시계를 쥐
어주고

고대 슬라브 교회의 기도문에는 한숨이 있습니다 창고 문을 열고
소금과 감탄사, 머리카락과 눈물, 수염과 손가락 들을 모아놓은 죽은
목록을 들추어 봅니다 모든 것은 명징하고 해독할 수 없는 양식만이
남아 생활이 되었습니다 시계는 살아서 움직이고 이제 밖으로 가야
하는 것은 무엇입니까 그가 사냥해야 할 것은 무엇입니까

눈물은 멈추지 않습니다 목소리가 자신을 떠나려면
새로운 불행 속으로 들어가야 할까요 그는 고마워서
내 손을 잡으며 젊은 자의 피부란 물고기 비늘처럼 비린 것

문을 열어 두고 가렴 나는 내가 그렸던 동그라미는 아니겠지 언젠
가는 공백이 되겠지 텅 빈 것이 되면 지금을 남겨 두려고 가장 낯선
손을 놓고 있습니다 바라본다는 것이 어떤 불행일지 몰라 허공을 만
지고 있습니다 침묵 한가운데에서 섬세하게 시계를 만지고 있습니다

『차가운 사탕들』, 문학과지성사, 2014.

기도

계단을 오른다. 석상은 팔을 벌리고 있다. 누군가 말라가는 육체를 두 팔 벌려 안아준다면, 이 침묵은 외롭지 않을 거야. 그러나 저 깊고 아름다운 포옹은
공중에 있다.

너와 나, 모두로부터 멀리 떨어진 곳

일생을 검은 관속을 기어 다닌 것처럼 무릎이 아프고

기도를 한다.

어린 아이들이 떼를 쓰며 울고 있다. 낮고 어두운 이 창문에는 유리가 없다. 석상에 박힌 그의 눈은 너무 어두워서 빛나는데. 다친 자들은 악몽과 친하게 됐군다.

계단에서 나무가 돋아나는 꿈을 꾼다. 톱으로 뿌리를 잘라낸다. 유리조각이 흩어져 있다.
땅을 걷는 천형을 가진 것들이 여기에 있다. 머리를 파묻고 있다.
빛보다 빛나는 어둠을 밀면서.

『차가운 사탕들』, 문학과지성사, 2014.

유형진

내가 가장 예뻤을 때* 나는 바나나파이를 먹었다

내가 가장 예뻤을 때 나는 바바나 파이를 먹었다

겨울이면 나타나는 별자리 이름의 제과회사에서 만든 것이었다 질 나쁜 노란색의 누가 코팅 속에는 비누 거품 같이 하얀 마시멜로가 들어 있었다. 그 말랑하고 따뜻한 느낌, 달콤하고 옅은 바나나 향이 혀에 자꾸 들러붙었다

내가 가장 예뻤을 때 나는 짝짝이 단화를 신고 다녔다

연탄불에 말려 신던 단화는 아주 미세한 차이로 색이 달랐다 아이보리와 흰색의, 저만치 앞에서 보면 짝짝이라고 할 수도 없는 그런 단화. 아이보리색의 오른쪽 신발은 유한락스에 며칠이고 담가놓아도 여전히 그런 색이었다

내가 가장 예뻤을 때 나는 우물이 제일 무서웠다

우물에 빠져 죽은 아이의 꿈을 날마다 꾸었다 그 아이는 아버지가 없는 아이였고 아이를 낳은 엄마는 절에 들어가 공양보살이 되었다고

했다 학교에서 돌아오는 길에 그 우물엔 누가 버렸는지 알 수 없는 쓰
레기가 가득 찼고 눈동자가 망가진 인형의 손이 우물에서 비어져 나
왔다

　내가 가장 예뻤을 때 길가의 망초꽃은 늘 모가지가 부러져 있었다
　학교가 끝나고 집에 가는 길은 멀고도 멀었다 나는 하얀 버짐 핀 얼
굴을 하고서 계란 프라이 같은 꽃봉오리를 따다가 토끼에게 간식으로
주었다 토끼의 집 위로는 먼 산이 흐릿했고 토끼 눈 같은 해가 지고
있었다

　내가 가장 예뻤을 때 봄은 할아버지 같았다
　해소천식을 몇십 년 앓고 있는 할아버지의 방에 창호지는 봄만 되
면 노랗게 노랗게…… 개나리나 산수유꽃도 그렇게만 보였다 할아버
지는 봄만 되면 더욱 노란 가래를 뱉어내었고 할아버지의 타구(唾具)
를 비울 때는 자꾸 졸음이 쏟아졌다

　내가 가장 예뻤을 때 사월 하늘의 뿌연 바람은 아라비아의 왕이 보
내는 줄로만 알았다
　모든 사막은 아라비아에서 시작해 내가 사는 마을로 왔다 언젠간
나도 모래구덩이의 낙타처럼 죽을지 모른다는 생각에 밤새도록 리코
더를 불고 싶었다

　내가 가장 예뻤을 때 나는 어두운 방의 하얀 테두리를 좋아하였다
　문을 닫으면 깜깜한 방의 문틈으로 들어오는 빛의 테두리. 창이 없
는 그 방은 구관장집을 지나 마즘재 너머 큰집의 건넌방이었는데 늘
비어 있었다 할머니의 오래된 옷장과 검은 바탕에 야자수가 수놓아진

액자와 인켈 오디오가 있는 방이었다 그 방에서 나는 라일락이 피던 중간고사 때 양희은의 〈작은 연못〉과 들국화의 〈행진〉을 처음 들었다

내가 가장 예뻤을 때 안개꽃은 너무나 슬퍼서 쳐다보지도 않았다
서늘한 피부의 여인이 그 꽃을 들고 가는 것을 보았는데 무덤가의 이슬 같고 청상과부의 한숨 같아서 보기만 해도 가슴에 안개가 피어났다 그즈음 주말의 명화에서는 클린트 이스트우드가 나오는 〈황야의 무법자〉를 했고 늦게 일어난 일요일 아침, 하얀 요에 묻은 초경의 피를 보았다

내가 가장 예뻤을 때 나는 별자리 이름의 바나나파이를 먹었는데
이제 바나나파이 같은 건 어디서도 팔지 않고 검게 변한 바나나는 할인매장에 쌓여만 간다
나는 이제 노을색 눈을 가진 토끼는 키우지도 않고 혼자 오는 저녁길은 아직도 쓸쓸하다
여전히 사월엔 노란 바람이 불어오지만 아라비아 왕 같은 건 시뮬레이션 게임에나 오는 캐릭터가 된 지 오래다 그리고 이제 죽음 같은 건 리코더 연주로도 어쩔 수 없는 것임을 알게 된 것이다

* 이바라기 노리코의 시, 신이현의 소설.

『피터래빗 저격사건』, 랜덤하우스코리아, 2005.

겨울밤은 투명하고 어떠한 물음표 문장도 없죠

—이중국적자의 경우

당신을 생각하면 네 개에서 세 개가 돼요.
당신은 호주머니 속의 지퍼
불씨 없는 다이너마이트예요 빨간 풍선 속에 헬륨 가스
사바나 초원의 기린 뿔이죠

나를 생각하면 무너지는 당신은
열대야의 바다 같아서
나는 당신이 좋아요 하지만 우리는 여섯 개에서 아홉 개로
그렇게 갈 수는 없어요

당신을 생각하면 또 두 개에서 한 개가 돼요
길가의 강아지풀을 마구 뜯어서 버리는 애
동생의 유모차에 곰돌이를 태우고 가출하는 당신
겨울밤은 투명하고 어떠한 물음표 문장도 없죠

계절은 여름을 몰라보고 봄이 되어도 바람은 안 불어요
당신을 생각하면 이런 짓거리가 우습지도 않고
지겨운 뉴스프로그램, 점점 바보가 되는 사람들 사이에 앉아
나는 레메디오스 바로*를 읽어요

당신을 생각하면 이제 영, 이에요

여기도 저기도 속하지 못하고 부유하다
아무도 못 본 척할 때 바닥으로 떨어지는 눈꽃송이처럼
가볍고 거칠 것이 없고 이내 녹아 축축해져버리는 당신

싹, 한순간에 사라져버렸으면 좋으련만
당신은 나를 못 본 척하는 걸로
인생을 마무리하고 싶어하죠

그러나 당신, 나도 당신을 생각하면 무너지고 싶지만
그러지 않기로 했어요 아프리카의 가젤 가슴과 같이
이렇게 버티는 것으로 인생을 마무리하려구요.

* 레메디오스 바로, 연금술의 미학.

『가벼운 마음의 소유자들』, 민음사, 2011.

번외番外의 야드yard

붉은 양귀비가
번외의 야드에 피어났을 때

나는 그것을 너에게 몹시 보여주고 싶었는데

너는 나에게 쌀쌀하게 말한다

이제 그만 전화해 피곤하다

화단을 만들고 흙을 돋우고
잡초를 뽑아주고 물을 준 곳에서는 말라가는데

나는 한 번도 돌보지 않은,
지게차가 건축 폐기물을 쏟아 붓고 간 그 자리에
왜 그 붉은 양귀비가 피어 있을까

너무 붉은 그것은
언젠가 손목에 상처가 났을 때
울컥 울컥 쏟아지는 피 같아
흰 손수건으로 꽁꽁 동여맸지만
자꾸 손수건에 배어나는 그,
찝찔하고 물컹하고 따뜻한 그것
그리고 양귀비의 잎은 꼭 쑥갓 같아서
씹으면 쌉쌀할 것 같은데
꽃잎의 색은 독약처럼 달다
그럼에도 불구하고

나 이제 피곤해, 제발 그만 연락했으면 좋겠다

계절은 유월인데 십이월에 가 있는 너의 목소리
나에겐 언제나 번외의 야드.

『이상』 2014년 가을호.

하 재 연

로맨티스트

어제는 당신을 만났고
오늘은 당신을 만나지 못했다
그러므로 나는 내일까지
이곳에서 살아 있을 것이다
햇빛이 이렇게 맑다
많은 사람들이 죽었다
한 친구는 자살을 했다
장례식에서 우리는 십 년 만에 만나
소풍을 떠나는 꿈을 꾼다
기차를, 기차를 타고
내년 겨울 우리는 모두 다른 나라에서
어떤 나라의 겨울은 또 다른 나라의 겨울과
어떻게 다른지
눈이 녹고 나면 강물은 더 차가워지는지
떨어진 벚꽃의 분홍은 어디로 갔는지
나는 쭈글쭈글한 아기를 낳고

그 조그만 아기를 업고서
시장을 볼 것이다
몇 개의 봉지들을 들고 거리에서 만나
우리는 모든 걸 감추거나
모든 걸 드러낸다
햇빛이 이렇게 눈부셔서
웃는지 우는지 모르는 표정으로
친구들은 빅토리를 그리며 사진을 찍을 것이다
당신도 다른 나라에서 돌아와
흰 셔츠와 검은 셔츠를 입고
하객이거나 문상객이 될 것이다
그러므로 나는 견딜 수 있을 만큼
조금씩 살아간다

『세계의 모든 해변처럼』, 문학과지성사, 2012.

안녕, 드라큘라

당신이 나를 당신의 안으로 들여보내준다면
나는 아이의 얼굴이거나 노인의 얼굴로
영원히 당신의 곁에 남아
사랑을 다할 수 있다.

세계의 방들은 처음부터 끝까지 햇살로 가득하지만,
당신이 살아 있는 사실, 그 아름다움을 아는 이는
나 하나뿐.
당신은 당신의 소년을 버리지 않아도 좋고
나는 나의 소녀를 버리지 않아도 좋은 것이다.
세계의 방들은 온통 열려 있는 문들로 가득하지만,
당신이 고통스럽다는 사실, 그 아름다움을 아는 이는
나 하나뿐.

당신이 나를 당신에게 허락해 준다면
나는 순백의 신부이거나 순결한 미치광이로
당신이 당신임을
증명할 것이다.
쏟아지는 어둠 속에서
우리는 우리의 아이가 아니라
우리 자신을 낳을 것이고
우리가 낳은 우리들은 정말로
살아갈 것이다.
당신이 세상에서 처음 내는 목소리로
안녕, 하고 말해 준다면.
나의 귀가 이 세계의 빛나는 햇살 속에서
멀어버리지 않는다면.

『세계의 모든 해변처럼』, 문학과지성사, 2012.

회전문

그들이 되기 전에는 결코
알 수 없는 것이 있습니다

들어갈 때는 가능했던 자세가
나올 때는 불가능해지는 순간이 있습니다

오목한 당신의 마음이 볼록하게 튀어나오는
순간이 어째서
관객들에겐 패러독스입니까

당신은 당신의 밖으로 긴 장갑을
던져 주기 바랍니다 간직했거나
감추어졌다 펼쳐지는 지문을 우리는 주울 뿐입니다

당신이 발을 딛은 바닥은
내 머리 위의 심연

가까워지는 당신의 손을 절대
만질 수 없는 투명한 거리가 있습니다

하얀 새의 윤곽을 만드는 검은 새들을
알아보지 못하고 우리가 지나치듯이

『현대문학』 2012년 12월호.

고양이의 보은

손보미

　내가 소설을 처음 쓴 건 대학교 1학년 때의 일이다. 1학기가 끝날 무렵, 그 당시 내가 속해 있던 문학동아리에서 문집을 낼 예정이니 시나 소설을 써 오라고 했던 것이다. 그해 여름 방학 내내 나는 「해피앤드」라는 제목의 소설을 붙잡고 있었다.

　소설가가 된 이후에 나는 그때의 나 자신을 떠올려볼 때가 있는데, 그러면 어쩐지 그런 나의 모습이 부자연스럽다는 인상을 받곤 했다. 왜냐하면 대학에 입학하기 전까지 나는 한번도 문학적인 글을 써 본 적도, 그런 글을 써보고 싶다는 열망을 느껴 본 적도 없었기 때문이다. 동아리에는 나 말고도 문학에 열망이 없는 친구들이 꽤 있었고, 그들 중 대부분은 (비교적 빨리 써갈길 수 있는) 시를 쓰거나 그조차도 하지 않았다. 하지만 나는 소설을 내겠다고 말했고, 실제로 그렇게 했다. 대체 나는 무슨 마음으로 소설을 쓰기로 결심했던 것일까? 나중에 문집에 실린 그 소설을 읽은 선배 한 명은 내게 이렇게 말했다. "너는 소설보다는 드라마를 써보면 어떻겠니?" 아마 그 선배뿐만 아니라, 그 소설을 읽은 그 누구도 내가 나중에 소설가가 될 수 있을 거라고 생각하지는 않았을 것이다. 나 역시 그랬다. 나 역시, 내가 소설가가 될 수 있을 거라고 생각해본 적은 없었다. 정말로 '부자연스러운'

것은 그럼에도 불구하고 나는 계속 썼다는 점이다.

　나는 그 '부자연스러운' 선택의 이유를 작년에야 비로소 알게 되었다. 그날 저녁에 나는 고등학교때부터 친하게 지낸 친구와 함께 밥을 먹었다. 그녀는 문학과는 전혀 상관이 없는 삶을 살았고, 그런 화제가 우리 대화에 등장한 적도 거의 없었다. 심지어는 내가 등단을 하거나 첫 책이 나왔을 때도 그랬다. 하지만 나를 만나기 며칠 전, 공교롭게도 그녀는 우연히 나의 문학상 수상 소식이 실린 기사를 읽게 되었고, 그것에 대해 이야기하고 싶어했다. 대부분은 신문에 실린 내 사진에 대한 것이었지만, 거의 마지막에 그녀는 자신이 고등학교 때부터 내가 소설가가 될 거라는 사실을 알고 있었다는 말을 덧붙였다. 나는 몹시 의아해서 그럴리가 없다고, 그건 착각이라고 말해주었다. 그러자, 되려 그녀는 나를 이해하지 못하겠다는 듯한 표정으로, 고등학교 때 복도에서 친구들을 붙잡고 내가 만든 이야기를 들려주었던 사실을 기억하지 못하느냐고 반문했다. 나는 그녀의 반문을 듣고 깜짝 놀랐는데 왜냐하면 그녀의 말은 사실이었기 때문이다. 나는 그 시절을 까맣게 잊고 있었던 것이다.

　하지만 엄밀하게 말하면 그건 문학적인 것과는 상관이 없는, 정말 (유치한) '이야기'에 불과했다. 정말 그랬다. 우리는 그 당시 만화를 즐겨 봤고, 그러니까 그것은 일종의 만화 '스토리' 같은 것이었다. 미래를 배경으로 한 SF일 때도 있었고, 남북전쟁을 배경으로 한 비극적인 사랑 이야기일 때도 있었고, 혹은 중세를 배경으로 한 판타지일 때도 있었다. 나는 그 시절의 나를 잘 떠올릴 수 있다. 시험 기간, 학교 야자실에 남아 늦게까지 공부를 하던 날, 나는 문제집을 가지러 어두운 복도 끝 사물함까지 걸어가면서 내 주인공들의 대화를 떠올린다. 나는 책을 꺼내 놓은 후에도 한참 동안 사물함 앞을 떠나지 않고 이야기를 계속 진행시킨다. 그건 마치 내가 나 자신에게 이야기를 들려주는 그런 행위였던 것 같다. 그러고 있으면 깜깜한 복도의 끝에 서 있는 것이 전혀 무섭게 느껴지지 않았다. 그 이야기들을 '글'로 옮겨본 적은 없다. 그것들이 실제로 세상에 나와서 정식으로 누군가에게 읽힐 거라고 생각한 적은 더더군다나 없었을 것이다. 그럼에도 나는 이야기들을 계속해서 생각해냈다. 단순히 그게 너무 즐거웠기 때문이다. 인물이나 사건이 추가되고 이야기가 점점 복잡해지자, 나는 그것을 어떤 식으로든 정리해 둘 필요성은 느꼈다. 나는 노트를 한 권 사서 거기에 등장인물의 관계도를 그려두었고, 관계도로 표현할 수 없는 복잡한 사항 같은 것은 따로 짧게 정리해두었다.

작년 겨울, 나는 개인적인 사정으로 이사를 하게 되었고, 이삿짐을 싸는 와중에 그 노트를 발견했다. 노트는 작은 상자 안에 들어 있었다. 나는 그걸 조심스럽게 펼쳐보았는데 어찌된 일인지 노트의 거의 절반은 찢겨져 있었고 남아 있는 페이지는 깨끗했다. 나는 대체 그걸 언제, 어떤 마음으로 찢어버린 것일까?

이야기를 만드는 것을 좋아하던 여자애는 이제 소설가가 되었다. 하지만 그 시간은 혼란의 연속이었던 것 같다. 어떨 때는 자신감으로 충만했지만 대부분은 불안감에 시달렸다. 그 불안감의 원인은 내게 소설을 쓰는 행위가, 기본적으로 어두운 밤 복도에 혼자 서서 나 자신에게 내 이야기를 들려주는 행위의 연장이라는 점에 있었다. 소설가가 되기 전, 만약 "당신은 왜 쓰느냐?"라는 질문을 받았다면 아마 나는 나 자신을 위해 쓴다고 대답했을 것이다. 하지만 이제는 더 이상 그런 식으로 대답할 수가 없다. 단순하게 설명하기 힘들지만, 여하튼 나는 내 소설이 다른 사람들에게 도움이 되기를 바라게 되었다. 더 이상 나만의 이야기가 아니기를 바랐다. 어쩌면 이건 다른 작가들에게는 아주 자연스럽게 이루어지는 것인지도 모른다. 하지만 내게는 아무것도 자연스럽지 않았다. 물론 내가 소설을 쓰면서 항상 실패했다고 엄살을 부리는 것은 아니다. 대부분은 내가 걱정했던 것보다는 훨씬 운이 좋은 편이었다고 말하는 게 더 맞을지도 모른다. 하지만 쓰는 동안 나는 항상 불안감에 시달렸고, 마치 양쪽 벽이 점점 좁아지는 방 안에 있는 듯한 기분에 자주 사로잡혔다.

그래서 내게 자전소설을 쓸 기회가 생겼을 때, 내가 바란 것은 이번 소설은 유치해도 상관없고, 다른 이에게 아무런 도움도 되지 않아도 상관없으니까, 이기적으로, 그저 나 자신을 위해 쓰자는 것이었다. 그래서 나는 소설을 쓰는 것에 어려움을 느껴 한없이 징징거리는 '아가씨'와 그 '아가씨'를 돕기 위해 고군분투하는 애꾸눈 고양이 '눈이'를 등장시키기로 했다. '눈이'는 실제로 내가 알고 지낸 길냥이다. '눈이'라는 이름은 처음 만났을 때 왼쪽 눈 상태가 별로 좋지 않아서 내가 지어 준 이름이다. 나는 눈이에게 꽤 오랜 시간 밥을 챙겨줬지만, 눈이는 한 번도 내게 애교를 부리거나, 친근하게 군 적이 없다. 심지어 밥을 먹고 있을 때, 내가 조금이라도 가까이 가면 밥 먹던 것을 멈추고 하악거리기까지 했다. 하지만 나는 막연히 언젠가는 눈이가 나를, 또는 내 마음을 알아 줄거라 여기고 있었다. 내 고양이가 될 거라고. 눈이가 내 손을 부드럽게 핥아주고 내 다리에 기대는 날이 오기를 바라고 있었다. 어느 날 눈이가 상처투성이가 되어서 나타났을 때, 나는 무척 당황해서 어떻게 그 일을 해결해야 할지 잘 몰랐다. 원래도 별로 좋지 않았던 왼쪽 눈 상태는 최악이었다. 나는 우왕좌왕했지만, 여러 가지 조언과 도움을 받아 눈이를 포획틀에 넣어서 병원에 데리고 갈 수 있었다. 병원에서 눈이는 안구적출수술을 받았다. 다행히도 수술은 성공적으로 끝났고 눈이는 열흘 정도 더 입원한 후에 다시 방사될 예정이었다. 애꾸눈이 되었지만 건강에는 지장이 없고 아주 오랫동안 살게 되리라고, 수의사는 말했지만 아마 진심으로 그렇게 여기지는 않았을 것이다. 길냥이의 수명은 2~3년에 불과했고 눈이는 그 당시 이미 4~5년을 살아낸 길냥이였다. 어쨌거나 그런 말을 한 지 불과 하루도 지나지 않아, 내게 전화를 건 수의사는 걱정스러운 목소리로 눈이가 음식을 하나도 먹으려 들지 않는다고 말했다. 고양이의 특성상 며칠만 영양분을 섭취하지 못해도 건강에 심각한 위험을 초래할 수도 있다는 사실을 나도 알고 있었다. 나는 그날 저녁에 눈이가 좋아하던 맛살과 캔사료를 가지고 병원에 들렀지만 눈이는 남은 한쪽 눈으로 나를 멀뚱멀뚱 바라보기만 했다. 그날 밤, 집으로 돌아가면서 나는 한쪽눈밖에 남지 않은 눈이를 떠올렸다. 눈이는 나를 원망하고 있을까? 나는 어쩔 수 없이 무력감을 느꼈다. 다시 수의사에게 전화가 온 건 바로 그다음 날 아침이었다. 그는 아주 밝은 목소리로 눈이가 밤새 음식을 먹었다는 소식을 전해주었다. 그는 내게 이렇게 말했다. "엄마가 왔다 가니까 안심이 되었나봐요." 눈이는 열흘 정도 후에 건강한 모습으로 방사되었지만, 그 후로도 나에게 친근하게 대해 준 적은 없다. 나중에 눈이가 죽었을 때, 그러니까 언젠가부터 눈이가 밥을 먹으러 나오지 않게 되고 아, 어쩌면 눈이가 죽었을지도 모르겠구나, 라는 생각이 들었을 때, 내가 제일 먼저 느꼈던 감정은 슬픔이 아니라, 배신감이었다. 정말로 그랬다. 어째서 죽어버린 거지? 내가 그렇게 노력했는데 왜 그렇게 쉽게 죽어버린거지?

나는 그 소설을 쓰는 동안 눈이를 나의 고양이로 만들고, 그리고 그 이야기를 통해 눈이의 삶과 죽음을 내 것으로 만들고 싶어 했던 것 같다. 그래서 소설 속에서 '눈이'는 그토록 '아가씨'를 위해 고군분투했던 것이리라. 하지만 정말 이상한 일이 일어났다. 그 소설을 다 쓰고 얼마간 시간이 흘렀을 때, 나는 거꾸로 눈이가 나의 고양이가 아니라는 사실을 절감하게 된 것이다. 뭐라고 설명해야 할지 모르겠다. 눈이가 죽기 전에 나에게 친근하게 대해줬더라도, 혹은 그런 식으로 아무런 징조도 없이 어느 날 갑자기 사라지지 않았더라도 마찬가지였을 것이다. 내가 눈이에게 밥을 주고, 눈이를 보살펴주고 병원에 데려 간 적이 있다고 하더라도, 설사 겉보기와 달리 눈이가 나를 아주 많이 좋아했다 하더라도, 그것과 상관없이 눈이의 죽음은 그저 눈이의 죽음이었다. 그리고 같은 의미에서 눈이의 삶은 눈이의 삶이었다. 나는 그제서야 눈이의 삶과 죽음을 온전히 눈이에게 돌려줄 수 있었다. 어쩌면 소설을 쓰는 것도 이와 같지 않을까?

나는 왜 쓰는가? 고등학교 시절, 나는 나 자신을 위해서 이야기를 만들었다. 하지만 소설가가 된 이후로 그것만으로는 충분하지 않다고 느꼈다. 아마 다른 무언가가 필요할 것이다. 아마 다른 누군가를 위해 써야 할 것 같았다. 하지만 그렇게 앞으로 나아가는 것이 나한테는 너무 어려웠다. 더 웃긴 것은, 다시 물러나는 것도 불가능했다는 것이다. 다시 나 자신이라도 만족시키는, 나를 즐겁게 하는 글쓰기도 불가능했다. 남이 만족하지 못했는데, 그것을 재밌다, 좋다 해주지 않는데 내가 어떻게 만족할 수 있겠는가? 그래, 그때 나는 '고양이의 보은'을 만났다고 볼 수 있다.

앞서 말했듯이, 나는 정말 최선을 다해서, 그 소설만은 '나 자신'만을 위해서 써야겠다고 생각했다. 그 작업에 나는 성공했을까? 이제 생각하면 그것은 성공이기도 했고, 실패이기도 했다. 그 소설은 어떤 의미에서 나를 만족시켰지만, 그것은 그 소설이 나를 위한 소설이 '아니었기' 때문이었다. 이런 말이 이상한가? 나는 그것이 '눈이'를 위한 소설이었다는 걸 알게 되었다. 이런 방식으로 말이다. 그 소설을 처음부터 끝까지 다시 읽었을 때, 작가로서 내가 바라게 된 것은, 이 소설을 눈이가 읽을 수 있다면 얼마나 좋을까라는 것이었다. 눈이가 이것을 읽고 좋아해줬으면 좋겠다. 다른 사람들은 상관없었다. 물론 눈이는 그것을 읽을 수 없다. 눈이가 고양이이기 때문에, 아니면 내가 막연히 추측하는 것처럼 이미 죽었기 때문에? 단순히 그런 의미만은 아닌 것 같다.

나는 마치 결코 읽을 수 없는 누군가를 위해 글을 쓴 게 아닐까? 때로 그것은 나 자신이기도 할까? 그러니까 내 말은 자기 스스로 지어낸 얘기에 흠뻑 빠져 깜깜한 고등학교 복도 끝에 혼자 우두커니 서 있는 여자애를 위해, 내가 소설을 쓸 수 있다는 말이다. 물론 그것은 나의 이야기, 나를 위한 이야기가 아니다. 그러면 그때에는 그녀도 자기 노트에 쓴 (이미 찢겨지고 사라진) 이야기를 내게 다시 돌려줄지도 모를 일이다.

최근에 나는 앨리스 먼로의 소설에서 이런 구절을 읽었다. "나는 이제 어엿한 여인이다. 그 사람 자신의 비극을 밝히는 건 그에게 넘긴다." 나는 지금 이 문장에 내 멋대로 몇 마디 덧붙이고 싶다.

"나는 그 사람의 비극에 대해 (대신 씀으로써) 그에게 넘긴다."

정한아

론 울프* 씨의 혹한

론 울프 씨가 자기 자신을 걸어 나와 불 꺼진 쇼윈도 앞에 서자 처음 보는 아지랑이가 피어오른다. 하나의 입김으로 곧 흩어질 것 같은 그의 영혼. 그러나 이 순간 그는 유일무이한 대기의 조각으로 이 겨울을 견디고 있다. 그의 단벌 외투를 벗겨간 자들에게 그는 반환을 요구할 의사가 없다. 처음부터 외투는 그의 것이 아니었을지도 모른다.

이 겨울은 끝날 기미를 보이지 않는다. 그에게는 친구가 셋 있었는데 하나는 시인, 하나는 철학자 그리고 자기 자신이었다. 그들은 자존심이라는 팬티만 걸치고 혹한을 견디려는 그의 무모한 결심을 존중해주었지만, 이 존중이 그의 저체온증을 막아주지는 않을 것이었다.

그는 스테판에게 말했다; 저 육각의 눈 결정이 아름답다면, 보이지 않는 내 영혼의 아름다움은 어떤 돋보기가 결정해주는가. 나는 갈비뼈가 드러난 한 덩어리의 공허다. 이것이 나라면, 나는 나를 견디는 것이다. 이 결심의 무한한 휘발성이, 자네는 보이는가.

그는 분명히 엘리아스에게도 말했었다; 누추한 영혼들이 새까맣 정도로 빽빽한 군중을 이루고 있는 저곳으로, 나는 들어가지 않을 것이다. 어떠한 협회에도 가입하지 않을 것이다. 나 자신의 변호인단이 될 것이다. 이 결심의 자발적인 선의를, 자네는 이해하는가.

론, 제발 쉼터에 들어가게. 자존심보다 생존이 중요하지 않은가.

두 친구는 각자 털장갑과 낡은 목도리를 벗어주었었다. 그는 흐느낌이 새어나오지 않도록 세심하게 성량을 조절해야 했다. 그는 곧 이 조절의 기예가 될 것이다. 아지랑이 한 줌의 절도를 누구도 강탈할 수 없을 것이다, 감당할 수 없을 것이다.

내가 자네들을 불편하게 만들고 있군.

반짝이는 육각의 표창들이 제 과녁으로 쏟아졌다. 아무도 그의 외투를 위해 투쟁하지 않을 것이다. 그들은 오래 전에도 한 남자의 옷을 제비뽑아 나누고 그에게 가시로 만든 왕관을 씌워준 적이 있다. 그건 그나마 잘 알려진, 따뜻한 나라의 이야기.

이제 그는 한밤의 쇼윈도 앞에서 자기의 시선으로 자기의 얼굴을 투과한다. 제 뒤통수가 아니라 다른 겹의 세계를 문제 삼은 자. 이 결빙한 눈―사람은 녹지 않고 단호한 매무새로 어디론가 사라질 것이다.

오, 그 결심의 유해함을, 그의 증발을, 누가 알아챌 것인가.

* 론 울프Lonne Wolff; 생물 연대 미상. 욥Job, 트래비스Travis, '지하 생활자' 또는 시오도어 카진스키Theodore Kaczynski, 티모시 맥베이Timothy McVeigh 등 여러 이름으로 알려진 그는, 잊을 만하면 공공기관 앞에 발자국과 혈흔, 해독하기 힘든 낙서를 남기고 사라진 수수께끼 같은 인물로, 스스로를 '하느님과 법이 없으면 잘 살 사람'으로 불렀다고 알려져 있다. 혹자들은 그가 재림 예수, 이 시대 마지막 금욕주의자, 타락한 현대판 차라투스트라, 모든 무정부주의자의 전범이라고 한다. 그러나 이러한 명명들은 불명확한데, 그것은 그가 세속적인 낭만주의가 정의하는 모든 종류의 환상을 거부하였음이 최근에 밝혀졌기 때문이다. (이 환상에는 처형당함으로써 봉기를 촉발한 혁명가, 순교자, 그리고 망치나 사제 폭탄을 든 게릴라나, 평화를 선전하며 구원을 설파한 보헤미안의 이미지도 포함된다.)

『어른스러운 입맞춤』, 문학동네, 2011.

그렇지만 우리는 언젠가 모두 천사였을 거야

우리는 때로 사람이 아냐
시각을 모르고 위도와 경도를 모르고
입을 맞추고 눈꺼풀을 핥고 우주선처럼 도킹하고 어깨를 깨물고
피를 흘리고 그 피를 얼굴에 바르고 입에서 모래와 독충을 쏟고 서로의 심장을 꺼내어
소매 끝에 대롱대롱 달고

이전의 것은 전혀 사랑이 아냐
아니, 모든 사랑은 언제나 처음
하루와 천 년을 헷갈리며 천국과 지옥 사이 달랑달랑 매달린
재투성이 심장은 여러 번 굴렀지

우리 심장은 생명나무와 잡종 교배한 슈퍼 선악과
질문의 수액은 여지없이 떨어져 자꾸만 바닥을 녹여 가령,
우리는 몇 시입니까?
우리는 어디입니까?
우리는 부끄럽습니까?

외로워 죽거나 지겨워 죽거나
지금 에덴에는 뱀과 하느님뿐
그 외 나머지인 우리는

입을 맞추고 눈꺼풀을 핥고 우주선처럼 도킹하고 어깨를 깨물고
피를 흘리고 그 피를 얼굴에 바르고 입에서 모래와 독충을 쏟고 서
로의 심장을 꺼내어
소매 끝에 대롱대롱 달고

재투성이 심장으로 탁구라도 치면서 위대한 죄나 지을 수밖에
뱀마저 자기도 모르게 하느님과 연애한다는데

『어른스러운 입맞춤』, 문학동네, 2011.

성聖 토요일 밤의 세마포

여기 구겨진 울음이 찍혀 있으니
자기 멱살을 잡고 자기를 물 밖으로 끌어내는 사람처럼
끝내 그는 자기 밖으로 새어나갈 수 있을까

아직도 그는 고백이 부끄럽고
고백이 부끄럽다는 이 고백이 누가 될까 봐
빨간 얼굴 속에 눈 코 입을 묻어놓고
그는 또 묻는다
물음을 벗어나는 일의 가능성과 의미에 관하여
그의 질문과 상관없이 그의 무덤 안에 떠도는 저 먼지 하나하나까
지도
남김없이 등록되는 오늘의 치밀함에 관하여

지금은 작성되고 싶지 않아
실현된 계시의 일부가 되고 싶지 않아
답을 바라서가 아니라
구원을 위해서가 아니라
오직 이 빨간 망설임 때문에

비로소 아무도 따라오지 않는
오로지 자기 자신으로 가득 차 소란한
귀먹을 듯한 적요 속에서

끝내 그는 그를 자기 질문에 답으로 내어놓을 수 있을까
그의 얼굴이 그의 입에 먹히기 전에
고백하자면
고백이 그를 그 아닌 것으로 붙박아 놓을까 봐
통성(通聲)으로 증언으로 누가 될까 봐

먼지는 사람이 되고 사람은 다시 흙이 되지만
아무도 그 전 과정을 지켜볼 수 없으니
그래서 불러보는
과학자, 시인, 하느님
존경해마지않는
나이가 무지하게 많으신 분들이여

될 수 있으면 그의
수치와 졸렬은 무시하시고
그의 빨간 얼굴에서
그의 골격과 날마다 쇄신하는 죄악의 대략과
그의 영혼의 방사성 동위원소와 탁도(濁度)와
찌그러진 눈 코 입의 탁본을 어서 발본해내소서

거기 누가 구긴 울음이 음화(陰畵)로 찍혀 있다
자기를 용의선상에서 제외하지 않으려고
그는 밤새 자기 지문을 외고 있으나

아무래도 낯선 소용돌이여!
이 정황의 출구는 어디에 있는가

자기도 모르게 신비는 어떻게 유출되는가
이제 곧 성사(聖事)가 시작된다

『문학과사회』 2012년 봄호.

김은경

불량 젤리

솔직히 말할까 익살꾼의 농담보다
담배 연기 한 줌
날 깔깔 웃게 만든다고

내 침대 밑에는 도루코 칼
말라비틀어진 중국산 담배
빨강 초록 불량 젤리 덩어리들

놀다 지칠 땐
젖은 걸레로 악취나 닦아보자
어디서 왔는지 모를 냄새를 빼내기 위해

봄이 와도
베란다엔
알 수 없는 것들 넘쳐나고

말해볼까,
너의 배꼽보다 피어싱을 더 좋아해
네 말보다
자꾸 깨물어버리는 혀를 더 확신한다는 거

볼록한
젤리를 씹으면서
씨익 웃는다는 거

『불랑 젤리』, 삶이보이는창, 2013.

비박

배낭이 무겁습니다
한쪽이 기운 그림자는 무력합니다
신도림행 전철은 좌측 방향
영하의 추위를 막아주는 장갑이 한 켤레 천 원입니다
전철의 무료를 달래는 몇 벌의 죄는 무상입니다
실종된 사람들이 철로에 가득합니다
실종된 엄마는 엔젤나이트에서 부킹 중입니다
파산한 아빠는, 영원히 실종해버렸으면 싶습니다

국철을 타고 산으로 갑니다
파도가 그리운 사람들은 허공에다 이어폰을 꽂습니다
피가 모자란 사람들은 술잔을 채우고
햇빛이 부족한 아이들은 햇빛을 원망하며 자랍니다

철로에 눈이 내립니다
심해에도 눈이 내립니다
선글라스 속 눈동자에도 내릴 겁니다
눈은,

배낭을 다시 부립니다
저만치 능선이 보입니다
끝은 어디인가요
얼마나 정상은 아득한가요
아이젠을 벗고 눈 더미 위에 지팡이를 꽂습니다

개의 혓바닥처럼 붉은 단풍이
나를 봅니다
나의 혓바닥엔 어느 날의
입맞춤이 고여 여직 따뜻합니다

컵라면이 알맞게 익을 동안 우리는 기도합니다
근위병처럼 선 낙엽송들이
어둠에 덮여가는 설산이
두터운 입술을 열어 자장가를 부르지 않아도

어떤 날카로움으로도 별을 짓이길 수 없는
새벽이 깊어갑니다

『불량 젤리』, 삶이보이는창, 2013.

스모크

언제나
우연히 만난 남자가 더 많았다
매립지 위 눈사람마냥 웅크리고 있던 그림자들
우연히 만난 구두
우연히 만난 화분
우연히 만난 개

투병하듯 어쩌면
투약하듯

말을 모르는 사람끼리 포옹하면 이런 기분이 될까

구름을 만질 수 없어서
불꽃을 가질 수도 없어서
쓸쓸한 부족들이 치르는 단 1분간의 묵념

불을 붙인다
흰 입김 내뿜는다
담배가 타오른다
연기(煙氣),
실오라기처럼 날아가는
집시의 뒷덜미처럼 사라지는
연기(緣起)

새카만 비밀을 삼키듯
연기를 삼키는 날들

『문학IN』 2014 여름호.

김민정

그녀가 처음, 느끼기 시작했다

천안역이었다
연착된 막차를 홀로 기다리고 있을 때였다
어디선가 톡톡 이 죽이는 소리가 들렸다
플랫폼 위에서 한 노숙자가 발톱을 깎고 있었다
해진 군용 점퍼 그 아랫도리는 팬티 바람이었다
가랑이 새로 굽슬 삐져나온 털이 더럽게도 까맸다
아가씨, 나 삼백 원만 너무 추워서 그래
육백 원짜리 네스카페를 뽑아 그 앞에 놓았다
이거 말고 자판기 커피 말이야 거 달달한 거
삼백 원짜리 밀크 커피를 뽑아 그 앞에 놓았다
서울행 열차가 10분 더 연착될 예정이라는 문구가
전광판 속에서 빠르게 흘러갔다 천안두리인력파출소
안내시스템 여성부 대표전화 041-566-1989
순간 다급하게 펜을 찾는 손이 있어
코트 주머니를 뒤적거리는데
게서 따뜻한 커피 캔이 만져졌다

기다리지 않아도 봄이 온다던 그 시였던가
여성부를 이성부로 읽던 밤이었다

『그녀가 처음, 느끼기 시작했다』, 문학과지성사, 2009.

젖이라는 이름의 좆

네게 좆이 있다면
내겐 젖이 있다
그러니 과시하지 마라
유치하다면
시작은 다 너로부터 비롯함일지니

어쨌거나 우리 쥐면 한 손이라는 공통점
어쨌거나 우리 빨면 한 입이라는 공통점
어쨌거나 우리 썰면 한 접시라는 공통점

(아, 난 유방암으로 한쪽 가슴을 도려냈다고!
이 지극한 공평, 이 아찔한 안도)

섹스를 나눈 뒤
등을 맞대고 잠든 우리

저마다의 심장을 향해 도넛처럼,
완전 도-우-넛처럼 잔뜩 오그라들 때
거기 침대 위에 큼지막하게 던져진

두 짝의 가슴이,
두 쪽의 불알이,

어머 착해

『그녀가 처음, 느끼기 시작했다』, 문학과지성사, 2009.

시집 세계의 파편들

젖은 마음
어디선가 따귀가 날아들었다
얼굴이 돌아갔다
백팔십 도라면 호소해봤을 텐데
삼백육십 도였다
한번 꼬인 목은 꽈배기 축에도 못 꼈다
이해받을 수 없는 통증이라면
혼자 꾹 참는 게 나았다
병신 같은 년이란 욕을 먹었다

그보다 더 정확할 수는 없어서
배시시 웃었다

운 같은 것
보도블록 틈새에 낀 그것이
그렇게 반짝일 줄은 몰랐다
한 짝의 쇠젓가락
용케도 제 몸 누일 틈을 비집고
길게 다리를 뻗었겠으나
나는 홍콩반점 자장면 그릇에
실수로 섞여 보냈을 게 빤한
내 쇠젓가락 한 짝만을 생각했다
술에 취한 남자가 어깨를 툭 쳤다
이불집 간판을 빤히 올려다볼 때였다
꽃자리를 왜 꽃자지로 읽었는지
쇠젓가락으로 애꿎은 입천장이나 긁어대는 바였다
찌른다고 해서 죄다 무기가 되는 건 아니니까

다시 첫 장면
중국 샤먼에서 시인 안치와 대담을 했다
그녀는 나보다 일곱 살이 위였다
당신은 닭띠이고 나는 용띠라며 알은척을 했다
입 좀 풀자고 한 얘기였는데 그녀가 쌩을 깠다
아무리 내가 병신 같은 년이라지만
자존심이 아니라 애국심이 문제 같았다
그녀는 자신이 페미니스트라며

너는 페미니스트가 아니냐고 반문했다
짠 년에 춘년에 센 년이 어떻게 중국어로 발음되는지
실력 좋은 통역이라더니 거침이 없었다
그녀라면 총애할 법한 단어들 가운데 합의를 본
자매애…… 함께 화장실을 가도 괜찮다는 사이라니까
우리는 재래식 와변기마다 쪼그려 앉을 수 있었다
고요 또 고요 연이은 고요
어떤 망설임이 우리의 조준을 이토록 길게 끄는지
앞서거니 뒤서다가 너 터지고 나 섞이는 이 소리
쏴-
죽어도 오줌발로는 지고 싶지가 않았다
삼박 사일 동안 서너 번쯤은 됐지 아마
그녀는 모를, 그녀와 나의 오줌발 내기
솔직함이 아니라 유치함이 문제 같았다

『문학동네』, 2014년 가을호.

이용임

안개주의보

먼저 당신의 코가 사라진다
물렁한 벽으로 나누어진 두 개의 검은 방에서
채 스미지 못한 내 체취가 흘러나온다
당신의 입술이 사라지자
망설임은 맨발로 배회한다 허공을
눈 가리고 뛰어가는 뒷모습을 보고 있노라니
당신의 귀가 하나씩 흘러내린다
나의 목소리가 차가운 물방울로 고인다
당신의 심장까지 도착하지 못한 말들이
천천히 얼어붙는 사이
당신의 뉴에 담긴 내가 녹는다
손발이 뭉그러지고 머리카락이 나부끼고
숨결이 아득한 윤곽이 되는 동안
당신은 뼈만 남은 얼굴이 된다
바람도 없이 삭는
당신은 검었다가 희었다가 이제 투명하다

당신의 부스러기들이 창을 가득 메운다
불투명한 풍경 속으로 걸어 들어가는
발소리가 들린다 저벅,
저벅

『안개주의보』, 문학과지성사, 2012.

연애의 시간

창문이 흰 계절이 온다
몸을 열자 동백나무 우거진 숲
당신이라는 검푸른 관자놀이를 통과하는
한 발의 총성
산산히 깨진 당신을 밟고
맨발로 당신이라는 시간을 걷는다
땀구멍마다 침투하는 당신의 쇳소리가
밤마다 내 몸을 흔든다
모가지째 뚝뚝 당신이 순교한다
나는 가장 벙글지 않은 당신을 주워
탁자 위 꽃병에 꽂는다
이미 죽은 당신의 입술이 벌어지며
그윽한 향기가 흘러나온다

시시각각 피어나며 시드는
당신이라는, 붉은, 짙은, 어지러운,
너덜너덜한 꿈의 자락을 들어 냄새를 맡으면
곧 자욱한 눈보라
으스스한 핏빛 잎들이 한꺼번에 떨어지는 계절
창문이 흰 계절 위에 손가락으로 당신을 쓴다
가장자리부터 얼어붙는 이름을 쓴다

『안개주의보』, 문학과지성사, 2012.

악사들

잃어버린 도시에 출생의 비밀을 묻어두고 깨진 피리 대신 사금파리
시계를 심장으로 박은 악사를 기억하나요 청록색의 수요일에는 마을
가운데 금빛 광장에 노래하는 외투를 곧잘 세워두곤 했던 이를 기억
하나요 쥐 떼를 따르는 고양이 고양이 무리를 쫓는 덩치 큰 개들의 아
우성을 걷어 발뒤꿈치에 달고 검은 구름을 이끌고 숲으로 사라지던
그림자를 기억하나요 도시의 모든 창문이 열리면 일제히 폭소를 터뜨
리던 살갗과 물빛 손톱 검은 발톱 정각을 알릴 때마다 붉어지던 심장
을 오오 기억해야 해요 그가 지나갈 때마다 열리던 입술들 돌연 빛나
던 지붕들 갈망하던 귀들의 어리둥절 손가락이 더듬는 먼지투성이 눈
물 허공을 장식한 젤라틴 꽃들 바람에 일렁이는 발자국 향기로 사라

지는 치맛자락들을 그가 키우던 앙상한 나뭇가지 마른 입술이 쩍 하고 벌어질 때마다 파르르 떨리던 나뭇잎들 초록에 군림하던 구멍난 모포 조그만 한숨에도 맑게 울리던 그의 양은 식기들 달빛 아래 기름 먹은 천으로 닦으면 겨울의 색깔을 보이던 거울 바닥에 동전을 던지고 사람들은 소원을 빌었지요 저의 죄를 사하여주소서 불안과 악몽 죄책감을 대속할 음악의 신이시여 그럴 때마다 은빛 거울 위로 검은 주름 몇 가닥이 희미하게 흘러가곤 했어요 색 바랜 독재자의 동상 아래 기억하나요 한 무더기로 서 있던 선율을 박치 몽둥이와 무지개색 물 대포에 질려 떠난 우리의 위대한 무채색을 그가 걸어가자 마을 뒷산이 저절로 몸을 열었다고 하죠 그는 뚜벅뚜벅 걸어 들어갔어요 노래와 박수 소리와 찬탄 소음과 악다구니와 아우성 한숨과 키스 소리와 웃음소리를 이끌고 당신의 두 귀를 쫑긋 하늘로 세워봐요 침침한 두 눈을 애써 떠봐요 이 고요가 수치던 시절이 있었다니까요 점잖은 소매의 노인들에게 슬쩍 물어보라고요 기억하나요

『안개주의보』, 문학과지성사, 2012.

이 설 야

백마라사 白馬羅紗

백마처럼 하얀 양복 입고 오랜만에 아버지가 나타났다. 사나워진 말굽이 방 안을 한바탕 휩쓸고 지나가자 백마라사에서 사온 검정 재봉실이 거미줄처럼 풀려나왔다. 엄마가 손목에다 칭칭 감곤 하던,

발정 난 도둑고양이, 아기 울음소리가 귓속을 파고들던 밤. 잠결에 아버지에게서 빠져나온 엄마의 거뭇한 아랫도리를 보았다. 피 묻은 내 얼굴이 간신히 통과한 곳, 세상의 모든 울음이 처음 터지던 곳간.

가래 끓던 바람이 문지방을 밟고 오면 도둑고양이와 생쥐와 지렁이들도 함께 울어주던, 백마라사 상표를 매단 하얀 양복이 무서웠던 집. 끊어진 검정 실을 간신히 이어가던 화평동 집.

『내일을 여는 작가』, 2011년 겨울호.

식물들의 사생활
―모두가 꽃을 보기 위해 허공을 버티고 있다

호박꽃

저 여자
달동네 담벼락에 기대어
저토록 뜨겁게 웃는 걸 보니
무슨 슬픈 일이 있는가 보다

사랑받지 못해도
여자는 배가 불러
둥근 아이들을 낳는다

난 꽃이 아니야
넓은 잎사귀로 얼굴을 가린
호박꽃

양귀비꽃

옥상에 숨어 피고 있었다
노을이 붉어지자
선홍빛 꽃잎을 크게 벌리고
노란 꽃술을 부르르 떨기 시작했다

누군가 어미 개와 새끼 개를
양귀비꽃 앞에서 흘레붙였다
개 줄이 심하게 흔들리다 조용해지자
축 늘어진 어린 수캐
그 옆에서 어미개가 울고 있었다

얼음꽃

숭의동 집창촌 13호
선홍빛 유리문 안에
검은 속눈썹 붙인 얼음꽃들

핏기 가시지 않은
고통 몇 십 근
꽃방석 위에서
가늘게 떨고 있다

살얼음 낀 문이 열리자
흔들리는 저울 위에서
녹고 있는 꽃들

자목련

매 맞은 여자의 자줏빛 얼굴이
땅바닥에서 밟히고 있다
물거울처럼 너는 헛것! 헛것이었다고,

잠든 물고기처럼
모두가 눈을 뜨고
이 헛것인 세계를 겨우
보는 듯 안 보는 듯 그렇게 살아간다

바람이 여자의 얼굴에 금을 긋고 지나간다

종이꽃

신발에 꽃이 피었다

스물두 켤레의 작업화에 꽃을 피워놓고
진혼굿을 한다
찢어지고 밑창이 다 떨어져나간
먼저 간 신발들에게

아직 살아 있는 신발들이

『포엠포엠』 2012년 겨울호.

날짜변경선

바뀐 주소로 누군가 자꾸만 편지를 보낸다

이 나라에는 벌써 가을이 돌아서 버렸다
매일 날짜 하나씩 까먹고도 지구가 돌아간다
돌고 돌아서 내가 나에게 다시 도착한다

지금 광장에서 춤추는 소녀는 어제 왔지만
나는 내일 소녀를 만날 것이다
만 년 전 달려오던 별빛이 내 머리 위를 통과해갔다
그래서 오늘은 너와 헤어졌다

검은 재를 뒤집어쓰고
우리는 매일 무릎이 까진다

나에게 도착한 미래가
어제 아프다고 전화를 했다

그래,
이제 이 나라에서 입력한 날짜들을 모두 변경하기로 하자
휙휙 나무들이 날아가고
섬들이 날아가고, 낙엽이 빗방울처럼 날아가고
날아가고, 날아가는 것들
뒤바뀐 날짜를 버리기로 하자

버리고 버려서
가슴속엔 새로운 정부를
모든 경계선을 지워가며

『발견』 2014년 여름호.

그것에 대해 소설로 쓰기

정용준

  '나는 왜 쓰는가' 라는 질문에 대해 두 가지 질문으로 다시 묻고 싶
다.

  첫째. 나는 왜 '그것'을 쓰는가.
  둘째. 나는 왜 '그것'을 '소설'로 쓰는가.

  두 질문은 '나는 왜 쓰는가' 라는 질문에 대한 답으로 떠오른 다양
한 생각들을 압축하고 요약한다. 질문에 대한 고민에 앞서 전제하고
있는 것이 있다. 하나는 단순히 뭔가를 자꾸 쓰고 싶은 순수한 욕망이
있다는 것이고 다른 하나는 쓰려고 하는 것이 무엇이 되었든 간에 그
것을 소설로서 쓰고 싶다는 것이다. 왜라고 물으면 정확한 이유나 근
거를 설명할 순 없겠지만 어쨌든 나는 '그것'을 '소설'로 쓰고 싶다.

  그것은 어떤 이야기일 수도 있고 이야기를 필요로 하는 주제의식일
수도 있으며 아직 주제도 소재도 주어지지 않은 모종의 인상일 수도
있다. 그것은 이제까지 써 왔던 다른 그것들과는 다른 것이다. 같은 주
제의식을 갖고 의도적으로 비슷하게 혹은 상관 있게 쓴 적도 없다. 특

정 소재나 주제를 먼저 정하고 소설들을 조금씩 변주하는 일종의 연작소설을 시도한 적도 없다. 내 입장에서 그것들은 서로 무관하고 각각 독립적이다. 하지만 어찌된 일인지 그것들은 서로 닮아 있다. 의도하지 않았으나 쓰고 보면 어딘지 모르게 서로 맥이 닿아 있는 것이다. 독자나 평론가들은 그런 부분을 아주 쉽게 발견한다. 나는 처음에는 정말 그런가 싶은 마음에 의심을 품지만 그들의 독후감이나 분석을 통해 내 소설을 다시 보면 그들의 말에 대부분 수긍이 간다. 왜 그럴까 생각해보니 그것들이 모두 작가인 나로부터 발생했기 때문인 것 같다. 극단적인 주장일 수도 있지만 나는 모든 소설은 궁극적으로는 작가의 삶과 상관 있는 자전소설이라고 생각한다. 이야기와 에피소드가 작가의 경험의 일부일 수도 있지만 그것을 말하는 것은 아니다. 이야기를 짓고 인물을 설정하고 사건을 가공하려는 의도와 마음, 다시 말해 소설 이면에서 오고가는 작가의 정신, 이를테면 사유하는 것, 질문들, 의문과 의혹과 불만과 어떤 충격이 만들어낸 강한 인상, 그리고 소설을 쓰는 것 외에는 달리 설명할 길 없는 특정 모티프를 향한 강렬한 집착 같은 것들이 모두 작가로부터 기인한다는 것이다. 그것들은 모두 작가의 DNA를 갖고 있는 셈이다. 어떻게 보면 작가가 소설을 쓰려는 1차적 욕망과 의도는 일기를 쓰려는 마음과 크게 다르지 않다고 본다. 그 단계에서는 이 글을 어떻게 쓸 것인지 누가 읽을 것인지에 대한 고려보다는 무엇에 대해 그저 쓰고 싶다는 단순한 마음이 지배적이다. 쓰고 싶다는 단순한 문장 안에는 쓰지 않고서는 견딜 수 없는, 쓸 수밖에 없는, 같은 문장들이 포함되어 있다. 쓰고 싶다는 욕망은 그 자체로 왜 쓰는가에 대한 가장 완벽하고 정확한 답변일 수 있다.

쓰고 싶다는 단순한 마음은 보다 구체적이고 복합적인 단계까지 확장되었다. '그것'을 '소설'로 쓰고 싶어 하는 마음과 쓰려고 하는 노력이 생겼기 때문이다. 본격적으로 소설을 쓰기 전, 그러니까 등단 전에는 뭔가 떠오르면 그것에 대해 시도 썼고 소설도 썼다. 형식과 장르를 구분할 수 없는 애매모호한 산문도 썼던 것 같다. 때론 쓰고 싶은 '그것'이 없어도 쓰는 행위 자체가 주는 즐거움 때문에도 썼다. 처음에는 쓰려고 한 그것에 대해 꼭 소설로 쓰고 싶다는 욕망이 있었던 것은 아니다. 소설가가 된 이후 소설에 대한 보다 분명하고 명징한 인식이 생겼다. '소설은 이런 것이다' '소설은 이렇게 써야 한다' 식의 이해라기보다 '왜 그것을 소설로 써야 하는가' '왜 소설로 쓰고 싶어 하는가'에 대한 보다 근본적인, 그리고 실제적인 고민을 하기 시작했다. 결론적으로 말하면 그 생각을 통해 나는 다른 무엇보다 소설을 좋아하게 됐다. 때문에 누군가 내게 왜 쓰냐고 묻는다면 '소설을 쓰는 게 좋아서 쓴다.'라고 답하겠다.

내가 생각하는 소설의 매력은 이런 것들이다. 우선 자유롭다. 창작자라면 그것이 어떤 영역이든지 기본적으로 자유로운 정신을 갖고 있을 것이다. 그들은 위대한 작품을 만들기 위해 노력하지는 않을지라도 유일한 작품을 위해서는 애쓸 것이다. 창작정신은 사유하는 인간이 근본적으로 갖고 있는 자유에 대한 열망이 예술적으로 표현된 한 형태라고 볼 수도 있을 것 같다. 사건에 대해 남다른 관점으로 기록하고, 대상의 모습이나 인상을 그림으로 그리고, 시를 쓰거나 이야기를 만들고, 작곡을 하거나 새로운 사운드를 만드는 등등의 모든 행위 속에는 예술가라는 단독자로서의 개성이 드러난다. 하지만 지금 내가 말하는 소설의 자유로움은 창작정신을 말하는 것은 아니다. 쓰려고 하는 '그것'을 소설로서 다룰 때 느끼는 자유로움를 말하는 것이다. 밀란 쿤데라는 소설에 대해 이렇게 말했다. "시나 철학은 소설을 포용할 수 없지만 소설은 시나 철학을 얼마든지 수용할 수 있으며 그렇게 하더라도 소설의 정체성을 조금도 잃어버리지 않는다." 나는 이 말을 긍정한다. '그것'을 어떤 이야기라고 가정해볼 때 소설은 그 이야기를 소설로 만들기 위해 모든 시도와 방식과 기법을 다 허용한다. 이야기 자체는 소설이 아니다. 작가가 의도와 형식을 갖고 소설적인 기법으로 이야기를 다룰 때만 소설이 되는 것이다. 즉 소설이 되기 위한 형식과 방식은 한계가 없다. 물론 이것은 '그것'을 소설로 쓰기 위해 고민하고 시도하는 지점에 관한 자유로움이고 실제로 소설을 쓰기 시작하면 절대 자유롭지 않다. 형식과 방식이 정해지면 소설은 틀이 생기고 소설의 내적 논리와 세계의 질서가 생기기 때문이다. 작가는 마음만 먹으면 신의 눈을 가질 수 있다. 남자도 될 수 있고 여자도 될 수 있으며 아이도 될 수 있고 노인도 될 수 있다. 죽은 자가 될 수도 있고 존재하지 않는 자가 되는 것도 가능하다. 경우에 따라서 동물도 될 수 있고 사물도 될 수 있다. 하지만 방식과 형식이 정해지면 더 이상 자유로울 수 없다. 소설을 쓰기 전 생각하고 구상하는 데 자유로움을 느끼고 막상 소설을 쓰기 시작하면 선택된 형식과 기법에게 구속된다. 소설을 쓰지 않을 땐 쓰고 싶지만 막상 쓰기 시작하면 쓰기 싫은 이유가 여기에 있다.

　나는 소설이 인간에 관한 가장 탁월한 언어 예술이라고 생각한다. 이 지점에서 소설은 그 어떤 서사 예술보다 여전히 위대할 수 있다고 믿는다. 서사의 세계에서 소설은 열등하다. 영화와 드라마는 기술적이고 분명한 이미지를 통해 서사를 진행시킬 수 있다. 경제적이고 압도적이며 확실하다. 소설이 어떤 이미지를 묘사하기 위해 한 문장씩 보여주고 이해시키는 것과는 모든 면에서 비교할 수 없다. 영화의 이미지는 압도적이고 경제적이며 명징하다. 단 한 장면으로 소설의 몇 문장 혹은 몇 페이지를 대신할 수 있다. 그러나 인물에 관해서는 다르다. 소설은 여전히 인물이라는 안팎의 신비한 세계를 다루는 가장 뛰어난 서사 장르다. 소설은 인물의 내면을 아주 깊숙하게 파고들 수 있고 인물이 스스로 모르고 있는 영역까지 탐구할 수 있다. 소설의 주제는 어쨌든 인간이다. 소설은 인간의 것이다. 인간이 아닌 인물과 대상이 등장할 수 있지만 어디까지나 의인화된 인물이고 인간화된 대상이다. 소설은 언제나 인간에 관해 생각한다. 나는 그것이 소설이 가는 길이라고 생각하고 앞으로도 가야 할 길이라고 생각한다. 소설이 인물에 집중하면 그 인물은 단 하나의 인물이 된다. 소설은 어떤 인물이 겪는 사건을 다루지만 동시에 그 인물이 처한 고유한 실존을 다룬다. 사건이 중심이 되는 서사는 인물이 서사의 일부분으로 존재하거나 사용될 수 있지만 서사가 인물의 실존에 집중할 때는 독자는 그 인물을 통해 사건과 세계를 바라보게 되며 그 시각을 통해 인물에 내면과 외면을 관찰할 수 있다. 이 지점에서 독자는 인물을 사적으로 만나게 된다. 인물을 사적으로 느끼면 서사와 세계에 대한 다른 방식의 판단이 생긴다. 가치판단을 내릴 때 그 사람 입장과 전후 사정을 고려하지 않을 수 없기 때문이다. 독자는 인물을 이해하면서 동시에 감히 이해할 수 없다는 생각을 하게 된다. 실존은 모두 다르며 고유하기 때문이다. 아이러니가 발생하고 윤리적 가치가 무력해진다. 독자는 서사에 대한 쉽고 보편적인 해석과 판단을 내릴 수 없다. 소설이 인간의 실존에 대해 관심을 기울인다는 것은 인간의 보편성을 탐구하는 동시에 각기 다른 실존의 다양함을 놓치지 않는다는 것이기도 하다. 또한 피상적인 인간의 외부 행동뿐만 아니라 내면과 정신세계를 탐구함으로 인물과 사건에 대한 보다 심도 깊고 의미 있는 해석과 이해를 할 수 있다. 소설은 내면이라는 무형의 공간을 탐구할 수 있고 정신과 사고라는 침묵의 목소리를 들을 수 있다. 표면적인 자아와 깊숙이 숨어 있는 심연의 자아를 구별하고 그것들끼리의 갈등과 충돌에 집중할 수 있게 된다. 한 인물의 행위와 사건에 대해 단순하고 피상적으로 판단하지 않는 것. 서사를 하나의 방식으로 쉽게 이해하거나 판단하지 않는 것. 인간과 세계를 보편과 절대적 진리로서 이해하는 게 아니라 애매성으로 이해하고 서로 모순되는 상대적 진실들의 더미로 이해하게 되는 것. 나는 감히 소설보다 그것을 잘할 수 있는 것은 없다고 본다.

신동옥

악공, Anarchist Guitar

당신의 기차는 내 창가에 묶여 있어요
창을 열면 낯선 구두가 이마를 꾹꾹 눌러요
하늘엔 새들이 오래도록 멈춰 서 있고요
여섯 가닥의 먹구름이 흘러가요 그 위로
한 줄기 번개가 소리 없이 디스토션을 걸어요
고압선을 따라 당국의 메시지가 전송되는 아침
소리 분리 수거법이 강화됐다는 전갈이에요
주부들이 소음을 가득 채운 쓰레기봉투를 던져요
기타줄은 소각됐고 당신의 기타는
기다란 손톱을 사랑하는 소리의 방주예요
레일을 잃은 기차예요

당신의 기타는 너무 오래 묶여 있어요
창을 닫으면 낯모를 신음이 벽을 두드려요
소녀들이 수화를 재잘거리며 지나가요
음반 가게에선 침묵을 구워 팔아요

아나키스트들은 복화술로 지령을 전달하고
사람들은 초음파로 대화하는 데 익숙해져 가요
그 많던 기타줄은 다 어디로 갔을까요?
역사가는 백가쟁명의 선사라 우기고
정치가는 반국가적 복화술 책동이라 우겨요
사람들은 몰라요
기타는 달리고 기차는 울고
소리 없이 뛰는 건 당신의 심장이에요
자궁 위로 초음파가 지나듯 해가 저물어요
빈 술독 틈에서 소리 없는 나날이 저물어요

『악공, 아나키스트 기타』, 랜덤하우스코리아, 2008.

빈집

당신은 구두를 가진 적 없고
발가락이 아름답다
나의 구두가 안간힘으로 뾰족함을 버려 당신의 지붕을 달랜다

나는 당신의 시공자가 아니다
나는 당신의 적이 아니다
나는 당신을 모른다

벽과 천장
배치와 망치
나날의 조감도
임무와 공기
노동과 회사

간결하게 이어가는 템포로 마침내 당신은 완결된다
당신은 조금 가깝고 나는 조금 소란하다

기본형의 골조를 거느리고
텅 빈 내부로 흐너져 안기는

당신이라는 천장을 기워 입은 나는
당신을 옥죄는 치욕의 척추뼈

코르셋
나는 당신의 용적을 셈한다

나의 구두가 안간힘으로 뾰족함을 벼려 당신의 지붕을 달랜다
당신은 내 친구가 아니다

나는 끝장을 모른다

우리는 완벽하다

『창작과비평』 2011년 겨울호.

친친

친친이라고 쓰리라 비가 치는 들창에 앉아 축구가 시작되기 전에 골이 터지기 전에 반동이 운동이 되기 전에 폭탄이 지붕을 때리기 전에 폭동이 혁명이 되기 전에 적을 단호히 응징하기 전에 친친이라고 쓰리라 욕망이 신음이 영영 망하기 전에 중간평가가 없는 부르짖음을 위해 중간평가가 없는 사랑의 정권을 위해 쓰리라 하리라 반나마 곯은 눈을 흡뜨며 벽을 향해 날리는 사지로 몸뚱이로 부닥치며 쓰리라 친친이라고 그보다는 침몰로 하리라 이 사랑 이 허리 이 귀두를 두른 껍데기를 살아주세요 **끝끝내 나의 포자여** 사랑하는 나를 친친 죽이고 싶은 나를 친친 낳은 쌍둥이 엄마 하나를 지우는 호적 아래서 웃고 춤추고 여름하리라 끝없는 여름의 열음이 아주 썩는 마당에 끝장을 보는 몸부림이 아주 아름답기 전에 곯아 녹기 전에 종결형을 향해가는 마침내 친친이여 수식어를 향해가는 혐오의 췌언이 완성되기 전에 친친이여 서로의 장애에 우리는 중독되어 이토록 기나긴 절연의 친친이여 계속되는 정오 지나 아무리 긴 청탁의 친친을 하더라도 그보다는 아주 친친을 쓰리라던 하리라던 우리 **곰팡처럼 되뇌건대 우리 강물과 두루미처럼 서로가 수상해서 검댕처럼 곱씹건대** 우리 강물과 두루미처럼 서로가 수상해서 나의 윤무에 끼어들어 오로지한 너 스스로를 발견하라 우리의 춤으로 친친 하리라 쓰리라 아집이여 손금보다도 작은 울음의 허방에 나의 눈곱 나의 눈곱의 포자 앞에 우리 서로의 눈길 속에 서로를 가두고 서로를 터트리고 속눈썹 앞에 우리 서로가 찌르는 서로의 눈길로 부는 바람을 가두고 여며 비로소 강렬한 인칭에 도달합니다 친친이라는 인칭 속에 깃들인 나라는 인칭 속에 잠든 당신이라는 피와 당신이라는 숨결 당신이라는 아침 우리의 인칭은 확전을 꿈꾸고 잠든 인칭 안에서 **우리의 교전지도는 아름다워라** 이 무지와 이 호기심과 이 미명 앞에 당신과 친친과 친친이 가진 유일한 비참 속에서 당신만의 그 모든 진창 속에서 나를 식별하리라 선언적으로 명제적으로 아침을 맞으며 뒤통수를 도끼로 깎아지른 것만 같은 직유의 몸으로 친친 하리라 쓰리라 멋 부린 친친의 살집들은 고약한 풍미로 전락해 냄새로 내게 스미고 당신을 은유하려는 고집이여 허방이여 걷다 치다 스미다 고개를 들면 이마에서는 자꾸만 인칭의 소금이 돋고 하늘 귀퉁이에서 희멀건 손가락 하나이 뻗쳐 정수리를 간질이고 친친하리라는 우리의 행려와 친친 하리라는 우리의 병자는 친친을 믿고 친친으로 일어나 당신으로 당신하는 편도의 밤을 찢어 좁쌀의 눈만큼 아름답게 티눈의 핵만큼 영롱하게 빚어 우리는 함께 친친 몸을 나눕니다 우리는 함께 친친 믿음을 나눕니다 친친에서 친친까지 당신과 나는 서로를 바꾸기 위해 몇 블록의 삶을 팽개쳤는가 화가 난 당신은 제 멋대로 친친의 위치를 바꾸고 화가 난 나는 말도 없이 친친의 체위를 바꾸고 허리를 앞뒤로 움직이며 친친 해대고 여전히 여러모로 친친한 관계 속에 놓인 당신이 나를 향해 친친할 때 커질 대로 커진 나의 신음은 젖은 친친의 음모를 건드리고 곤두선 핏줄은 더욱 기괴한 자세로 친친을 짓누르고 찢긴 **나의 윤무에 끼어들어 너 자신을 발명하라**

『웃고 춤추고 여름하라』, 문학동네, 2012.

김중일

흐린 책

흐린 책을 읽고 나는 계절이 뒤바뀌는 소리를 듣지 과연 밤낮은 무엇인가 흐린 책을 읽는 밤엔 고대하던 깊은 잠을 잘 수 있지 비는 밤새 이불로 조금씩 스며들어 대낮의 꿈속으로 뚝뚝 떨어지고 홑겹의 잠 속에서 내가 다시 흐린 책을 펼치자마자 페이지에 기록된 폭발의 연대기에 기함하며 기절하지 기절 속에서도 나는 흐린 책을 보네 힘겹게 다시 한 세기의 페이지를 넘기며 오는 너를 만나지 너는 오늘 새처럼 철탑 위에 앉은 사람 촛불로 공중에 제 얼굴을 조각하는 사람 몇 초간의 폭격으로 어린 딸을 잃은 사람 태양이 오늘의 바람 속에 드리웠던 흰 그물을 거둘 시간 무수한 목숨과 한 권의 낡고 흐린 책이 책장을 지느러미처럼 파닥이며 저녁의 수면 위로 끌려 나오네 오늘의 날씨는 흐림 흐린 책 위로 난민들의 난파된 목선 잔해 같은 문장들이 시커멓게 떠내려오네 난바다를 비행 중에 하늘에서 숨 끊긴 새들이 책장 위로 후두둑 떨어지네 우박처럼 새들이 불현듯 내 이마로 날아들지 통찰! 과연 그런 게 있다면 그런 건 없다는 사실 한 가지뿐 다음 페이지가 해일처럼 부풀어 오르며 밀려오고, 페이지와 페이지 틈으로 벼락이 치고 지진이 나고 크레바스가 패고, 지난 페이지가 유빙처럼 찢겨 떠내려가네 구름 속에 가지런히 펼쳐진 나의 두 손, 두 손 사이로 파도처럼 넘겨졌던 페이지는 다 찢겨 나갔네 흐린 책을 읽고 나는 시간이 뒤바뀌는 소리를 듣지 대체 이 계절은 어디서 왔는가 나의 빈 손이 마지막 두 장의 페이지처럼 찢기고 떨어지는 계절 조용히 흐린 책을 지르밟고 가는 무심한 새들의 발걸음

『문학과 사회』 2013년 겨울호.

나의 절반

*

네게 선사할 웃음을 만들고자
새벽부터 일어나
나의 절반을 다 헐었는데
작은 스프링 하나가 부족하다
매우 작은 먼지 같은
그것을 아무래도 잃어버린 것 같다
너의 윗입술과 아랫입술 사이
입꼬리에 삽입되어
네 입술의 양 끝을
깃털처럼 부드럽게 들어 올려줄

그 작은 마음을

*

자신의 절반이 처음부터 내 것이었다며, 이제 와 내게 그 절반을 돌려주겠다는 호언장담을 믿어야 할까. 나는 그저 다리 저는 고양이에 불과한데.

단 한 번도 완전히 바다 속을 빠져나오지 못한 파도와 구름 속을 빠져나오지 못한 폭우와 내 몸 속을 빠져나오지 못한 나무의 적소인 외딴 섬으로 가는 지도를 믿어야 할까. 나는 그저 떠도는 철새 한 마리에 불과한데.

파도의 지도여
내 허리를 휘감은 오지의 지도여

지도 속에 발 들여 놓고 나는 필연적으로 우연히 한 사기꾼을 만났고 가지고 있던 바람의 다발을 다 주고 두 개의 눈동자를 구했다. 그 순간 내 여정은 시작되었다. 지도가 기꺼이 행방불명의 나를 찾아 탐험했던 시절이 가고, 내가 지도 속을 헤매는 시절이 온 것이다. 바람의 말을 듣는 귀와 피와 짐승의 배설물 냄새를 맡는 코와 목을 축이기 위한 입술을 하나씩 하나씩 사 모으는 데 지니고 있던 침묵의 절반을 다 써버렸다.

발목을 적시는 파도의 지도여
나를 흙먼지처럼 묻힌 채 가는 적도의 지도여

나는 내 혈관 속으로 산란을 위해
난바다로부터 떼 지어 거슬러
오르는 열쇠들을 보았다
이제 곧 오래된 궤짝 같은 나의
빗장뼈가 열리면 찬란히도 빛나는
처음부터 네 몫이었던 나의 절반을
그저 은어 한 마리에 불과한 네게 돌려주겠다

『현대시』 2013년 11월호.

눈물이라는 은색 지퍼

망루 위에서 그의 눈물이 뛰어든 곳은 깊다
당신 꿈의 열배도 넘는다

깊은 망루의 밤에 소매를 걷어붙이고 입술을 빚다 보면 그것은 자칫 울음이 될 수 있다. 검은 구유의 밤에 팔을 걷어붙이고, 팔 없는 손으로 저 멀리 흐릿하게 빛나는 별의 얼굴을 더듬었다.

파지처럼 매일 손바닥 한 장씩 꽉 구겨 쥐었다
편지는 손금을 따라 구겨졌다
망루 위에서 그가 흘린 눈물의 궤적은 길다

당신 키의 열 배가 넘는다

은빛 눈물의 레일은 길고 깊어, 눈물이 반짝이는 얼음 지퍼처럼 까마득한 지상에 뚝 떨어지는 찰나, 벌어진 공중의 틈새로 그을린 구름에 휩싸인 불기둥이 비어져 나오기도 했다.

그의 눈물은 놀랍도록 작고 뜨겁고 무거워
그믐의 무릎 위에 고요히 올려진 완고한 손등을
관통하고 발등을 뚫고 지각과 맨틀을 뚫고
지구를 꽁꽁 싸맨 검은 보자기 한가운데
달처럼 환한 구멍을 냈다

밤의 긴 베럴 속을 빠져나온 눈물은 한 방울의 만월로 흘러 언 구름에 번지고, 그는 하늘 깊숙이 떨어진 달의 은색 지퍼를 다시 목 끝까지 올리며 제 스스로 공중에 갇혔다.

식탁 한켠 작고 각진 검은 창문 속에서
당신이 뽑아 건네는
한 장의 티슈처럼 아침 하늘이
천천히 그의 얼굴 위로 떨어졌다

『현대시학』 2013년 7월호.

백상웅

도계

여기서 한 발자국만 내디디면 경계를 넘는다.
주소를 바꿔 도를 넘는 거다.

여기에 정류장이 하나 있어서, 여기에 쭈그려 앉은 사람들이 띄엄
띄엄 있어서
색이 다른 두 버스는 마주보고 유턴을 한다.

방언은 여기에서 태어나고 여기에서 죽는다.
혀는 언덕을 오르고 커브를 돌고 터널을 통과하다가, 요금이 다른
버스를 갈아타고 소읍과 소읍을 전전하다가
여기, 지명조차 도계인 도계로 돌아온다.

그간 혀가 상속한 단어는 수천 단어, 수만 음절이랄까.
사랑에 속한 소리, 고독에 속한 소리.
약간의 아부와 약간의 투쟁.
미치거나 침묵하거나.

그래도 가끔은 제 안의 강세와 억양의 무늬를 고의로 잊으면서, 가끔은 자신도 모르게 지워지면서.

그래도 뜬금없이 생각나면 툭툭 내뱉으면서.

때때로 도를 넘는다.

여기서 태어나고 여기에서 죽는다.

방언처럼 꽃잎이 흩어지고 빗물이 흘러가고 낙엽이 굴러가고 눈발이 날린다.

『거인을 보았다』, 창비, 2012.

오래된 테이프

지난 사랑은 비디오나 카세트처럼 미세한 모터 소리를 낸다. 지루할 때는 앞이나 뒤로 재빠르게 넘긴다.

우리는 테이프를 꺼내 녹화를 뜬다. 우리의 과거는 10센티미터만큼의 미래에 둥글게 말리고 있다.

그러니까 어느 골목에서 갑자기 과거의 사랑이 재생되더라도 놀라면 안 된다. 우리는 그저 먹먹해지면 되니까.

과거와 미래는 뒤바뀐 기억이다. 지금 사랑하면서 우리가 예전에 지나온 어느 골목을 떠올리는 건 죄다.

우리는 한 곡만 반복해서 들었고, 한 장면만 반복해서 봤다. 우리가 사랑하는 것은 어느 때고 열대야처럼 늘어진다.

사랑이 저기 있는데, 리모컨을 쥐고 소파에 누워서 우리가 겨우 할 수 있는 건, 꾸벅꾸벅 조는 것뿐이다.

목소리는 변하고 얼굴은 일그러진다. 필름을 테이프에서 뽑아내버리기 전까지, 우리는 적당히 늙어간다.

『거인을 보았다』, 창비, 2012.

마루 밑

어느 대에서 잃어버렸을 신발 한 짝과 신발을 찾던 쪼개진 장대와 수년 전부터 이어받았을 거미줄과 자루 부러진 삽과 두어 삽 퍼내고 싶은 어둠과 어디서부터인지 시작되는지 모를 바람과 어디서 굴러왔는지 모를 잎사귀가 있다. 옹이 빠진 구멍으로 쏟아지던 빛과 계절마다 색이 다른 먼지의 퇴적층과 그 위에 찍힌 개발자국과 마루 위에서 주저앉아 쏟아졌을 한숨이 있다. 어디서부터 잘못된 것인지 모를 가족이 초저녁에 막차를 기다리던 마을로 이주했을 때다. 마루 밑에서 들려오는 먹먹한 소리와 처마에 달린 알전구에서 들려오는 소리 사이에 눈이 날렸고 발목까지 쌓이고 나는 뜨거웠다. 그렇게 스물에 마루에 앉아 서른을 기다렸다.

『유심』 2014년 3월호.

서효인

백 년 동안의 세계대전

평화는 전투적으로 지속되었다. 노르망디에서 시베리아를 지나 인천에 닿기까지, 당신은 얌전한 사람이었다. 검독수리가 보이면 아무 파티션에나 기어들어 둥글게 몸을 말았다. 포탄이 떨어지는 반동에 당신은 순한 사람이었다. 늘 10분 정도는 늦게 도착했고, 의무병은 가장 멀리에 있었다. 지혈하는 법을 스스로 깨치며 적혈구의 생김처럼 당신은 현명한 사람이었다. 전투는 강물처럼 이어진다. 통신병은 터지지 않는 전화를 들고 울상이고, 기다리는 팩스는 오지 않는다. 교각을 폭파하며 다리를 지나던 사람을 헤아리는 당신은 정확한 사람이다. 굉음에 움츠러드는 사지를 애써 달래며 수통에 눈물을 채우는 당신은 배운 사람이다. 금연 건물에서 모르핀을 허벅지에 찌르는 당신은 인내심 강한 사람이다. 허벅지 안쪽을 훔쳐보며 군가를 부르는 당신은 멋진 사람이다. 노래책을 뒤지며 모든 일을 망각하는 당신은 유머러스한 사람이다. 불침번처럼 불면증에 시달리는 당신은 사람이다. 명령을 기다리며 전쟁의 뒤를 두려워하는 당신은 사람이었다. 백 년이 지나 당신의 평화는 인간적으로, 계속될 것이다. 당신이 사람이라면.

『백 년 동안의 세계대전』, 민음사, 2011.

여수

사랑하는 여자가 있는 도시를
사랑하게 된 날이 있었다
다시는 못 올 것이라 생각하니
비가 오기 시작했고, 비를 머금은 공장에서
푸른 연기가 쉬지 않고
공중으로 흩어졌다
흰 빨래는 내어놓질 못했다
너의 얼굴을 생각 바깥으로
내보낼 수 없었다 그것은
나로 인해서 더러워지고 있었다

이 도시를 둘러싼 바다와 바다가 풍기는 살 냄새
무서웠다 버스가 축축한 아스팔트를 감고 돌았다
버스의 진동에 따라 눈을 감고
거의 다 깨버린 잠을 붙잡았다
도착 이후에 끝을 말할 것이다
도시의 복판에 이르러 바다가 내보내는 냄새에
눈을 떴다 멀리 공장이 보이고

그 아래에 시커먼 빨래가 있고
끝이라 생각한 곳에서 다시 바다가 나타나고
길이 나타나고 여수였다

너의 얼굴이 완성되고 있었다
이 도시를 사랑할 수밖에 없음을 깨닫는다
네 얼굴을 닮아버린 해안은
세계를 통틀어 여기뿐이므로

표정이 울상인 너를 사랑하게 된 날이
있었다 무서운 사랑이
시작되었다

마그마

아이티에서 진흙 쿠키를 먹는 아이를 보면서 밥을 굶지 말자, 진흙 같은 마음을 구웠다. 내전이 빈번한 나라처럼 부글부글 끓는다. 라면 같은 그것을 날마다 먹어야 한다. 스스로를 아끼자, 스프 같은 마음을 삼켰다. 한 장의 휴지를 아끼기 위하여 코를 마셨다. 자위를 삼갔다. 물로 닦았다. 성병 걸린 르완다 여자애를 떠올리며 성호를 그었다. 이마에서 배로 손가락을 옮길 때 손을 잘 씻어야지, 불현듯 다짐했다. 지진을 대비한 건물처럼 잘 휘어지는 마음. 변덕을 견디며 체위는 다양해져 갔다. 깨끗한 사람이 되기 위해 거품을 일으켰다. 부글부글 빨리 익었다. 모스크바에서 황산을 뒤집어쓴 베트남 유학생 얘기를 들으며 편식하지 말아야지, 생각했다. 뭐든 차별은 나쁜 일. 풀과 나뭇잎의 색을 사랑하기로 마음먹었다. 쌀국수를 먹을 때는 꼭꼭 씹는 게 중요합니다, 의사는 말했다. 할례 의식 중인 꼬마를 보며 의사의 말을 되씹었다. 꼭꼭 씹어 삼킨 다음엔 양치질을 오래 하리라, 삐친 사람의 입처럼 벌어지지 않던 꼬마의 그곳이 벌어지자 치약이 목구멍으로 넘어간다. 마그마처럼 헛구역질을 하며 괴상한 소리를 내 본다. 뜨거운 다짐들이 피부를 뚫고 폭발한다. 바로 이곳에 서 있다. 들끓는 마음을 가진, 괴물.

『백 년 동안의 세계대전』, 민음사, 2011.

유병록

붉은 달

붉게 익어가는
토마토는 대지가 꺼내놓은 수천 개의 심장

그러니까 붉은 달이 뜬 적 있었던 거다 아무도 수확하지 않는 들판
에 도착한, 이를테면 붉은 달이라 불리는 자가

제단에 올려놓은 촛불처럼, 자신이 유일한 제물인 것처럼 어둠속에
서 빛났던 거다 비명을 삼키며 들판을 지켰으나

아무도 매장되지 않은 들판이란 없다

붉은 달은 저 높은 곳에서 떨어진 것, 사방으로 솟구친 붉은빛이 들
판을 물들인 것

이것은 토마토밭 사이로 구전되는 동화
피 뿌린 대지에 관한 전설

그를 기리기 위해 운집한 군중처럼

올해의 대지에도 토마토는 붉게 타오른다 들판 빼곡히 자라난 붉은
빛이 울타리 너머로 흘러넘친다

토마토를 베어 물 때마다
내 심장으로 수혈되는 붉은빛

붉은 달이 뜬다

『목숨이 두근거릴 때마다』, 창비, 2014.

두부

누군가의 살을 만지는 느낌

따뜻한 살갗 안쪽에서 심장이 두근거리고 피가 흐르는 것 같다 곧
잠에서 깨어날 것 같다

순간의 촉감으로 사라진 시간을 복원할 수 있을 것 같은데

두부는 식어간다

이미 여러 번 죽음을 경험한 것처럼 차분하게

차가워지는 가슴에 얹었던 손으로 이미 견고해진 몸을 붙잡고 흔들던 손으로

두부를 만진다
지금은 없는 시간의 마지막을, 전해지지 않는 온기를 만져보는 것이다

점점 사이가 멀어진다

피가 식어가고 숨소리가 고요해지는 느낌, 영혼의 머뭇거림에 손을 얹은 느낌

이것은 지독한 감각, 다시 위독의 시간

나는 만지고 있다
사라진 시간의 눈꺼풀을 쓸어내리고 있다

『목숨이 두근거릴 때마다』, 창비, 2014.

구겨지고 나서야

바람에 떠밀려 굴러다니던 종이가 멈춰 선다 무엇을 골똘히 생각하는 표정으로

세계의 비밀을 누설하리라 다짐하던 때를 떠올렸을까 검은 뼈가 자라듯 글자가 새겨지던 순간이 어른거렸을까 뼈를 부러뜨리던 완력이 기억났을까

구겨지고 나서야 처음으로 허공을 소유한 지금은 안에서 차오르는 어둠을 응시하고 있을까

안쪽에 이런 문장이 구겨져 있을지 모른다
빛의 속도를 따라잡으면 시간을 거스를 수 있지만 어둠은 시간의 죽음, 그 부피를 측량하면 시간을 지울 수 있을 것……

문장을 완성한 후에 의미를 깨달은 것처럼

종이는 상처를 끌어안은 채 잔뜩 웅크리고 있다 내 눈동자에서 어떤 적의를 발견한 듯이

구겨진 몸을 다시 펼치지 말라는 듯이 품 안에서 겨우 잠든 어둠을 깨우지 말아달라는 듯이

『목숨이 두근거릴 때마다』, 창비, 2014.

박준

환절기

    나는 통영에 가서야 뱃사람들은 바닷길을 외울 때 앞이 아니라 배가 지나온 뒤의 광경을 기억한다는 사실, 그리고 당신의 무릎이 아주 차갑다는 사실을 새로 알게 되었다

    비린 것을 먹지 못하는 당신 손을 잡고 시장을 세 바퀴나 돌다 보면 살 만해지는 삶을 견디지 못하는 내 습관이나 황도를 백도라고 말하는 당신의 착각도 조금 누그러들었다

    우리는 매번 끝을 보고서야 서로의 편을 들어주었고 끝물 과일들은 가난을 위로하는 법을 알고 있었다 입술부터 팔꿈치까지 과즙을 뚝뚝 흘리며 물복숭아를 먹는 당신, 나는 그 축농(蓄膿) 같은 장면을 넘기면서 우리가 같이 보낸 절기들을 줄줄 외워보았다

『당신의 이름을 지어다가 며칠은 먹었다』, 문학동네, 2012.

슬픔이 자랑이 될 수 있다

철봉에 오래 매달리는 일은
이제 자랑이 되지 않는다

폐가 아픈 일도
이제 자랑이 되지 않는다

눈이 작은 일도
눈물이 많은 일도
자랑이 되지 않는다

하지만 작은 눈에서
그 많은 눈물을 흘렸던
당신의 슬픔은 아직 자랑이 될 수 있다

나는 좋지 않은 세상에서
당신의 슬픔을 생각한다

좋지 않은 세상에서
당신의 슬픔을 생각하는 것은

땅이 집을 잃어가고
집이 사람을 잃어가는 일처럼
아득하다

나는 이제
철봉에 매달리지 않아도
이를 악물어야 한다

이를 악물고
당신을 오래 생각하면

비 마중 나오듯
서리서리 모여드는

당신 눈동자의 맺음새가
좋기도 하였다

『당신의 이름을 지어다가 며칠은 먹었다』, 문학동네, 2012.

당신에게서
—태백

그곳의 아이들은 한 번 울기 시작하면 제 몸통보다 더 큰 울음을 낸
다고 했습니다 사내들은 아침부터 취해 있고 평상과 학교와 공장과
광장에도 여름빛이 내려, 이어진 길마다 검다고도 했습니다 내가 처

음 당신에게 적은 답서에는 갱도에서 죽은 광부들의 이야기가 적혀 있었습니다 그들은 주로 질식이나 아사가 아니라 터져 나온 수맥으로 익사를 합니다 하지만 나는 곧 그 편지를 구겨버리고는 '이 편지가 당신에게 닿을 때쯤이면 우리가 함께 장마를 볼 수도 있겠습니다' 라는 문장으로 시작하는 편지를 새로 적었습니다

『포지션』 2013년 3월호.

모니터 키드의 고백

정지향

　도시에서 태어난 나는 줄곧 아파트를 옮겨 다니며 자랐다. 그사이 꼭 일 년 남짓 단독주택에서 살았던 적이 있는데, 이상하리만치 그 기억만이 선명하게 남아 있다. 단독주택이라고는 했지만 양 옆에 여유 없이 붙은 빌라들 때문에 반지하처럼 볕이 잘 들지 않는 작은 단층집이었다. 습기를 머금고 썩어가는 마룻바닥의 틈새로 바퀴벌레가 드나들었고, 좁은 마당은 시멘트로 덮여 있었다. 붉은 벽돌로 쌓아올린 화단 위에서 전 주인이 심어둔 무언가가 괴기한 모양으로 바싹 말라갔다. 칠이 벗겨져 쇠 비린내가 나는 대문을 열고 나가면 비슷한 집들이 서로 마주한 좁은 골목이 나왔다. 골목은 곧장 모텔촌과 전자제품 가게, 삼겹살집 따위가 늘어선 사 차선 도로와 연결돼 있었다. 엄마는 아버지가 결혼 전부터 다니던 제약회사를 그만둔 이후로도 어떻게든 아파트를 지켜내려고 했다. 그곳이 그들이 처음으로 샀던 자신들의 집이었기 때문이다. 하지만 결국 엄마는 아버지로부터 아주 잠시만이라는 약속을 받고 이사를 결정했다. IMF의 끝자락이었고 나는 막 초등학교 고학년이 된 참이었다.

　그때 부모님은 그나마 여유가 있었던 외갓집에 아쉬운 소리를 해가며 인쇄소를 하나 인수했다. 전단이며 약 봉투 따위를 찍어내는 기계가 네 대 있었고, 디자인, 배달, 기계를 돌리는 일을 각기 맡은 직원들이 있었으니 아주 초라한 사업은 아니었는지 모르겠으나, 엄마는 시끄러운 기계 소리와 사람들의 홀대를 못 견뎌했다. 집과 지척인 곳이었는데도 나를 절대 그곳에 들여놓지 않으려 했던 것도 그런 이유에서였다. 엄마로서는 난생 처음 일을 시작한 때였다. 차를 타고 돌아다니며 거래처에 얼굴을 익히고, 공장에 딸린 사무실에서 전화를 받았다. 아버지와 엄마는 일을 같이하게 되면서 종일 함께 있게 되었는데, 그게 둘의 사이를 더 벌려놓았다. 둘은 일을 하다 부딪칠 때마다 조용히 분노를 모아 집으로 가지고 왔다. 매일 밤이 전쟁 같은 나날이었다.

방과 후에 나는 미니버스를 타고 피아노학원, 미술학원, 단과학원을 전전했다. 저녁 무렵에야 동네에 도착해서 가게 유리창을 슬쩍 넘어다 보면 아버지는 면장갑을 낀 채 상자를 옮기고 있었고, 엄마는 늘 인상을 잔뜩 찌푸린 채 수화기 저편으로 무언가를 전하기 위해 안간힘이었다. 기계 소리가 쉼 없이 가게 밖으로 흘러나왔다. 나는 집으로 돌아가 혼자 밥을 챙겨 먹고 컴퓨터 앞에 앉아 저녁시간을 보냈다.

이쯤에서 고백하고 싶은 것이 있다. 운이 좋게도 일찍 책을 내게 된 뒤에 내게 새로 생겨난 것이라면 다름 아닌 내가 90년대에 태어났다는 사실에 대한 자각이었다. 그도 그럴 것이 새로운 자리에 가게 될 때마다 사람들이 내가 태어난 해를 거듭거듭 되묻거나 강조해 말하는 일이 많았기 때문이다. 그 감탄은 대부분 내가 소설을 쓰기에는 좀 어리다는 생각 때문이거나, 그들 자신이 지나온 세월을 순간 체감한 데서 비롯되는 것이겠으나, 나는 나대로 찔리는 부분이 있었다. 나는 초등학교에 들어가자마자 인터넷을 배웠고, 얼마 지나지 않아 휴대폰 '문자질'을 시작했다. 어떤 사람들은 부모나 형제가 읽고 집에 둔 책을 들춰보며 자연스레 문학의 꿈을 키웠다고 하는데, 내 경우에는 그렇지도 못했으니 나는 다른 또래들과 같이, 순전히 인터넷과 모바일로부터 감수성을 수혈받은 셈이다.

　말이 나온 김에 덧붙이자면, 끝끝내 소설을 쓰겠다며 예술고에 진학해서 난생 처음으로 문예지라는 것을 읽어보게 되었는데, 거기에는 문학의 역할이 끝났을지도 모른다는 무시무시한 글이 실려 있었다. 막 꿈을 확고히 하려는 사람에게는 충격적인 순간일 법도 했지만 나는 도리어, 문학에 원래 그렇게 큰 역할이 있었단 말이지, 하고 놀랐을 뿐이다. 어느 선배 소설가의 '우리, 돈에 의해서 키워진, 클릭하고 터치할 줄밖에 모르는 멍청이들(김사과)'이라는 냉정한 자기 평가에도, 그것이 너무나 당연하게 느껴지는 것이 자극이라면 자극이었고, 누군가 우리 세대의 개인주의와 무기력함, 무심함에 대해 말할 때마다 멀리 갈 것도 없이 나 자신이 그런 특성의 한중간에 있는 듯이 느껴졌다. 우리가 문학을 거의 접하지 못한 채 자라났으며, 그러한 종류의 감수성을 가지기 힘든 세대라는 사실을 나는 잘 이해하고 있다고 생각한다. 자꾸 세대까지 들먹이는 것은, 실은 나 스스로가 '문학 같은 것'을 하겠다고 마음먹었던 것이 좀 부자연스러운 일처럼 느껴지기 때문이다. 그러니까, 그럼에도, 어째서 쓰게 되었는가? 왜 쓰는가? 하고 물으면 결국에는, 어떤 대의를 가지고 쓴다거나 하는 거짓말을 늘어놓거나 운명 운운하는 대신에 이런 이야기를 할 수밖에 없다.

　과연 부모의 위기감을 쭉쭉 빨아들였던 것인지, 나는 이사를 한 그해에 전에 없고 후에도 없는 생애 최고의 성적표를 받았다. 전국초등학생성취도평가라는 이름도 거창한 시험에서 수학을 제외한 전 과목 만점을 받은 것이다. 전교에선 일등이었다. 남들 다 가는 학원에 보내두었을 뿐—그럴 만한 상황이 아니었다는 것을 고려하더라도—그다지 열성적인 학부모가 아니었으며, 막내딸이 그리 똑똑하다고 생각하지도 않았던 것 같은 나의 부모는 그런 의외의 성과에 좀 놀란 듯했다. 나는 갖고 싶은 것이 있었으므로, 유일한 오답이었던 수학문제 하나를 실수로 틀렸다고 거짓말했다. 실은 풀어볼 엄두도 내지 못하고 찍었던 응용문제였다. 아버지와 나는 식탁에 마주 앉았다. 정답이 이미 표시되어 있었기 때문에 나는 아버지에게 풀이 과정을 설명해야 했다. 그때나 지금이나 엉뚱한 지점에서 자존심을 부리고 마는 나는 짐짓 자신 있는 말투로 문제를 읽어 내려갔다. 그런데 시험시간에는 몇 번을 읽어도 이해조차 되지 않았던 그 문제가 어쩐 일인지 단정한 수식으로 변해 있는 것이었다. 나는 그것을 풀어냈다.

내가 원한 것은 강아지였다. 아버지다운 권위를 보이기 위해 약속을 지켜야만 했던 그, 그렇지 않아도 집안일을 할 시간이 모자랐던 엄마나 난감하기는 마찬가지였을 것이다. 나는 애견 가게로 가는 차 안에서 뭔가를 잘못하기라도 한 것처럼 눈치를 보며 앉아 있었다. 가게의 진열장 안에 손바닥만 한 작은 것들이 종별로 모여 오글오글했다. 엄마는 털이 빠지지 않는 종, 이라는 말을 대여섯 번 반복했다. 마침내 내 품에 들어온 것은 복슬복슬한 흰 푸들이었다. 눈을 마주칠 때마다 고개를 빼 들고 얼굴을 샅샅이 핥아주는 애교 많은 강아지였다. 그 낯선 감각이 황홀하기까지 했다.

나는 녀석을 하늘이라고 이름 지었다. 학원을 모두 마친 저녁 무렵, 골목을 헤매거나 어두컴컴한 거실에 앉아 컴퓨터를 하는 때에도 나는 더는 혼자가 아니었다. 언제나 꼭 한 아름의 체온이 곁에 있었다. 강아지를 기르는 것은 생각보다 손이 많이 가는 일이었다. 하늘이는 똑똑한 것 같으면서도 일부러 그러는 것처럼 화장실을 잘 가리지 못했다. 그런 뒤치다꺼리를 하기로 한 것은 물론 나였지만, '초딩'이었던 나의 관심사는 강아지에서 나만의 컴퓨터나 새 휴대폰, MP3를 갖는 일로 금세 바뀌었다. 저녁마다 엄마는 피곤한 얼굴로 집안 곳곳에 눌러 붙은 개의 오줌을 닦으며 화를 냈다.

나중에야 알게 된 것이지만 강아지의 일 년을 사람의 십 년으로 치는 계산법이 있다. 그 방식으로 계산해보자면 데려온 지 일 년이 좀 지났을 무렵에는 나와 하늘이의 나이가 같아졌을 것이다. 동갑내기였다 해도 우리는 노는 방식이 서로 달랐다. 하늘이는 언제나 밖에 나가고 싶어 했고, 나는 오빠가 돌아와 자리를 빼앗기 전에 조금이라도 더 컴퓨터 앞에 앉아 있고 싶어 했다.

그 여름날에도 나는 집에 돌아오자마자 가방을 아무렇게나 팽개치고 방으로 들어갔다. 방학이라 학원이 모두 끝났는데도 정오 무렵이었다. 나는 당시 친구들 사이에서 유행하던 채팅 사이트에 들어갔다. 얼마간 시간이 흐른 뒤에 스피커에서 흘러나오는 노랫소리 사이로 깽, 하는 소리가 들렸다. 다른 집의 강아지가 내는 소리처럼 좀 먼 데서 들려오는 것 같기도 했고, 하늘이가 놀다 어디 부딪히거나 해서 내는 작은 칭얼거림 같기도 했으므로 나는 관심을 두지 않았다. 어느새 방이 어둑어둑했다. 불현듯 그간 한 번도 하늘이가 발치에 와서 귀찮게 굴지를 않았다는 것을 깨달았다. 나는 마당으로 나왔다. 대문이 한 뼘쯤 열려 있었다. 그다음은 골목이었고, 그 너머로 도로 반대편의 모텔들이 보였다. 모텔 건물 사이로 붉게 해가 지고 있었다. 그리고 하늘이는, 그렇다. 뭔가 붉고 끈적거리는 것을 뒤집어쓴 솜뭉치처럼 아스팔트 위에 납작하게 붙어 있었다. 내가 멍하니 그것을 바라보는 동안에도 그 위로 쌩쌩, 차들이 지나다녔다. 도대체 언제부터, 두서없이 그런 생각이 들었던 것 같다.

나는 내가 대문을 열어두었다는 것을 알지 못했다. 강아지에게 하루에 한 번쯤 충분한 산책이 필요하다는 것을 알지 못했다. 강아지에게도, 아이들에게 늘 그런 것처럼 지속적인 관심과 애정이 필요하다는 것을 알지 못했다. 몰랐다고는 했으나 대문을 열어둔 것도, 산책을 시키지 않은 것도, 애정을 주지 않은 것도 모두 나였다. 상실감과 죄책감, 뒤늦게 찾아온 책임감 같은 것들이 당시에는 그런 이름도 가지지 못한 채 혼란스럽게 나를 덮쳤다. 엄마는 지금도 그 집을 떠나기 전까지 내가 밤중에 일어나 마당으로 나서곤 했던 일에 대해 이야기한다. 부모님은 인쇄소 일에 익숙해졌고, 아버지가 약속했던 데로 우리는 다시 단정하고 작은 아파트를 가지게 되었다.

나는 학원을 죄다 그만두고 밤늦게까지 노래방이나 해변 같은 곳을 떠돌기 시작했는데, 그건 꼭 기르던 강아지가 죽었기 때문이라기보다는 그 일들을 겪는 와중에 사춘기가 찾아왔기 때문일 것이다. 나의 부모가 자신들도 모르게 열어둔 문으로 나는 나섰다. 나는 친구들과 어울리면서도, 내 탓이면서 내 탓이 아닌 일에 대한 이야기, 막을 수 없는데도 막을 수 있었다는 생각이 드는 일에 대한 이야기, 지난 뒤에야 가만히 되짚어볼 수밖에 없는 일들에 대한 이야기를 어디선가 찾아내기 위해 애썼을 것이다. 어떻게 그렇게 할 수 있었는지 설명하기는 어렵지만, 그런 공감의 욕구를 채워주는 단 하나의 것을 나는 정확히 찾아냈다. 누구도 그렇다고 말해주지 않았는데도, 그저 마음에 드는 제목의 책을 찾아 펼쳐 들기 시작한 때부터 나는 내가 잘 도착했다는 이상한 확신과 안도감을 느꼈다.

왜 하필 글 같은 것을 쓰겠다고 했나, 하고 냉소한 적이 없는 것은 아니지만, 나는 그 이후로도 종종 내가 열어둔 문틈으로 무언가 분명히 빠져나가 멀리 가지도 못하고 깽, 소리를 내지르며 부서지는 것을 알아차리는 때가 있었고, 그런 순간이면 언제나 다시 책상 앞으로 돌아오게 되었다. 그러므로 나는 정치적으로나 사회적으로 문학의 역할이 끝났느냐, 끝나지 않았느냐, 하는 논쟁에 별다른 감흥이 없었던 것처럼, 이제 곧 더는 누구도 쓰지 않고 읽지 않는 세상이 올 거라는 우려에도 이러쿵저러쿵 말하고 싶은 마음이 없다. 스스로 좀 부자연스러운 일이라고 생각하면서도 정확한 걸음으로 그곳으로 걸어 들어가는 누군가는 늘 있을 것이라 믿기 때문이다. 그렇게 한 뼘 열려버린 방문 너머로, 모니터를 들여다보고 앉은 과거의 나나, 지금 스마트 폰을 '터치'하고 있는 아이들을 말없이 바라보는 마음으로, 나는 쓴다.